KB237264

사막
미개척지
북장성
동장성
밀림지대
안테르펜
왕국
테르펜
산맥
슈테판
숲의 사원
고르도 제
서장성
화산지대
티롤
불의 사원
루푸
왕국
아펠
왕국
부르크
히론
왕국
남장성

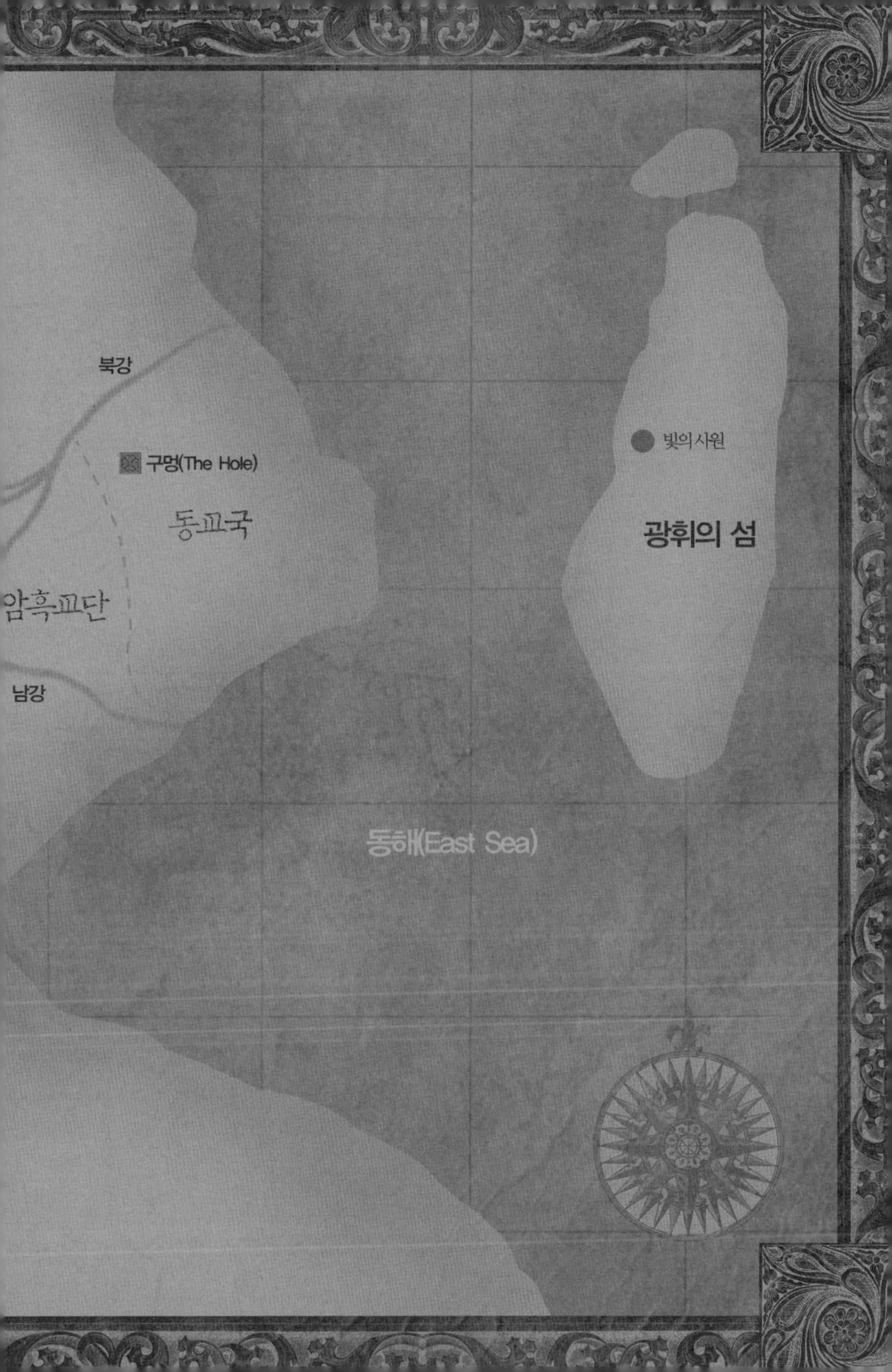

북강
구멍(The Hole)
동교국
암흑교단
남강
빛의사원
광휘의 섬
동해(East Sea)

Shapiro

샤피로 9

쥬논 판타지 장편소설
FANTASY STORY & ADVENTURE

dream books
드림북스

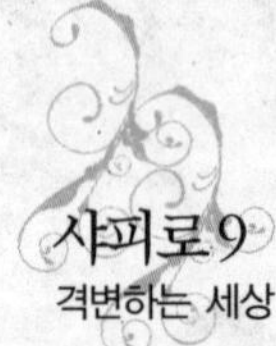

샤피로 9
격변하는 세상

초판 1쇄 인쇄 / 2011년 9월 28일
초판 1쇄 발행 / 2011년 10월 7일

지은이 / 쥬논

발행인 / 오영배
편집팀장 / 신동철
책임편집 / 오승화
편집디자인 / 신경선
펴낸 곳 / (주)삼양출판사 · 드림북스

주소 / 서울특별시 강북구 송천동 322-10호
대표 전화 / 02-980-2112 팩스 / 02-983-0660
편집부 전화 / 02-980-2116 팩스 / 02-983-8201
블로그 / blog.naver.com/dreambookss

등록번호 / 제9-00046호
등록일자 / 1999년 3월 11일

값 8,000원

ISBN 978-89-542-4319-3   04810
ISBN 978-89-542-3827-4   (세트)

* 지은이와 협의하에 인지는 생략합니다.
* 잘못된 책은 구입한 곳에서 바꾸어 드립니다.

Shapiro
샤피로
쥬논 판타지 장편소설
FANTASY STORY & ADVENTURE
9
격변하는 세상
dream books
드림북스

샤피
로
Shapiro

Contents

제1화
사자가면의 정체

검푸른 바다를 헤엄치는 탐욕스런 상어처럼,
눈 덮인 산을 배회하는 굶주린 늑대처럼,
마른 나뭇가지에 앉은 배고픈 독수리처럼,
늘 깨어있으라
무한한 탐욕이여!

··매의 샤피로··

Chapter 1

30미터 밖, 알렉산드라가 두 손을 모아 간절히 빌었다.

"한스 이사님, 제발!"

알렉산드라는 내게 마사를 때리지 말라고 애원했다. 나는 그녀의 간청을 귓등으로 흘려들었다. 마사의 머리카락을 거칠게 감아쥐고는 뻐억!

"긱!"

마사의 고개가 90도 각도로 짖혀졌다가 다시 세사리로 돌아왔다. 후두둑 뿌려진 핏물이 내 얼굴을 때렸다. 나는 피를 뒤집어쓴 채 으르렁거렸다.

"너 때문이다."

콰직!

"너 때문에 사자가면을 놓쳤단 말이다. 그러니 네가 대신 털어놓아라. 저놈이 내게 해줄 말을 대신 털어 놓아."

우지끈!

말을 한마디 할 때마다 주먹을 휘둘렀다. 마사의 코뼈는 점점 더 두개골 안으로 함몰되었다.

"꺄악! 그만! 제발 그만!"

알렉산드라가 두 손으로 귀를 막았다.

나는 듣지 않았다. 마사의 머리채를 앞으로 잡아당기며 한 번 더 주먹을 내질렀다.

마사가 또다시 피를 뿜었다. 귀하게만 자란 마사가 어디서 이런 난폭한 폭행을 겪어보았겠는가. 마사는 공포에 질려 오줌을 지리기 시작했다.

알렉산드라는 무릎으로 기어와 내 바짓가랑이를 붙잡았다.

"흐흑! 한스 이사님, 이만하면 충분해요. 제발 마사를 때리지 마세요."

나는 무심한 눈으로 알렉산드라를 내려다보았다. 눈물범벅인 알렉산드라의 얼굴이 참 애처로웠다.

여자의 눈물은 무기라고 했던가? 알렉산드라처럼 아름다운 여자가 흘리는 눈물은 보통 무기가 아니라 치명적인 무기였다. 하지만 내게는 통하지 않았다. 내 안에 내재된 광기 어린 폭력성은 한낱 여자의 눈물로 녹일 수 없었다. 나는 우악스럽게 마사의 머리채를 잡아당겨 주먹을 겨눴다.

마침내 마사의 입술이 열렸다.

"사, 살······."

나는 손을 둥글게 말아 귀에 대었다.

"뭐라고?"

"살려······."

"똑똑히 말해. 잘 안 들리잖아."

"끄윽! 꺽! 꺽! 살려······ 살려 주세요. 제발 살려 주세요."

마사는 덜렁거리는 턱을 간신히 벌리고는, 목구멍 안에서 맴돌던 말을 입 밖으로 뱉었다. 콧대가 하늘을 찌르던 마사의 입에서 드디어 살려달라는 소리가 나왔다. 나는 마사의 멱살을 붙잡아 번쩍 치켜들었다.

"오냐! 살려 주마. 살려 줄 테니 털어놓아라. 네가 아는 모든 것을 털어놓아! 그러면 네게 자비를 베풀어주마."

"아으으! 네, 네."

마사가 고개를 주억거렸다.

나는 곧바로 궁금한 것을 물었다.

"사자가면의 정체부터 시작히자. 그놈, 정체가 뭐지'?"

"그는······."

마사가 멈칫했다.

이럴 때 생각할 틈을 주면 안 된다. 나는 다짜고짜 무릎을 쳐올려 마사의 배에 꽂아 넣었다.

복부에 가해진 강한 충격! 마사의 허리가 반으로 접히면서 하반신이 허공으로 붕 떠올랐다.

"꺽!"

마사는 숨도 쉬지 못하고 꺽꺽 소리를 냈다. 입에선 검붉은 피가 쏟아졌다.

나는 마사의 멱살을 꽉 틀어쥐었다.

"내 인내심을 시험하지 마라. 묻는 즉시 바로 대답해."

"끄윽!"

"마지막으로 묻는다. 사자가면의 정체는?"

"그, 그는……."

"대답이 늦군."

이번엔 손바닥으로 마사의 뺨을 후려쳤다. 철썩 소리와 함께 마사의 고개가 90도 옆으로 돌아갔다.

나는 손으로 마사의 턱을 움켜잡아 다시 제자리로 돌려놓았다.

"아으으."

마사가 가늘게 전율했다. 그녀는 짐승처럼 이글거리는 내 눈빛에 완전히 압도당했다.

"마지막으로 묻는다. 사자가면의 정체는?"

"에, 에르쿨 가르시아!"

마사가 발작하듯 소리쳤다.

알렉산드라가 두 손으로 입을 틀어막았다.

"헙! 에르쿨 가르시아라고?"

"에르쿨?"

나도 눈을 부릅떴다. 전혀 예상치 못한 이름이 튀어나왔기 때문이다.

에르쿨 가르시아가 누구인가?

그는 스페인에 뿌리를 둔 가르시아 가문의 후계자이자 세상 최강자의 아들이다. 육존 가운데 한 명인 세르히오 가르시아가 바로 에르쿨의 친아버지다.

한데 그 에르쿨이 흑마법사 집단의 배후라고?

이건 도저히 믿을 수 없었다. 만약 마사의 말이 사실이라면 세상이 발칵 뒤집힐 일이었다. 나와 알렉산드라, 마사, 찰스, 루트비히 등이 까마귀 모임에서 만나 친해졌듯이, 에르쿨은 보어 경이나 짐 버플리, 파드리그 해링턴, 코라 디 리엔조 등과 어울리며 오랜 우정을 쌓았다.

'한데 그 에르쿨이 음모의 배후자라고?'

나는 마사의 어깨를 붙잡아 흔들었다.

"정말이냐? 에르쿨 가르시아가 네 친아버지야?"

"흐으윽! 흑흑흑!"

마사는 대답 대신 두 손으로 얼굴을 가렸다.

"마사!"

알렉산드라가 달려와 마사의 어깨를 감싸 안았다. 둘은 함께 흐느꼈다.

나는 가느다란 눈으로 둘을 바라보았다.

'마사의 고백이 사실일까?'

거짓말 같지는 않았다. 그러고 보니 마사가 왜 그리 삐딱하고 퇴폐적으로 살았는지 이해가 갔다.

다정하고 착한 코라 디 리엔조는 마사의 친아버지가 아니다. 악마 같은 에르쿨이 그녀의 친부다.

이 2명의 아버지 사이에서 마사가 얼마나 번민을 했을지 짐작이 갔다. 친구의 아내를 능욕하고 임신까지 시킨 악마가 친아버지라니! 그리고 그 패륜의 결과물이 바로 자기 자신이라니! 이 사실을 알게 되었을 때 마사가 받은 충격은 어마어마했을 것이다.

"흐흐흑!"

마사는 쉬지 않고 눈물을 쏟았다.

부르몽이 죽기 전에 내게 한 말이 떠올랐다.

"한스 이사님, 마사 님은 정말 불쌍하신 분입니다. 그분이 저처럼 비천한 돌연변이를 곁에 두시는 이유도 모두 그분이 겪으신 출생의 비밀 때문입니다."

부르몽은 이렇게 말했다. 그 말의 의미가 비로소 이해가 되었다.

"에르쿨 가르시아! 가르시아 가문이란 말이지."

나는 사자가면의 이름을 입안에서 되뇌었다.

불현듯 가슴에 전기가 통했다.

이 찌릿함은 적을 만났을 때 느끼는 긴장감이었다. 혹은 맛난 먹잇감을 발견했을 때 느끼는 흥분이었다.

"후후후!"

나는 입술을 비틀어 웃었다.

내가 이렇게 흥분한 것은 에르쿨 때문이 아니었다. 약해빠진 에르쿨 따위는 내 관심 밖이었다. 나는 에르쿨의 배후 인물을 염두에 두었다.

'큭큭큭! 이거 일이 재미있어지는군. 에르쿨은 가르시아 가문의 후계자잖아. 그리고 가르시아 가문의 가주는 바로 이 시대의 최강자라 불리는 세르히오 가르시아고! 큭큭큭큭!'

세르히오 가르시아!

역사상 가장 강한 6명, 즉 육존 가운데 한 명!

자타가 공인하는 이 시대의 최강자!

에르쿨이 피라미라면 세르히오는 월척이었다. 에르쿨이 어설픈 새끼 늑대라면 세르히오는 다 자란 수컷이었다. 나는 육존이라 추앙받는 세르히오와 제대로 한판 붙어보고 싶었다.

'그는 얼마나 강할까? 샤피로 세상의 강자들과 비교할 만큼 될까?'

세르히오를 상상하는 것만으로도 입안에 침이 고였다. 나는 초승달마냥 가늘게 눈을 휘었다. 여우를 노리는 늑대의 눈처럼 갸름하게, 혹은 멧돼지를 덮치려는 호랑이의 눈처럼 섬뜩하게!

문득 '다크나이트(Dark Knight)'라는 영화가 떠올랐다. 아니, 정확히 말해서 내가 떠올린 것은 영화 속의 악당 조커였다. 얼굴에 레이건 가면을 쓰고 낄낄거리는 지금의 내 모습은 다크나이트에 등장하는 조커를 닮아 있었다.

솔직히 다크나이트에서 가장 인상 깊은 인물은 배트맨이 아니라 조커였다. 영화를 볼 때 나는 조커에게 상당한 동질감을 느꼈다.

그 영화에서 조커는 혼돈을 상장했다.

지금의 나도 혼돈 그 자체였다.

'나는 선인가? 악인가? 흑마법사들이 더 나쁜가? 아니면 내가 더 사악한가?'

답은 모호했다. 음지에서 음모를 꾸미는 가르시아 가문이 더 악당인지, 아니면 한바탕 피의 축제를 벌일 생각에 기뻐하는 내가 더 사악한지 구분이 가지 않았다.

굳이 구분할 필요성도 못 느꼈다. 나는 그저 이 복잡한 음모의 수레바퀴가 굴러가는 것이 즐거웠다. 또한 그 수레바퀴에 나와 백화문이 함께 올라타 있다는 사실이 기뻤다.

'앞으로 수레바퀴가 본격적으로 구르기 시작하면 무수히 많은 피가 흐르겠지? 큭큭큭! 그 피의 상당 부분은 백화문이 흘려야 할 거야. 큭큭큭큭!'

나는 광기에 젖어 눈을 희번덕였다.

그러다 이내 고개를 저었다.

‘아니지. 백화문만으로는 부족해.’

나는 좀 더 많은 사람들이 이 피비린내 나는 수레바퀴에 함께 올라타기를 원했다. 상황이 더 복잡하게 꼬이고, 더욱 많은 피가 흐르고, 무엇이 옳고 그른지 판단할 수 없을 정도로 극도로 혼란스러운 세상!

이러한 혼돈이야말로 내가 바라는 세계였다. 나는 오래전 샤피로의 세계와 내 세계가 연결되었을 때 느꼈던 혼란과 공포, 그리고 미쳐버릴 것 같은 광기를 온 세상에 전염시키고 싶었다.

"크흐흐흐!"

상상만 해도 등골이 짜릿했다.

아무래도 내가 미쳤나 보다.

"확실히 나는 정상이 아니야. 큭큭큭큭!"

나는 미친놈처럼 배꼽을 잡고 웃었다.

알렉산드라와 마사가 질린 표정으로 나를 보았다.

Chapter 2

끄아아아아앙-!

뤄슨 그룹의 전용기가 로마 공항 활주로를 출발했다. 11월 14일 오후의 일이었다. 나는 비행기에 몸을 싣고 미국으로 향했다.

알렉산드라가 나와 동행했다.

알렉산드라는 상당히 지쳐 보였다. 스튜어디스가 음료수를 권했지만 거절하고는, 얼굴에 안대를 썼다. 잠을 잘 테니 귀찮게 하지 말라는 의사의 표현이었다. 알렉산드라가 버튼을 누르자 의자가 스르륵 뒤로 넘어갔다.

이 의자 한 세트 가격은 한국 돈으로 16억 원.

비행기의 의자 하나하나마다 개별 모니터가 달려 있으며, 이를 통해 텔레비전 시청이나 인터넷 연결이 가능했다. 심지어 닌텐도 게임기와 엑스박스도 일체형으로 포함되었다.

의자의 재질은 이탈리아산 소가죽.

등받이를 뒤로 젖히면 푹신한 침대로 변했고, 버튼을 누르면 안락한 흔들의자가 되었다. 의자를 옆으로 돌리면 비행기 바깥 풍경을 감상하면서 차를 마실 수 있고, 180도 뒤로 돌리면 뒷좌석의 사람과 마주 앉아서 수다를 떨 수도 있었다. 보어경이 내게 선물한 이 전용기야말로 하늘을 떠다니는 궁전이었다.

스튜어디스가 알렉산드라에게 얇은 담요를 덮어주었다. 알렉산드라는 담요를 뒤집어쓰고 색색 숨소리를 내었다.

나도 의자를 뒤로 살짝 젖혔다.

"이사님, 슬리퍼로 갈아 신으시지요."

스튜어디스가 편한 슬리퍼를 대령했다.

"고맙소."

나는 신발을 갈아 신고 버튼을 눌러 전등을 켰다.

스튜어디스가 공손하게 물었다.

"읽을거리를 가져다 드릴까요? 오늘 날짜의 뉴욕데일리와 워싱턴포스트가 준비되어 있습니다."

"아니."

신문을 읽고 싶은 생각은 없었다.

내가 고개를 가로젓자 스튜어디스가 다시 물었다.

"그럼 경제 매거진은 어떠신가요? 포브스와 비즈니스 투데이, 이코노미 등이 준비되어 있습니다."

"그냥 녹차나 한잔 부탁합시다. 얼음을 띄워서 시원하게."

"알겠습니다. 아이스 녹차로 준비하겠습니다."

스튜어디스는 또각또각 하이힐 소리를 내면서 바(Bar)로 향했다. 그녀가 컵에 얼음을 담는 사이, 나는 턱을 괴고 창밖을 바라보았다.

전용기의 창문 너머엔 지중해의 풍경이 아름답게 펼쳐졌다. 초록빛 바다를 항해하는 요트와 새하얀 등대, 주홍빛 태양이 어우러져 한 폭의 수채화를 만들어 내었다. 나는 그 평화로운 모습을 물끄러미 바라보면서 48시간 전을 되새겼다.

이틀 전.

나는 흑마법사 잔당들을 소탕하고, 그 우두머리인 '마스터'

를 제압했다. 비록 사자가면을 놓치기는 했지만, 마사를 통해 그의 정체를 파악했으니 충분한 성과를 거둔 셈이었다.

내가 상황을 정리할 즈음, 리엔조 가문의 생존자들이 하나둘 모습을 드러내었다.

이번 전투에서 살아남은 자는 38명.

우선 내가 살아남았다. 알렉산드라와 마사도 무사했다. 찰스 해링턴과 루트비히 바이어도 많이 다치기는 했지만 생명엔 지장이 없었다. 일단 다섯 가문의 후계자들은 모두 무사한 셈이었다.

반면 리엔조 가문의 피해는 말도 못하게 컸다.

리엔조의 장로들은 가주인 코라 디 리엔조를 구출하기 위하여 각성체 80명과 실험체 170명을 동원했다. 이 한 번의 작전에 무려 250명의 신인류가 투입된 것이다.

여기에 용병 500명이 더해졌다. 용병들은 비록 신인류는 아니지만, 모두 A급의 노련한 경험자들이었다.

리엔조 가문은 아프리카에 군수물자도 잔뜩 쏟아 부었다. 리엔조가 보유한 군수송기와 폭격기, 헬리콥터, 특수 미사일이 이번 작전에 대거 동원되었다. 무인정찰기와 인공위성도 아프리카로 향했다.

이만한 장비에 이만한 병력이라면 아프리카의 나라 하나를 단숨에 쓸어버릴 만한 규모.

한데 결과는 참혹했다. 리엔조가 투입한 병력의 95.6퍼센트가 아프리카 오지에서 뼈를 묻었다. 흑마법사들이 파놓은 함정에 걸린 탓이었다.

이 참담한 패배에 아무도 입을 열지 못했다. 리엔조의 생존자들은 넋을 놓고 멍하니 서 있었다.

보다 못해 내가 나섰다.

"다들 그렇게 얼굴만 보고 있을 거요? 서둘러 리엔조 본가에 연락을 취하고 부상자들부터 치료합시다."

"아!"

내가 주의를 환기시키자 비로소 사람들이 움직였다.

리엔조의 연락병은 무전기를 켜고 본가에 연락을 취했다.

그 사이 군의관은 부상자를 돌보았다.

군의관과 의료병을 제외한 나머지 사람들은 힘을 합쳐 천막을 설치했다. 부상자를 제대로 돌보려면 작렬하는 직사광선부터 막아야 했다.

천막 안에는 임시침상도 마련했다.

군의관은 우선 마사부터 챙겼다. 그가 청진기로 마사를 진찰하는 동안, 의료병이 마사의 얼굴에 얼음 팩을 얹어주었다.

"이 죽일 놈의 흑마법사들! 미사 님의 고운 얼굴에 이런 무식한 상처를 내다니!"

군의관이 분통을 터뜨렸다.

나는 속이 뜨끔했다. 마사의 코를 뭉개버린 것은 흑마법사가 아니라 나다. 마사도 움찔 놀라 나를 바라보았다.

나는 태연하게 마사를 마주 보았다.

'입만 놀려봐라. 머리통에 구멍을 내주마.'

나는 눈빛으로 이렇게 말했다.

기가 눌린 마사가 시선을 회피했다.

그때 확실히 깨달았다.

'저 여자는 비밀을 지킬 것이다. 내게 두들겨 맞았다는 사실을 숨길 수밖에 없어. 함부로 입을 열었다가는 에르쿨 가르시아와의 관계가 폭로될 테니까 말이야.'

마사를 어찌 처리할까 고민했는데, 이대로 내버려두어도 괜찮을 것 같았다.

'솔직히 그녀를 살려두는 편이 더 낫지. 나중에 에르쿨을 엮을 미끼로 사용할 수도 있고.'

마사를 살려주기로 마음을 굳힌 나는 그녀를 향해 윙크했다.

마사가 바르르 눈꺼풀을 떨었다.

나는 얼굴에 철판을 깔고 한 번 더 윙크했다.

마사는 고개를 홱 돌리고 입술을 깨물었다. 그녀의 동그란 어깨가 가늘게 떨렸다.

이것으로 암묵적인 합의가 끝났다. 나는 피식 웃었다.

그 사이 군의관은 찰스와 루트비히를 돌보았다.

"부목!"

군의관의 말에 의료병이 즉각 부목을 대령했다.

“붕대!”

군의관이 다시 붕대를 찾았다. 군의관은 찰스의 부러진 팔에 부목을 대주었고, 루트비히의 가슴엔 붕대를 감아주었다. 고통을 줄이기 위해 진통제도 한 방씩 놓아주었다.

응급치료를 마친 뒤, 군의관은 소매로 땀을 훔쳤다.

“휴우, 이만하길 다행이지. 제때 치료를 받지 못했으면 두 분 다 큰일 날 뻔했어.”

옳은 말이었다.

사실 찰스와 루트비히가 무사한 것은 내 덕분이었다. 내가 찰스를 발견했을 때 그는 기절한 상태였다. 흑마법사 3명이 축 늘어진 찰스를 헬리콥터에 싣고 어디론가 데려가려 했다.

나는 즉각 행동에 나섰다.

“그를 놓아줘.”

말과 함께 손가락이 쭉 뻗었다. 손끝에서 돋아난 새하얀 나뭇가지가 일직선으로 날아가 흑마법사들의 목을 관통했다.

“꾸륵!”

“큽!”

헬리콥터에 막 올라타려던 흑마법사 3명이 외마디 비명과 함께 고꾸라졌다.

“안 돼!”

깜짝 놀란 헬리콥터 조종사는 미친 듯이 시동을 켰다. 프로펠러가 타타타타 소리를 내면서 돌아갔다. 주변에 흙먼지가 뿌옇게 피어올랐다.

나는 다시 한 번 손가락을 놀렸다.

흙먼지를 뚫고 날아간 나뭇가지는 헬리콥터의 유리창을 뚫고는 그대로 조정사의 머리를 관통했다.

"우흭!"

조종사는 짧은 신음과 함께 스르륵 미끄러졌다. 시동이 걸리다 만 헬리콥터가 푸쉬시시 소리를 내면서 다시 내려앉았다.

나는 천천히 걸어 헬리콥터에 다가갔다.

흑마법사들이 노린 대상은 찰스만이 아니었다. 헬리콥터 뒷좌석엔 루트비히가 실려 있었다. 루트비히는 찰스보다도 더 상태가 나빴다.

"헉헉헉!"

루트비히가 숨을 거칠게 헐떡였다. 가슴은 피범벅. 완전히 기절한 것은 아니지만 루트비히의 의식은 가물가물했다.

"루트비히!"

나는 황급히 상대의 눈꺼풀을 열어 동공을 확인했다. 그리곤 뺨을 찰싹찰싹 때렸다.

"루트비히! 루트비히 바이어!"

"으어어?"

다행히 루트비히가 정신을 차렸다. 나는 좀 더 강하게 상대의 몸을 흔들었다.

"루트비히, 내 말이 들리오? 정신 차리시오."

"끄윽! 끅!"

루트비히는 피범벅이 된 눈꺼풀을 억지로 열어 나를 올려다보고는 히죽 웃었다. 곱상한 외모와 달리 그의 정신력은 강인했다.

"내 이럴…… 줄 알았어요. 한스 이사…… 당신이 나를 구해줄 것이라 믿었……. 큭!"

루트비히는 말을 하다 말고 가슴을 움켜잡았다. 입을 억지로 벌리는 바람에 부러진 갈비뼈가 상처를 찌른 모양이었다.

나는 루트비히를 편하게 눕혔다.

"그만 말하고 근육부터 이완하시오. 그렇지! 그렇지! 편하게 뒤로 누워서 눈을 감는 것이 좋겠소. 일단 옷을 찢어 지혈을 해놓았으니 생명엔 지장이 없을 거요. 보다 세밀한 치료는 이탈리아로 돌아가서 합시다."

루트비히는 말없이 고개를 끄덕였다.

나는 루트비히의 어깨를 토닥이고는, 그 옆에 찰스를 눕혔다.

두 사람을 구해준 다음엔 주번을 정리했다.

우선 내 무력의 흔적을 지우는 것이 필요했다. 나는 흑마법사들의 시체를 잘게 썰어 없앴다. 나중에 귀찮은 일에 휘말리지 않으려면 깔끔한 뒤처리가 필수였다.

포로로 잡은 마스터는 입에 대롱을 물려 땅속에 파묻어 놓았다.

"아나콘다의 눈으로 기절을 시켰으니 스스로 깨어나지는 못할 테고, 그렇다고 쉽게 죽지도 않을 거야. 이 정도 강자라면 땅속에 파묻혀도 몇 달은 거뜬히 살겠지."

물론 피부는 썩을지도 모른다. 혹은 벌레들이 마스터의 살을 파먹을 수도 있겠다.

하지만 상관없었다. 마스터가 어떤 고통을 겪건 내 알 바 아니었다.

"그저 목숨만 붙어 있으면 돼."

내가 뒷정리를 마칠 즈음, 리엔조 가문의 생존자들이 하나둘 나타났다.

Chapter 3

"여기요! 여기!"

리엔조의 연락병이 하늘을 향해 하얀 깃발을 흔들었다.

투타타타―!

요란한 굉음과 함께 리엔조 가문의 수송기 두 대가 잠비아 황무지에 내려앉았다. 우리들은 수송기에 나눠 타고 이탈리아로 복귀했다.

리엔조의 장로들이 공항 활주로까지 마중을 나왔다. 장로들은 수송기에서 내리는 마사를 붙잡고 이것저것 캐물었다.

"마사 님, 잠시 여쭤볼 말이 있습니다."

"아프리카의 전황에 대해서 보고를 받기는 했지만, 좀 더 자세한 사정을 마사 님께 듣고 싶습니다."

"잠시 우리들과 이야기 좀 나누시지요."

마사 주변에 몰려든 장로들은 먹이를 노리는 하이에나처럼 집요했다.

마사가 빽 소리쳤다.

"그만 해요!"

"아니, 마사 님! 왜 그러십니까?"

장로들이 움찔거렸다.

마사는 정색을 하고 화를 내었다.

"다들 제정신이에요? 제발 그만 좀 하세요! 우선 부상자부터 병원으로 옮기자고요. 피를 철철 흘리는 이들의 모습이 보이지도 않나요?"

마사의 말이 옳았다. 전황 보고보다 부상자 치료가 우선이었다.

"끄흠! 죄송합니다. 우리의 생각이 짧았습니다."

"치료가 끝난 뒤에 다시 찾아뵙겠습니다."

장로들은 일단 한발 물러섰다.

그날 저녁.

독일의 바이어 가문에서 전용기가 도착했다. 가슴에 철십자가 문양을 새긴 바이어의 기사들은 루트비히를 부축해서 독일로 돌아갔다.

몇 시간 뒤엔 해링턴 가문의 전용기가 로마 공항에 도착했다. 전용기에서 내린 해링턴의 주치의는 한달음에 병원으로 달려와 찰스를 만났다.

"이런 사악한 흑마법사 놈들! 감히 우리 찰스 경에게 무슨 수작을 부린 거야?"

주치의가 안타깝게 발을 굴렀다.

온갖 응급처치를 다했건만 찰스의 의식은 여전히 돌아오지 않았다. 그와 비례해서 주치의도 예민해졌다.

"찰스 경은 몸도 멀쩡하고, 심장도 잘 뛰잖아. 그런데 왜 정신이 돌아오지 않느냐고! 제기랄! 이 분은 우리 해링턴 가문의 미래란 말이닷!"

성질 급한 주치의는 버럭버럭 화를 내며 구급차를 찾았다.

"뭣들 하느냐? 어서 구급차를 대령해라. 이탈리아의 의료기기는 도통 신뢰할 수가 없어. 이 낙후된 곳에서 시간을 끌다간 큰일이 날 수도 있으니 서둘러 영국으로 돌아가자."

"넷!"

해링턴의 기사들이 후다닥 구급차 수배에 나섰다.

그 모습을 본 리엔조의 장로들이 한숨을 쉬었다. 대놓고 이탈리아를 무시하는 상대의 태도에 화가 났지만, 뭐라 반박하지는 못했다. 어쨌거나 이번 일은 리엔조가 잘못했다. 리엔조 가문은 흑마법사 집단의 등장을 숨겼을 뿐 아니라, 위험한 작전지역에 찰스를 데려갔다.

만에 하나 찰스가 적들의 손에 죽었더라면?

혹은 놈들에게 납치라도 당했다면?

그럼 해링턴과 리엔조의 관계는 회복이 불가능할 정도로 악화되었을 것이다. 가문의 후계자를 잃은 해링턴이 가만있을 리 없다.

지은 죄가 있기에 리엔조의 장로들은 얼굴을 들지 못했다.

"참으로 송구합니다. 이 모든 것이 우리 리엔조 가문의 불찰입니다."

수석 장로가 정식으로 사과했다.

"크흠!"

해링턴의 주치의는 불쾌한 기색을 감추지 않았다.

상대가 꽁하게 나오자 리엔조의 장로들이 우르르 나섰다.

"험험! 이것 보시오, 주치의 양반. 우리 수석 장로께서 이렇게 정식으로 사과하지 않소. 그동안 다져온 리엔조와 해링턴의 우정을 생각해시라도 이만 화를 푸시구려."

"그렇소. 계속 그렇게 화민 내면 우리더러 어쩌란 말이오."

"주치의께서 우리 사정을 좀 이해해 주시구려. 우리가 일부러 찰스 경을 다치게 한 것은 아니지 않소?"

"게다가 다친 사람이 찰스 경뿐이겠소? 말이 나왔으니까 말인데, 사실 리엔조의 피해도 이루 말할 수 없이 막대하다오.
맞은편 병실에 누워 계신 마사 님을 한번 보시구려. 우리 가문
의 후계자이신 마사 님도 저리 처참한 모습이잖소."

"으음!"

얼굴에 붕대를 감고 병상에 누워있는 마사를 언급하자 해링
턴의 주치의도 더는 불평하지 못했다.

때마침 기사들이 구급차를 준비해왔다.

"선생님, 응급실 밖에 구급차를 세워놓았습니다. 어서 찰스
경을 옮기시지요."

"수고했네. 어서 감세."

해링턴의 주치의는 짧게 고개를 끄덕이고는 찰스를 데려갔
다. 리엔조의 장로들에겐 눈길조차 주지 않았다.

"으험험!"

"거참, 사람 무안하게 만드는구먼."

장로들이 계면쩍은 얼굴로 헛기침을 했다.

나는 속으로 피식 웃었다.

어쨌거나 이제 까마귀 모임도 끝났다. 루트비히도 고향으로
돌아갔고, 찰스도 영국으로 갔다. 이젠 나도 이탈리아를 떠날
때가 되었다.

"같이 가겠소?"

병원 복도를 서성이는 알렉산드라를 붙잡고 물었다.

알렉산드라는 잠시 머뭇거리다가 고개를 끄덕였다.

"네. 비행기 좀 얻어 탈게요."

말을 마친 뒤, 알렉산드라는 마사를 돌아보았다. 친구의 처지가 안타까웠는지 알렉산드라의 눈에 살짝 습기가 찼다.

하지만 눈물을 흘리지는 않았다.

병원 주차장으로 나오자 모조가 나를 맞았다.

"이사님."

모조는 뤄슨 그룹의 유럽 지부 담당자다. 내가 처음 이탈리아에 도착했을 때 모조에게 도움을 받았다.

"말씀하신 차를 준비해 놓았습니다."

"고맙소."

모조에게 자동차 키를 넘겨받은 나는 부가티(Bugatti; 에토레 부가티가 만든 이탈리아의 명차. 현재는 폭스바겐에 합병된 상태)에 올라타 알렉산드라에게 손짓을 했다. 알렉산드라는 차를 한 번 훑어보고는 내 옆 좌석에 앉았다.

로마 공항으로 이동하던 중에 잠깐 시간을 내서 바티칸에 들렀다. 교황에게 작별 인사를 고하기 위함이었다.

"어어, 이게 누군가?"

하얀 단공을 머리에 쓴 교황이 환한 웃음으로 나를 맞았다. 나는 한쪽 무릎을 꿇고 교황의 손등에 키스했다.

"교황 성하, 이제 저는 이곳 성지를 떠나 뉴욕으로 돌아가려 합니다. 다시 뵐 때까지 부디 강녕하십시오."

"오오, 이렇게 빨리 가는가? 이거 섭섭하구면."

"하하하! 성하께서 섭섭하시지 않도록 조만간 또 찾아뵙겠습니다."

"그래, 그러시게. 보어 경에게도 안부 전해주고."

"물론입니다. 성하의 안부를 들으면 아버님께서도 기뻐하실 겁니다."

"허허! 그런가? 아 참! 한스 경, 헤어지기 전에 이리 가까이 오게. 내 한번 안아보세."

교황은 주름진 손으로 나를 꼭 끌어안고는 축복의 기도를 해주었다.

기도를 마친 뒤, 교황은 알렉산드라에게 눈길을 주었다.

"그런데 저기 저 아가씨는 누군고?"

"이런, 소개가 늦었군요. 교황 성하, 여기 이 숙녀는 미국 버플리 가문의 후계자입니다. 알렉산드라, 교황 성하시오."

내가 정식으로 소개를 하자 알렉산드라는 황급히 무릎을 굽혔다.

"알렉산드라 버플리입니다."

"호오! 참으로 아름다운 아가씨로고. 한스 경과 잘 어울리네. 헐헐헐!"

교황은 턱을 오물거리며 묘한 웃음을 지었다.

"어머!"

나와 잘 어울린다는 말 때문일까? 침울하던 알렉산드라의 얼굴에 갑자기 생기가 돌았다. 알렉산드라는 뺨에 홍조를 띄우고 교황에게 다가가더니, 뭐라고 속삭였다.

"응?"

가는귀가 먹었는지 교황이 되물었다.

알렉산드라는 좀 더 붉어진 얼굴로 다시 속닥였다. 교황은 나를 힐끗 곁눈질하고는 "헐헐헐!" 하고 바람 빠지는 소리를 내었다.

"이런."

알렉산드라가 교황에게 무슨 말을 했을지 짐작이 갔다. 나는 쓴웃음을 지었다.

교황의 면전에서 물러난 뒤에는 바티칸의 재정을 담당하는 멕클레오 대주교를 만났다. 나는 다짜고짜 수표책부터 꺼냈다.

"이게 뭐요?"

수표를 받은 멕클레오 대주교가 능청맞게 물었다.

나는 공손히 대답했다.

"이대로 미국으로 돌아가고 나면 언제 다시 대주교님을 뵐지 모르지 않습니까? 그 전에 한 번 더 교회를 위해 봉헌하고 싶습니다."

"허허허! 뭐 그렇게까지."

말은 이렇게 했지만, 멕클레오 대주교는 망설이지 않고 수표를 소매에 넣었다.

"대주교님, 제게도 봉헌할 기회를 주세요."

알렉산드라가 불쑥 끼어들었다.

알렉산드라는 가톨릭 신자가 아니라 굳이 헌금을 낼 이유는 없었다. 그럼에도 알렉산드라는 수표책에 슥삭슥삭 사인을 해서 대주교의 손에 쥐어주었다.

헌금액수가 얼마인지는 알 길이 없었다. 하지만 대주교의 휘둥그레진 눈으로 보아 통 크게 쓴 듯했다.

기분이 좋아진 멕클레오 대주교는 우리에게 손수 식사대접을 했다. 가톨릭 사제들이 먹는 식사는 간소하면서도 담백한 맛이 일품이었다. 느끼한 이탈리아 음식보다 차라리 이게 더 나은 것 같았다.

성 베드로 성당을 떠난 뒤에는 곧바로 로마 공항으로 향했다. 공항 활주로에선 내 전용기가 대기 중이었다.

나와 알렉산드라는 간단한 출국 절차를 밟은 뒤 전용기에 올라탔다.

기장이 관제탑과 교신을 마치고, 전용기가 활주로를 박차며 하늘로 떠올랐다. 피곤했던 이탈리아 여정은 그렇게 마무리가 되었다.

제2화
과거를 더듬다

Chapter 1

11월 15일.

뉴욕의 하늘은 잔뜩 찌푸려 있었다. '11월의 비'라는 노래 가사가 잘 어울리는 우중충한 날씨였다. 나는 보어 경과 마주 앉아 홍차를 마셨다.

"고생이 많았다고 들었다."

보어 경이 먼저 말문을 열었다.

몸은 뉴욕 본가에 머물고 있지만, 보어 경의 눈과 귀는 전 세계 구석구석을 향해 열려 있었다. 당연히 아프리카에서 벌 어진 사건도 알고 있을 것.

나는 담담히 말을 받았다.

"좋은 경험을 했습니다."

"뭐라? 좋은 경험이라고? 허허허!"

보어 경은 놀랍다는 눈빛으로 나를 보았다. 이번 아프리카 전투는 좋은 경험이라고 치장하기엔 너무 격렬했다. 그리고 그 파급효과도 엄청났다.

일반인들은 아프리카에서 전투가 벌어졌다는 사실조차 알지 못했지만, 신인류들의 반응은 심각하기 그지없었다.

지금까지 신인류들은 5개 집단으로 뭉쳐 지냈다.

유럽과 미국을 연결하는 템플 기사단!

미국의 자존심 일루미나티!

중국의 백화문!

일본의 삼각위원회!

러시아의 드네르프!

이상의 다섯 집단이 신인류의 전부인 셈.

물론 가물에 콩 나듯이 구인류들 가운데 돌연변이가 탄생하기도 했다. 하지만 그건 논외! 돌연변이가 나타날 확률은 지극히 희박할 뿐 아니라, 설령 나타난다고 해도 등장과 동시에 신인류 집단에서 포섭을 해갔다. 따라서 이상 다섯 집단 외에는 신인류가 없다고 해도 과언은 아니었다.

그런데 이번에 전혀 새로운 신인류 집단이 등장했다. 그것도 사악한 흑마법사들로 구성된 집단이었다.

강한 충격이 신인류 사회를 뒤흔들었다. 일루미나티가, 백화문이, 삼각위원회가, 드네르프가 발칵 뒤집혔다. 템플 기사단은 발칵 뒤집힌 정도를 넘어서 비상사태를 선포했다.

"비상사태라고요?"

나는 눈을 껌뻑였다.

보어 경은 당연하다는 듯이 대답했다.

"당연히 비상이고말고. 해링턴 가문의 후계자가 의식 불명이 아니더냐. 바이어 가문의 후계자도 큰 부상을 입었어. 게다가 까마귀 모임을 주도했던 리엔조 가문은 또 어떻고? 아프리카에 어마어마한 병력을 쏟아 부었다가 큰 피해를 입었지 않느냐. 심지어 그곳의 가주인 코라 디 리엔조가 실종되었다는 소문도 있어. 이러니 비상을 선포할 수밖에."

"그렇군요."

전투 중에는 이번 사태의 심각성을 별로 느끼지 못했다. 한데 보어 경의 말을 듣고 보니 신인류 집단 전체가 발칵 뒤집힐 만했다.

보어 경이 갑자기 목소리를 낮췄다.

"한스야, 하나만 물어보자."

"말씀하십시오."

"코라의 실종이 사실이너냐?"

리엔조 가문은 가주의 실종 사실을 철저하게 숨겼다. 때문에 난다 긴다 하는 반 데어 뤄슨의 첩보원들도 코라의 실종 여부를 확인하지 못했다. 그저 루머만 수집했을 뿐이라 보어 경이 내게 사실을 확인하는 것이다.

나는 솔직히 대답했다.

"사실입니다. 이번 까마귀 모임이 열리기 전에 흑마법사 집단에 납치되었다더군요."

"뭐라? 납치!"

보어 경의 얼굴이 눈에 띄게 굳었다.

코라 디 리엔조는 템플 기사단을 이끄는 6인회의 멤버이자 리엔조 가문의 수장이다. 그런 거물이 납치를 당했다니, 이건 보통 일이 아니었다.

쾅!

보어 경은 의자의 팔걸이를 내리치며 울분을 토했다.

"허어! 도저히 참을 수가 없는 일이야. 리엔조 가문은 대체 뭘 한 게야? 이런 사건이 터졌으면 그 즉시 6인회에 보고를 해야지, 꽁꽁 숨기기만 하다가 일을 키운 것 아냐!"

"자기들 딴에는 가문의 수치라고 생각을 했겠지요. 그래서 어떻게든 자신들의 힘으로 코라 님을 되찾으려고 하다가 크게 당한 것 같습니다."

"아무리 수치스러워도 그렇지! 이렇게 중요한 일을 숨기면 어떻게 해? 무사하니 다행이지만 하마터면 각 가문의 후계자들이 모두 납치를 당할 뻔했잖아. 반 데어 뤼슨의 미래인 너도 당할 뻔했다고."

보어 경의 얼굴엔 나를 걱정하는 기색이 역력했다. 그 뜨거운 부성애에 가슴이 울컥했다. 나는 끓어오르는 감정을 안으로 삼키며 활짝 웃었다.

"아버님, 걱정 마십시오. 저는 이렇게 멀쩡히 돌아왔지 않습니까? 찰스나 루트비히처럼 다치지도 않았고요."

"그래, 그래. 그건 장한 일이다만, 그래도 이번 사건은 그냥 넘길 수 없겠어. 조만간 있을 대책 회의에서 리엔조의 잘못을 강하게 추궁해야겠다."

보어 경이 고집스레 말했다.

나는 슬쩍 화제를 돌렸다.

"조만간 대책 회의가 열리나요?"

"그렇다. 대책 회의를 통해 흑마법사 녀석들을 응징할 방도를 찾아야지. 내일 보스턴에서 6인회를 소집하기로 했고, 그 회의엔 템플 기사단의 가주들 뿐 아니라 일루미나티도 함께 모일 게다."

"네에."

나는 겉으로는 별 내색을 하지 않았다. 하나 속으로는 '이거 내 예상보다 일이 커졌는걸.' 이라고 생각했다. 흑마법사의 등장은 이제 템플 기사단을 넘어서 신인류 집단 전체의 화두가 된 모양이었다.

보어 경이 말을 이었다.

"그래서 말인데, 한스야. 혹시 또 다른 정보는 없느냐? 너는 직접 흑마법사와 싸워보았으니까 잘 알 것 아니냐."

"글쎄요? 제가 겪은 바에 의하면……."

나는 일단 생각나는 것 몇 가지를 대답했다.

첫째, 흑마법사들이 시체 폭발 마법을 사용한다는 것.

둘째, 그 폭발의 범위가 십 미터를 넘으며, 강한 독 기운을 내뿜는다는 것.

셋째, 흑마법사들은 로브의 색깔로 계급을 구분한다는 것.

이 정도가 내가 털어놓은 내용이었다.

"호오! 그거 특이하구나. 옷 색깔로 계급을 구분한다고?"

보어 경이 관심을 보였다.

나는 좀 더 자세히 설명했다.

"그렇습니다. 일단 제가 파악한 색깔만도 세 종류입니다. 적들 가운데 회색 옷이 가장 약했고, 주홍색이 중간, 그리고 적 지휘관은 노란색 로브를 입고 있었습니다. 뿐만 아니라 적 지휘관은 얼굴에 사자탈도 쓰고 있었지요."

"음! 회색, 주홍, 노랑. 그리고 사자가면이란 말이지."

보어 경의 이마에 주름이 잡혔다. 무언가 깊이 생각하는 듯했다.

한참 만에 보어 경이 다시 입을 열었다.

"적 지휘관의 무력은 어떻더냐? 혹시 그자와 부딪쳐 보았느냐?"

"아쉽게도 그럴 기회는 없었습니다. 적 지휘관은 리엔조 가문과 치열하게 싸우다가 스스로 물러났습니다. 저는 먼발치에서 지켜보기만 했지요.”

나는 사자가면과 싸웠다는 사실을 숨겼다. 보어 경도 흑마법사들의 실력을 대충 짐작하고 있을 텐데, 그 앞에서 괜한 이야기를 꺼냈다가는 오히려 골치가 아파질 듯했다.

또한 나는 사자가면의 정체에 대해서도 입을 다물었다. 마사의 출생비밀이 걸려 있는 일이라 함부로 털어놓지 못했다.

한 가지 더.

나는 마스터에 대해서도 숨겼다.

‘백화문과 관련된 것은 함구해야지. 놈들은 내 손으로 직접 처단할 거야.’

대신 나는 보어 경에게 또 다른 비밀을 털어놓았다.

“아 참! 아버님께서 아셔야 할 것이 한 가지 더 있습니다.”

“무엇이냐?”

“흑마법사들이 사용하는 흑마법 가운데 녹색 구슬이 있습니다.”

“녹색 구슬이라면, 설마!”

보어 경이 눈을 부릅떴다.

나는 침중한 표정을 지었다.

“그 설마가 맞습니다. 뉴욕 전쟁 당시 벤자민 숙부가 사용했던 괴상한 녹색 구슬에 대해서 보고를 받으셨지요? 아프리카의 흑마법사들도 벤자민 숙부와 똑같은 마법을 사용했습니다.”

"크흣! 그렇다면 벤자민 이놈이 흑마법사들과 관련이 있다는 것 아니냐! 으으흣! 어떻게 이런 일이!"

보어 경은 진심으로 화를 내었다. 바람도 불지 않았는데 방 안의 커튼이 펄럭이고 탁자 위의 찻잔이 달그락달그락 소리를 내었다.

나는 침착하게 말을 이었다.

"그래서 아버님께 미리 말씀을 드린 것입니다. 어쩌면 이번 6인회에서 이 사실이 논의될지도 모릅니다. 뉴욕 전쟁 당시 버플리 가문의 기사들은 벤자민 숙부의 녹색 구슬을 목격하지 않았습니까? 한데 이번 아프리카 전투에서도 똑같은 마법이 등장했고, 그 장면을 많은 사람들이 보았습니다. 물론 그중에는 알렉산드라 버플리도 있었고요."

"으으음!"

"아버님, 이번 일을 숨기려 하시면 더욱 곤란해질 수 있습니다."

"하면 어찌했으면 좋겠느냐?"

보어 경이 내 의견을 물었다.

나는 단호하게 대답했다.

"차라리 선수를 치는 것이 낫지 않을까 싶습니다."

"벤자민의 흑마법에 대해서 미리 실토하란 말이냐?"

"네."

보어 경의 얼굴이 심각해졌다.

"그놈은 우리 가문의 수치다. 반 데어 뤄슨의 수치를 6인회에서 몽땅 까발리라고?"

"리엔조 가문의 전철을 밟으시면 안 됩니다. 수치를 당하는 것이 두려워서 일을 덮으셨다가는 나중에 더 큰 낭패를 볼 수도 있습니다."

"끄으응!"

보어 경이 손으로 이마를 짚었다. 하지만 결국엔 내 뜻에 동의했다.

"그래. 네 말대로 해야겠구나. 작은 잘못을 덮으려다가 큰일을 망칠 수는 없지."

"아버님, 잘 생각하셨습니다."

나는 보어 경을 향해 싱긋 웃어 보였다.

보어 경이 내 손을 꼭 잡았다.

"그나저나 한스야, 나는 네가 정말 대견하구나. 그동안 네가 철부지인 줄 오해를 했는데, 어느새 이렇게 현명하게 커서 아비에게 충고도 다하고! 죽은 네 어미가 이런 모습을 보았다면 얼마나 좋아했을꼬."

보어 경의 눈이 촉촉하게 젖어들었다. 손등을 통해 전해지는 보어 경의 체온은 참으로 따사로웠다.

그 따뜻한 손길에 얼어붙은 가슴이 녹았다.

'아버지, 고맙습니다.'

나는 진심으로 이렇게 중얼거렸다.

이제는 아버지라는 말이 스스럼없이 나왔다. 정말 보어 경이 내 친아버지인 것처럼 느껴졌다.

Chapter 2

리나 제임슨 조사 보고서.

나는 스마트폰에 저장된 보고서를 처음부터 다시 정독했다. 장문의 보고서를 한 장 한 장 읽어 내려갈 때마다 가슴이 쿵쾅쿵쾅 뛰었다.

머릿속에 뿌연 안개가 끼는가 싶더니 과거의 일들이 파노라마처럼 펼쳐졌다.

철컥!

공이를 당기는 소리에 이어 이마에 총구가 닿았다. 죽음이 성큼 다가왔다. 총구에서 전달된 서늘한 감촉은 내 심장을 짜부라뜨렸다.

"건호!"

원수는 내 앞에서 고약하게 입매를 비틀었다.

"건호, 저기를 봐라. 반가운 얼굴이 보이지?"

'반가운 얼굴이라고?'

나는 요트 바닥에 누워 고개를 옆으로 돌렸다. 가슴이 철렁했다.

리나다!

죽은 리나의 시체가 저기 있다.

어린 시절 보스턴에서 처음 만났던 리나 제임슨을 스탠포드 융합학과에서 다시 만나서 정말 반가웠는데, 함께 도서관을 다니고, 함께 수업을 듣고, 밤새도록 함께 공부를 하면서 정말 즐거웠는데, 그 소중한 사랑이 처참한 시체가 되어 눈앞에서 나뒹군다.

"리나! 리나아아-!"

나는 미친 듯이 발버둥쳤다.

그 당시엔 정말 아무런 생각이 나지 않았다. 리나에 대한 단 한 점의 의구심도 없었다. 나는 내 자신보다 더 리나를 믿었다.

리나는 내 생애를 통틀어 가장 중요한 사람이었다. 과학자인 내 부모님들은 내게 냉정했다. 친구들도 나랑 거리를 두었다. 내 삭막한 삶에서 오직 리나만이 유일한 등불이었다. 아니, 내 목숨이었다.

한데 목숨보다 더 소중한 존재가 눈앞에서 스러졌다. 그것도 그냥 죽은 것이 아니라, 강제로 납치를 당하고, 이상한 주사를 맞고, 더러운 놈들에게 온갖 비참한 꼴을 당한 끝에 치참하게 숨이 멎었다.

나는 리나의 찢겨진 옷과 팔뚝의 주사 자국을 두 눈으로 똑똑히 보았다.

"크으아아-!"

미친 듯이 고함을 질렀다.

내 머릿속에서 무언가가 툭 끊겼다. 내 뇌는 뜨거운 화염에 휩싸여 화르륵 타올랐다.

"캬하하하하!"

가오린은 그런 나를 내려다보면서 입이 찢어져라 웃었다.

속이 터질 것 같았다. 가오린 이 개자식은 리나를 욕보이고 죽였을 뿐 아니라, 내 부모님까지 모두 해쳤다. 그리곤 내 앞에서 그 사실을 하나하나 털어놓으며 즐겼다.

이유는?

질투심 때문이란다. 내가 너무 뛰어나서 자존심이 상했다나 뭐라나.

"건호, 나는 위대한 백화문의 후예 쟈오 가오린이다. 이런 나에게 수치심을 안겨준 네 죄가 얼마나 무거운지 뼛속 깊이 깨달아라."

놈이 이렇게 선언했다.

"으아아악!"

나는 목이 쉴 때까지 악을 썼다.

가오린이 비릿하게 웃었다.

"이제 네 재롱을 봐주는 것도 지겹구나. 잘 가라, 건호."

놈의 마지막 말이 송곳처럼 가슴에 박혔다. 말과 함께 놈의 손가락이 까딱 움직였다.

타앙!

총구에서 뛰쳐나온 총알은 빙글빙글 회전하면서 날아왔다.

"으하하하!"

나는 두 눈을 부릅뜨고 탄환을 지켜보았다. 시간은 마치 영화필름을 천천히 돌린 것처럼 느리게 흘렀다. 구릿빛 탄환에 비친 내 얼굴이 똑똑히 보였다.

"으하하하하!"

죽는 순간 나는 웃고 있었다. 가오린이 쏜 총알이 내 가슴을 향해 날아오는 동안에도 내 입가엔 미소가 걷히지 않았다.

탄환에 비친 나는 악마였다. 들끓는 복수심을 마음속 깊숙이 감춘 채 겉으로는 활짝 웃는 어둠의 왕!

내가 누구인지를 자각하는 순간 하늘에선 벼락이 쳤다.

콰쾅!

새하얀 벼락은 캘리포니아의 흐린 하늘을 둘로 갈랐다.

-우오오오!

그 순간 땅속의 악령들이 일제히 들고 일어섰다. 깊고 깊은 무저갱 속에서 악령들은 실로 꿰맨 입술을 오물거리며 어둠의 찬미가를 불렀다.

어둠에 속한 권속들은 들으라!

어느 날인가

어두운 밤하늘에 마른 벼락이 떨어져 세상을 둘로 쪼갤 것이고 그 틈바구니에서 불멸의 매가 깨어나리라!
어둠의 왕이 일어나리라!

"으하하하하!"

나는 두 귀를 활짝 열고 권속들이 부르는 찬미가를 감상했다. 어둠의 찬미가는 러시아의 음악보다 더 장엄하고 장송곡보다 더 섬뜩했다.

그렇게 황홀한 음악 속에서 탄환이 내 심장을 관통했다. 퍽! 하고 가슴에서 피가 터졌다.

나는 그렇게 죽었다.

그리고 얼마 후 한스의 몸으로 부활했다.

다시 살아난 뒤, 가장 먼저 나는 나(?)와 리나의 시체를 깨끗하게 씻기고 치장했다. 그런 다음 두 구의 시체를 검푸른 바닷속에 던져 넣었다.

리나를 떠나보내기 전, 나는 마지막으로 그녀의 볼에 키스했다.

차가울 줄 알았는데, 의외로 리나의 얼굴은 따스했다. 내 입술이 닿는 순간 창백한 리나의 얼굴에 살짝 생기가 돌았다.

그때는 이것을 대수롭지 않게 여겼다.

이제 와 돌이켜 보니 이상했다.

"죽은 사람의 얼굴이 따뜻하다고? 말도 안 돼! 그때는 리나가 죽은 지 꽤 시간이 흐른 뒤였다고!"

어쩌면!

콰쾅!

머릿속에 천둥이 쳤다.

"어쩌면 그때 리나는 죽지 않았을지도 몰라. 그저 죽은 척 연기를 해서 나를 속였을지 모른다고."

왜 속였을까?

정말 리나가 나를 속인 것일까? 아니면 내 과대망상인가?

갖가지 의구심이 뭉게구름처럼 일어났다. 이제는 목숨보다 더 사랑했던 여자의 진짜 이름이 무엇인지도 의심스러웠다.

비서가 보내준 보고서에 따르면, 진짜 리나 제임슨은 단 한 번도 보스턴을 떠난 적이 없단다. 대학도 보스턴에서 나왔고, 직장도 보스턴 미술관에 잡았단다.

"그럼 내가 사랑했던 리나는 뭐지?"

내 사랑 리나는 스탠포드에서 나와 함께 수업을 들었고, 서로 사귀었고, 약혼을 했으며, 한 침대에 누워서 미래를 설계했다.

내가 그렇게 리나와 사랑을 속삭일 때, 진짜 리나는 멀리 떨어진 보스턴에 머물렀다.

그러니까 내가 아는 리나는 진짜 리나가 아니라 가짜였다. 두 리나는 서로 얼굴도 다르고, 분위기도 다르고, 말투도 딴판이었다.

"그녀는 왜 나를 속였을까? 왜 내 첫사랑 흉내를 내서 내게 접근했을까? 그녀의 의도가 뭐지?"

나는 스마트폰 화면에 두 장의 사진을 띄웠다.

하나는 진짜 리나 제임슨의 사진!

다른 하나는 줄리아의 사진!

내가 사랑했던 가짜 리나는 줄리아와 많이 닮아 있었다. 나는 손가락으로 스마트폰의 화면을 톡톡 두드렸다.

"너, 누구냐? 초상화 속에서 본 모비드냐? 아니면 또 다른 제삼의 인물이냐?"

과거의 나는 목숨보다 사랑이 우선이었다. 나는 사랑하는 여인을 위해서라면 기꺼이 죽을 수 있다고 생각했다. 그 시절의 나는 참으로 순진한 로맨티시스트였다.

지금은?

180도 변했다.

'만약 가짜 리나가 나를 배신한 것이라면? 나를 가지고 논 것이라면?'

그렇다면 나는 기꺼이 그녀의 심장에 칼을 박을 수 있다.

칼!

혹은 단검!

그 섬뜩한 무기들을 떠올리는 순간 등판에 화끈한 열기가 느껴졌다. 머릿속에는 필름을 넘기듯 또 다른 장면이 떠올랐다.

푹!

잘 벼린 쇳조각이 내 등허리로 파고들어 척추를 끊는다. 등을 쑤신 감촉이 화끈하다. 뒤를 돌아본 나는 떠듬떠듬 입술을 열었다.

"너……, 네가 감히!"

등 뒤에선 웬 여자가 나를 바라보고 있었다. 손에 단검을 꼭 쥔 여자였다.

"네가 감힛!"

내 목소리가 좀 더 커졌다. 나는 두 눈을 부릅뜨고 상대를 파악하려고 애썼다.

하지만 안타깝게도 원수의 얼굴은 명확하지 않았다. 단지 촉촉하게 젖은 그녀의 눈망울이 기억날 뿐이었다.

"제기랄!"

현실로 돌아온 나는 머리카락 속에 손가락을 꽉 박아 넣었다.

"이렇게 단검에 찔려 죽었구나! 가오린에게 죽기 전에 이 여자에게 당했어!"

이빨이 뿌드득 갈렸다. 내 얼굴은 분노한 도깨비처럼 잔뜩 일그러졌다. 나는 베일 속의 적을 향해 으르렁거렸다.

"크으읏! 넌 누구냐? 나를 죽인 계집! 넌 대체 누구냔 말이다."

안개 속의 여자는 답이 없었다. 나는 지그시 입술을 깨물었다.

"이젠 내가 직접 나서서 알아볼 때가 되었어."

까마귀 모임 때문에 잠시 미뤄뒀던 일을 할 때가 되었다. 나는 스마트폰의 단축번호를 눌렀다.

"네, 이사님."

비서가 전화를 받았다.

"전용기를 준비해줘요. 산호세로 가야겠어요."

"알겠습니다. 즉각 준비하겠습니다."

비서가 냉큼 대답했다.

전화를 끊은 뒤, 나는 거울을 보았다.

버티컬 블라인드 사이로 빛이 스며드는 어두운 방 안. 거울 속의 나는 절반쯤 어둠에 몸을 담고, 나머지 절반은 빛에 노출한 채 무섭게 앉아있었다.

나는 입술을 일자로 다물었다.

"이제 때가 되었어. 과거를 정면으로 직시할 때!"

결심이 섰으면 망설이지 않고 해치우는 것이 내 장점이었다.

그날 오후, 나는 산호세로 날아갔다. 미국 벤처 산업의 메카이자, 모교 스탠포드가 있는 아름다운 도시 산호세로.

Chapter 3

뉴욕을 출발한 전용기가 미 대륙을 가로질렀다.

목적지는 캘리포니아주의 산호세.

나는 푹신한 비행기 좌석에 몸을 묻고 펜을 빙글빙글 돌렸다. 메모지에 끄적거린 내용이 눈에 들어왔다.

1. 첫 번째 죽음

　– 시기: 약 5년 전으로 추정. 부활 후 상황은 거의 기억이 없음.

　– 장소: 모름

　– 원수: 정체불명의 여자(?)

　– 사인: 단검에 등이 찔려서 죽음

　– 부활: 기억 없음

　– 특이점: 부활과 관련하여 몇 가지 의문점이 있음

2. 두 번째 죽음

　– 시기: 올해 5월

　– 장소: 한스 반 데어 뤄슨의 요트 안

　– 원수: 가오린과 그 똘마니

　– 사인: 가슴에 총상

　– 부활: 한스 반 데어 뤄슨으로 되살아남

　– 특이점: 리나와 함께 죽었음. 하지만 리니의 징체는 불투명. 그

　　녀의 생존 여부도 불투명

두 번의 죽음 모두 중요한 사건이었으되, 나는 첫 번째 죽음

에 더 주목했다. 두 번째에 비해 첫 번째 죽음이 더 모호했기 때문이다.

하지만 아무리 고민해도 없는 기억을 되살릴 수는 없었다.

"젠장! 도통 기억이 나지 않아. 나를 죽인 원수가 누구인지 알 수가 없다고. 그저 원수가 여자라는 점만이 분명할 뿐."

나는 머리카락을 쥐어뜯었다.

그렇다고 여기서 생각을 멈출 수는 없었다. 이건 내 생존에 관련된 문제였다. 나는 최선을 다해 머리를 굴렸고, 그 결과 가느다란 실마리를 잡는 데 성공했다.

"흑고양이의 심장은 망각을 불러일으키기는 하지만, 기억 자체를 왜곡하지는 않아."

이건 아주 중요한 발견이었다. 나는 내 기억을 낱낱이 더듬어 전체 얼개를 재구성했다. 그 결과 아주 중요한 단서를 찾아냈다.

한스의 요트에서 죽을 당시, 가오린은 나를 "건호"라고 불렀다. 또한 "건호, 네가 스탠포드를 수석졸업 하는 바람에 내 자존심에 상처를 입었다."라는 말도 덧붙였다.

"아!"

처음 이 사실을 떠올렸을 때, 나는 뒤통수를 얻어맞은 듯 멍했다.

"왜 이 중요한 사실을 지금 깨달았지? 정말 이상하잖아. 5년 전 나는 스탠포드에 유학을 온 직후에 정체불명의 여자에게 죽었다고. 그런 다음 다시 부활했는데, 희한하게도 여전히 스탠포드를 다녔고, 가오린 녀석과 경쟁을 했으며, 이름도 그대로 건호였단 말이지.”

타인의 몸을 빌려 부활을 했는데 왜 이름이 바뀌지 않았을까?

선뜻 이해하기 어려웠다.

보다 자세한 답을 알기 위해서는 스탠포드 대학의 학적부를 뒤져보는 수밖에 없었다. 그 기록을 확인해야 비로소 내가 지난 5년간 어떻게 살았고, 가오린과는 어떻게 엮였는지 실마리를 찾을 수 있을 것이다.

물론 위험부담은 감수해야 한다.

‘나는 이미 스탠포드에서 두 번이나 죽었다. 나를 해친 적은 아직도 그곳에 도사리고 있을지 몰라. 내가 나타나기를 기다리면서 말이야.’

그래도 비행기를 되돌릴 수는 없었다. 아무리 위험해도 나는 내 과거를 확인해야 했다. 나는 주먹을 꽉 움켜쥐어 결의를 다졌다.

게다가 이젠 호락호락 당하지 않을 자신도 있었다. 나는 이미 과거의 내가 아니었다. 샤피로 덕분에 그 누구에게도 뒤지지 않을 힘을 갖추었다.

거기에 더해서 비행기를 되돌릴 수 없는 또 한 가지 이유.

“이참에 가짜 리나에 대해서도 알아봐야지.”

가짜 리나는 스탠포드에 다녔다. 나와 그녀는 모두가 부러워하는 캠퍼스 커플이었다. 그러니 대학 교무처를 뒤지면 가짜 리나에 대한 정보를 얻을 수 있을 것이다.

오랜만에 다시 찾은 교정은 아름다웠다. 작년 여름 나는 이곳 스탠포드 교정에서 박사학위를 받았다. 당시의 기억들은 대부분 잃어버렸지만, 몇 가지 단편적인 조각들은 내 머릿속에 스냅사진처럼 남아 있었다.

우선 박사모를 하늘 높이 던지던 졸업식 광경이 떠올랐다. 스탠포드의 수석졸업자로 명예의 전당에 이름을 남기던 순간도 잊을 수 없었다. 미국 국가연구소에 취직 인터뷰를 하던 장면도 얼핏 생각났다.

그 밖에도 연구소에 첫 출근을 하던 날, 중요한 연구 성과를 거두던 날, 그리고 사랑하는 여인에게 청혼을 하던 순간!

이 한 장면 한 장면이 모두 소중했다.

한데 그 소중한 순간들이 조작된 것이라면? 혹은 누군가에게 기만을 당한 것이라면?

이런 생각을 하는 것만으로도 피가 거꾸로 쏠렸다.

"크윽! 누군가 나를 기만했다면 가만두지 않아!"

나는 나직이 으르렁거렸다.

스탠포드 대학 정문은 언제 봐도 시원했다. 일직선으로 쫙 뻗은 도로와, 도로 양쪽에 늘어진 야자수들이 방문자를 반겼다. 예전에 듣기로 연세대학교의 정문이 이곳을 본떠서 만들었다던데, 규모 면에서는 비교할 바가 아니었다.

차를 몰고 좀 더 안으로 들어가자 붉은 벽돌 건물들이 줄지어 나타났다.

"그러고 보니 카이스트의 학부도 이 건물들을 본떴다고 했지."

카이스트에는 세 종류의 건물이 있다. 붉은 벽돌로 지은 학부 건물과 푸른 타일로 치장한 대학원 건물, 그리고 회색의 행정동 건물이 그것이다. 이 가운데 학부 건물의 모태가 된 것이 바로 스탠포드 대학이라고 들었다.

모교인 카이스트를 떠올리자 마음이 착 가라앉았다.

봄이 되면 카이스트 교정엔 벚꽃이 흐드러지게 피고, 붉은 벽돌 건물 사이로 아름다운 꽃잎이 눈처럼 휘날리곤 했다.

'내게도 그런 시절이 있었지.'

잠시 감상에 젖어 있는 사이 어느새 나는 목적지에 도착했다. 나는 계단을 뛰어올라 대학 교학부로 향했다. 도착 전에 전화 한 통화를 넣는 것도 잊지 않았다.

"헬로우!"

핸드폰 저편에서 굵은 목소리가 들렸다.

"빌 교수님, 저 한스입니다."

"오! 한스 군! 이제 도착했는가?"

스탠포드의 교학처장인 빌 앤더슨은 반갑게 내 전화를 받았다.

빌 앤더슨 교수는 뤄슨 재단의 후원을 받는 석좌교수 가운데 한 명으로, 내가 스탠포드에 기여 입학을 하는 데 큰 도움을 주었다. 최근에 빌은 뤄슨 재단의 적극적인 지원을 받아 '거시경제 체제에서 해지펀드의 역할' 이라는 테마를 연구 중이었다.

빌은 교수.

나는 학생.

이 관계에서는 빌이 갑이고 나는 을이었다.

빌은 교수.

나는 빌을 후원하는 뤄슨 재단의 부이사장.

이 관계에서는 빌이 을이고 내가 갑이었다. 그러니 빌은 내 부탁을 거절하지 못할 터였다. 나는 휘파람을 불면서 계단을 올랐다.

Chapter 4

30분 뒤.

나는 잰걸음으로 교학처장실을 벗어났다.

"이런! 모처럼 왔는데 벌써 가려는가? 커피나 한잔 더 하지 않고."

  뒤를 쫓아 나온 빌 교수가 서운한 듯 나를 붙잡았으나, 내 귀엔 그의 목소리가 들리지 않았다.

  "아닙니다. 그냥 가겠습니다."

  나는 허둥지둥 건물 밖으로 나와 계단에 쪼그려 앉았다. 머릿속에선 빌과 나누었던 대화가 웅웅웅 맴돌았다.

  컴퓨터 자판을 두드리던 빌 앤더슨은 내게 모니터를 보여주었다.

  "건호 리, 건호 리란 말이지? 아! 여기 컴퓨터에 기록이 남아 있네."

  "어떤 기록입니까?"

  내 물음에 빌이 혀를 찼다.

  "쯧쯧쯧! 건호 학생은 5년 전에 입학을 했는데, 그 후 몇 주일 만에 소식이 끊겼어. 처음엔 사고라도 터졌나 싶어서 경찰에 연락했지. 여기 폴리스에 연락한 기록도 남아 있잖아. 그런데 얼마 후 경찰서에서 전화가 왔어. 황당하게도 건호 리는 코리아로 돌아가 버렸다더군. 당시 샌프란시스코 공항의 출입국 관리소가 그의 출국 사실을 확인해주었어."

  "저런! 입학 직후에 한국으로 되돌아갔다고요? 선뜻 이해하기 힘들군요."

  "그러게 말일세. 아마도 건호 학생은 미국 생활에 적응하지 못했나봐. 그러니까 이렇게 빨리 귀국했겠지. 아! 당시 내가 교학부 위원이었는데, 회의를 통해서 이 학생을 자퇴 처리했던 기억이 나네. 그런데 한스 자네가 왜 갑자기 이런 것을 묻지?"

빌의 얼굴에 의문이 어렸다.

나는 화제를 바꾸었다.

"교수님, 그럼 지난 5년간 건호라는 학생은 스탠포드에 없었단 말이네요. 입학 직후에 한국으로 돌아가 버렸으니까요."

"그렇지."

"하면 Y2E2 건물에 이름이 올라 있는 건호는 누구인가요? 융합학과 건물 말이에요."

빌이 안경을 벗으며 되물었다.

"Y2E2 건물이라고? 각 학과 수석졸업생의 이름을 남기는 명예의 전당 말인가?"

"네. 그곳에 건호라는 학생이 있지 않던가요? 작년 8월 졸업생들 가운데요."

"거기에 한국 학생이 있다고? 가만있자. 아! 기억이 나는군. 하지만 그 학생의 이름은 건호가 아닌데? 잠깐만 기다려보게."

빌이 타타닥 자판을 두드렸다.

이윽고 모니터에 동양 학생의 얼굴이 떠올랐다. 사내답게 시원시원하게 생긴 남학생이었는데, 까무잡잡한 피부에 서글서글한 눈매가 인상적이었다. 그 모습이 어딘지 모르게 친숙했다.

나는 모니터에 바짝 다가가 기록을 확인했다.

- 이름: 앤드류 건호 리

- 학번: 0536113

- 버지니아 주, 페어펙스 출생

- 버지니아 주, 폴 처치 고등학교 졸

- MIT 전자공학 학사 졸

- 2004년 9월, 융합학과 석박사 통합과정 입학

- 지도교수: 탐 모리슨

- 2009년 8월, 융합학과 박사학위 취득 (수석졸업생)

- 2004년 ~ 2009년: 무어스 장학금 취득

- 2004년 ~ 2009년: 융합학과 조교

- 2007년, 2008년 연속 교내 MVP

- 2009년, 카네기 재단 젊은 과학자(Young Scientist)상 수상

- 2009년, 마르퀴즈 후즈 후 세계인명사전 등재

"아! 이 학생!"

빌이 손뼉을 쳤다.

"자네가 찾는 학생이 앤드류였나? 앤드류 박사라면 내가 잘 알지. 아! 그러고 보니 그의 미들네임(중간 이름)도 건호였네? 하지만 아무도 이 학생을 건호라고 부르지 않았어. 항상 퍼스

트 네임인 앤드류라고 불렸지.”

“앤드류요?”

“그래. 앤드류 박사는 아주 유명인사야. 공부면 공부, 운동이면 운동, 못 하는 것이 없는 교내 스타였다고. 그는 동료들에게도 인기가 많았지. 그다지 친구가 많지는 않았지만 말이야. 그런데 한스 자네가 왜 앤드류 박사를 찾나?”

빌이 눈을 껌뻑이며 나를 바라보았다.

“아, 그냥요.”

나는 대충 얼버무리고는, 머리를 굴렸다.

앤드류 건호 리(Andrew Gunho Lee)!

한국에서 미국으로 이민을 간 사람들은 편의상 미국 이름으로 개명을 한다. 대신 한국을 잊지 않으려고 자신의 본명을 미들 네임으로 넣는 경우가 많은데, 앤드류 건호 리도 이런 경우인 듯했다.

'가오린의 손에 죽은 것은 바로 이 학생이다! 앤드류 건호 리가 바로 내 과거였어.'

드디어 잃어버린 기억의 한 조각을 찾았다. 가슴이 쿵쾅쿵쾅 뛰었다. 나는 빌에게 프린트를 부탁했다.

“교수님, 앤드류 박사의 인적사항을 프린트해주세요.”

“엉? 그건 곤란한데. 아무리 자네 부탁이라고 해도 타인의 인적사항을 빼줄 수는 없어.”

빌은 단호하게 거절했다.

나도 물러서지 않았다.

"교수님, 앤드류 박사는 제가 꼭 스카웃하고 싶은 인재여서 그럽니다."

"으잉? 뤄슨 그룹에서 앤드류를 원한다고? 그는 융합학과를 졸업한 공학도고, 뤄슨은 금융회사가 아닌가? 서로 분야가 다르잖아."

빌은 미심쩍어했다.

나는 일부러 펄쩍 뛰었다.

"아니! 우리 뤄슨 그룹이 금융만 한다고 누가 그럽니까? 우리는 차세대 에너지와 관련해서 신사업을 추진 중입니다. 그리고 그 분야의 핵심인재로 앤드류 건호 리 박사가 적합하다는 판단입니다."

"그래?"

다행히 빌은 앤드류의 죽음에 대해 알지 못했다. 잠시 망설이던 빌이 고개를 끄덕였다.

"그런 이유라면 자네에게 정보를 알려줘도 괜찮겠지."

빌은 마우스를 딸깍딸깍 움직여 프린트 버튼을 눌렀다. 레이저 프린터가 윙윙 소리를 내면서 앤드류 건호 리에 대한 정보를 쏟아내었다.

"내 기억에 의하면, 앤드류 박사는 졸업 후 로렌스 리버모어 국가연구소(National Lab.)에 취직했을 거라네. 리버모어는 여기 산호세에서 거리가 멀지 않으니 쉽게 만날 수 있을 걸

세.”

빌은 한 묶음의 프린트물을 건네주면서 이렇게 말했다.

나는 활짝 웃었다.

“고맙습니다. 교수님 덕분에 뭐슨 그룹에 꼭 필요한 인재를 스카웃할 길이 열렸네요.”

“허허! 그거야 서로에게 도움이 되는 것 아니겠는가. 자네는 인재를 얻어서 좋고, 앤드류 박사는 고액의 연봉을 받을 수 있어서 좋고, 나도 훌륭한 졸업생을 소개해 줄 수 있어서 좋고. 나중에 스카웃이 성사되걸랑 나에게 식사나 한 번 사게. 허허허!”

“어디 식사뿐이겠습니까? 교수님이 학회장으로 계신 경제학회에 후원도 해야죠.”

“후원!”

학회에 후원을 해준다는 말에 빌의 얼굴이 활짝 폈다. 빌은 후원 액수나 후원 방법 등에 대해서 좀 더 구체적으로 묻고 싶은 눈치였지만, 나는 서둘러 교학처장실을 나섰다.

“이런! 한스 군. 모처럼 왔는데 벌써 가려는가? 커피나 한잔 더 하지 않고.”

빌의 목소리가 공허하게 복도를 울렸다.

나는 들은 체도 하지 않았다.

Chapter 5

산호세의 고급 호텔.

맨 꼭대기 층의 스위트룸에 숙소를 잡은 뒤, 나는 비서에게 전화를 걸었다.

"이사님, 시키실 일이 있으십니까?"

"사람 좀 수배해줘요."

"네, 말씀하십시오."

"이름은 앤드류 건호 리. 작년 9월에 로렌스 리버모어 국가 연구소에 취직을 한 연구원이에요. 학교는 스탠포드를 나왔고요. 이 사람에 대한 인적사항을 뽑아줘요."

"알겠습니다. 즉시 조사에 착수하겠습니다."

비서가 깍듯하게 대답했다.

"잠깐!"

나는 전화를 끊기 전에 한마디를 덧붙였다.

"앤드류 박사를 조사하는 와중에 나와 관련된 내용이 나올 수도 있어요."

내가 앤드류 건호 리였던 시절, 나는 리나와 사귀었다. 그때 힌스가 끼어들었나. 리나에게 반한 망나니 한스는 나를 무던히도 괴롭혔다.

앤드류 건호 리의 뒷조사를 하다 보면 이런 삼각관계가 자연스럽게 드러날 것이다. 나는 그때를 대비해서 미리 선수를 쳤다.

비서는 아무렇지도 않게 말을 받았다.

"그렇습니까? 하면 이사님과 관련된 부분은 빼고 보고서를 작성할까요?"

"아니, 그럴 필요 없어요. 예전에 나와 앤드류 박사는 한 여자를 사이에 둔 연적관계였거든요. 그때 내가 앤드류에게 좀 못되게 굴었죠. 하지만 특별히 부끄러울 일은 하지 않았으니까 보고서에 포함해도 괜찮아요."

"알겠습니다."

"그럼 가급적 빨리 보고서를 작성해서 보내줘요."

"네, 최선을 다하겠습니다."

비서와 통화를 마친 뒤, 나는 잠시 과거를 회상했다.

나와 한스가 연적관계라는 점은 사실이었다. 한스가 나를 무던히 괴롭혔던 것도 엄연한 진실이었다. 아니, 단순히 괴롭혔다는 말로 포장하기엔 부족했다. 한스는 나를 가오린에게 팔아넘겼고, 결국 죽음에 이르게 만들었다.

그런데 희한하게도 분노가 일지 않았다.

망나니 한스가 내 원수인 것은 분명했다. 하지만 배배 꼬인 운명 때문에 지금은 내가 한스의 몸을 차지했다.

일단 한스가 되고 나니까 희한하게도 이 녀석을 미워할 수가 없었다.

나는 영화를 볼 때 가끔씩 주인공이 아니라 악당에게 감정을 이입하곤 했다. 주인공이 답답한 성격이거나 혹은 주인공이 무척 찌질할 때 이런 행동을 하는데, 한 번 악당에게 감정이 이입되면 더 이상 악당을 미워할 수 없었다.

이것은 여자들이 나쁜 남자에게 반하는 것과 비슷한 심리였다.

"이런! 내가 지금 뭘 하는 거야. 지금 심리분석이나 할 때가 아니잖아."

스스로 머리를 한 대 콩 때린 뒤, 나는 호텔을 나섰다.

"내 과거는 비서가 알아서 조사할 테고, 그 사이 나는 다른 일을 해야지."

호텔 입구로 내려가자 검정색 페라리가 보였다. 벨 보이가 다가와 차키를 내밀었다.

"여기 있습니다."

나는 벨 보이에게 20달러를 팁으로 건네주고는 스포츠카에 올라탔다.

"리나 제임슨이라고?"

스텐포드의 교학처장 빌 앤더슨은 코에 걸린 안경을 위로 쓸어 올리며 물었다.

나는 힘차게 고개를 주억거렸다.

"네, 리나 제임슨이요."

"휴우우, 어제는 앤드류, 오늘은 리나. 자네 도대체 왜 이러나?"

빌의 얼굴에 언짢은 감정이 실렸다. 아무래도 빌이 뭔가 눈치를 챈 모양이었다. 나는 시치미를 뚝 떼었다.

"왜 이러다니요? 무슨 문제라도 있습니까?"

"융합학과의 앤드류. 문학과의 리나. 이 두 사람이 서로 사랑하는 사이인 것은 알고 있겠지?"

"그거야……."

"한스군, 내게 거짓말을 할 생각은 말게. 자네는 분명 이 둘의 사이를 알고 있어."

나를 바라보는 빌의 눈빛이 매의 그것처럼 날카롭게 빛났다. 빌은 원두커피를 쪼르륵 따르고는 낮게 가라앉은 음성으로 추궁했다.

"어제 자네가 방문한 이후, 내가 앞뒤 사정을 좀 알아보았네. 앤드류와 리나는 유명한 캠퍼스 커플이었더군. 그 사이에 자네가 끼어들어서 신사답지 못한 행동을 했다고 들었는데, 그게 사실인가?"

이렇게까지 정확하게 말하니 부인할 수 없었다. 나는 빌을 향해 두 손바닥을 들어 보였다.

"교수님 말씀이 맞습니다. 제가 과거에 성숙하지 못하게 굴었던 점은 인정합니다."

"그런데 그 성숙하지 못한 행동이 지금까지 이어지는 것 같구먼. 내 심히 불쾌하니 어제 가져간 앤드류 박사의 인적사항

을 돌려주게. 그리고 리나 제임슨에 대해서도 절대 알려줄 수
없네."

빌이 단호하게 쏘아붙였다.

"교수님, 제 말 좀 들어보시지요."

"듣지 않겠네. 자네가 아무리 뤄슨 재단의 부이사장이라고
해도 상관없어. 나는 돈 몇 푼에 양심을 파는 사람이 아닐세."

빌이 언성을 높였다.

"휴우!"

나는 크게 한숨을 쉬고는 화제를 돌렸다.

"하면 교수님께서는 앤드류와 리나의 실종에 대해서도 알고
계십니까?"

"뭣?"

안경 너머 빌의 눈이 파르르 떨렸다.

"실종이라니? 그들이 실종되었단 말인가?"

나는 차분하게 대답했다.

"교수님이 인맥을 동원하시면 금세 아실 일인데 제가 왜 거
짓말을 하겠습니까? 로렌스 리버모어 연구소에 한번 전화를
걸어보십시오. 앤드류 건호 리 박사는 올해 5월에 자취를 감
추었을 겁니다."

"그럴 리가!"

당황한 빌은 어디론가 전화를 걸더니, 이내 망연차실한 표
정으로 나를 보았다.

“정말이었군. 앤드류 박사가 감쪽같이 실종되었어.”

“리나 제임슨은 어떻습니까? 당연히 그녀의 소식도 끊겼겠지요?”

“설마 자네…….”

빌은 의심스러운 눈초리로 나를 보았다.

뿌린 대로 거둔다는 옛말이 있던가. 한때 한스 반 데어 뤼슨은 망나니 중의 망나니로 악명이 자자했다. 그러니 의심을 받는 것도 당연했다.

나는 어깨를 으쓱했다.

“교수님께선 저를 의심하시나 보군요. 하지만 이번엔 번지수가 틀렸습니다. 만약 제가 그 두 사람에게 해코지를 했다면 왜 교수님을 찾아뵙고 이런 이야기를 꺼내서 분란을 만들겠습니까? 저는 오히려 그들을 찾는 중입니다.”

“그들을 찾는다고? 왜?”

“리나 제임슨에게 사기를 당했으니까요.”

“응?”

빌은 황당하다는 듯 나를 보았다.

나는 빌의 옆자리로 옮겨 앉아 스마트폰에 저장된 내용을 보여주었다. 진짜 리나 제임슨에 대한 보고서였다.

빌이 화들짝 놀랐다.

“아니, 이게 다 뭔가? 여기 이 여자가 리나 제임슨이라고?”

“그렇습니다. 그녀는 현재 보스턴에서 잘 살고 있지요. 그녀의 사회보장번호는 여기 적힌 이것이고요."

나는 리나의 사회보장번호(Social Security Number; 우리나라의 주민등록번호에 해당)를 보여주었다.

빌은 컴퓨터에 접속해서 리나 제임슨의 기록을 검색했다.

잠시 후 가짜 리나의 얼굴이 모니터에 떴다. 그 아래 사회보장번호도 찍혔다.

이 번호는 보고서 속의 사회보장번호와 똑같이 일치했다. 한데 사람은 완전 달랐다. 빌의 눈이 휘둥그레졌다.

"한스 군, 이게 어찌 된 일인가? 이 둘은 전혀 다른 사람인데 왜 사회보장번호가 같지?"

"아직도 모르시겠습니까? 보스턴에 사는 이 여자가 진짜 리나 제임슨입니다. 그리고 스탠포드 문학과를 졸업한 저기 저 여자는 가짜고요."

"아니야. 난 자네 말을 믿을 수 없네."

빌이 고개를 가로저었다.

"정 못 미더우시면 사회보장국(Social Security Administration)에 전화를 걸어보십시오. 교수님의 인맥이라면 진실을 알 수 있잖습니까."

머뭇거리던 빌이 사회보장국에 전화를 길었다. 그리곤 의자에 털썩 주저앉았다.

"자네 말이 옳군! 자네 말이 옳아!"

빌은 넋을 잃고 중얼거렸다.

나는 좀 더 강하게 몰아붙였다.

"교수님, 그렇게 낙담할 때가 아닙니다. 서둘러 이 가짜를 찾아야 합니다. 이 여자는 정말 위험한 인물입니다."

"뭐? 위험인물?"

"위험하고 말고요. 그녀는 리나 제임슨의 서류와 사회보장 번호를 위조해서 스탠포드 대학에 부정입학했을 뿐 아니라, 저에게 의도적으로 접근해서 모략을 꾸몄습니다. 아마 앤드류 박사에게도 의도적으로 접근했을 겁니다."

"그럼 자네와 앤드류, 리나 사이에 벌어졌던 루머가 모두 그녀 때문이란 말인가?"

빌의 얼굴이 하얗게 질렸다.

나는 단호히 고개를 끄덕였다.

"네. 저는 그렇게 믿고 있습니다."

"그녀가 왜 이런 짓을 했지? 무슨 이유로?"

"그걸 제가 어찌 알겠습니까? 하지만 분명한 사실 하나는, 앤드류 박사의 실종에 그녀가 관련이 있다는 겁니다. 어쩌면 이 가짜 리나 제임슨은 앤드류 박사의 연구결과를 노렸을지도 모르죠."

앤드류 건호 리였던 시절, 나는 차세대 에너지와 관련된 중요한 연구를 수행했다. 그 결과물들은 외국의 스파이들이 눈에 불을 켜고 달려들 만했다.

당황한 빌이 전화기를 찾았다.

“아아! 전화기가 어디 있지? 어서 경찰에 연락해야 해.”

“안 됩니다.”

나는 빌의 손목을 잡았다.

“교수님, 함부로 행동할 때가 아닙니다. 섣불리 경찰이 개입했다가는 앤드류 박사의 목숨이 위험할 수도 있습니다.”

“아아! 그럼 이 일을 어떻게 하나?”

빌은 이제 완전히 넘어왔다.

나는 자신 있게 가슴을 두드렸다.

“이번 일은 제게 맡겨주십시오. 어제도 말씀드렸다시피 지금 뤄슨 그룹은 차세대 에너지 산업을 전략적으로 추진 중입니다. 그리고 앤드류 박사는 그 프로젝트에 꼭 필요한 인물이고요. 그러니 교수님께서 조금만 도와주시면 제가 최선을 다해 그를 찾겠습니다.”

“자네가 찾겠다고?”

“그렇습니다. 만약 제가 미덥지 않으시다면 반 데어 뤄슨 가문을 믿어주십시오. 가문의 명예를 걸고 앤드류 박사의 행방을 찾겠습니다.”

반 데어 뤄슨은 힘이 있는 가문이었다. 섣불리 경찰에 신고하는 것보다 반 데이 뤄슨을 믿는 편이 더 나았다.

잠시 망설이던 빌이 마침내 결심을 굳혔다.

“한스 군, 내가 무엇을 도와주면 되겠나?”

“가짜 리나에 대한 정보를 넘겨주십시오. 그녀의 주거지,

연락처, 행적, 학적사항, 교우관계, 과거 상담 내역 등 모든 정보를 주십시오."

나는 빌을 향해 손을 내밀었다. 내 손바닥에 놓인 새하얀 USB 메모리가 빛을 발했다.

빌은 머뭇머뭇 손가락을 뻗어 메모리를 붙잡았다.

제3화
십제의 유품을 습득하다

Chapter 1

띠링!
경쾌한 소리와 함께 스마트폰에 불이 들어왔다. 이메일이
도착했다는 표시였다. 나는 편하게 자세를 잡고 앉아 이메일
을 열었다.

이사님, 말씀하신 내용을 조사에서 보내드립니다. 첨부 파일을 참

고하십시오.

이 간단한 한 줄의 글에 이토록 가슴이 뛸 줄이야!
나는 두근거리는 마음으로 첨부 파일을 열었다. 앤드류 건

호 리, 즉 내 과거에 대한 내용이 주르륵 펼쳐졌다.

과거를 더듬는 과정은 흥미로웠다.

"옳거니! 그때 그런 일이 있었지. 보고서를 읽으니까 어렴풋이 기억이 떠오르네."

나는 중간 중간 무릎을 치면서 보고서를 탐독했다.

사람의 뇌는 참으로 신비로웠다. 실마리를 툭 던져주자 전혀 기억이 나지 않던 일들이 줄줄 떠올랐다. 나는 등불을 들고 미로를 탐험하는 기분으로 내 과거 행적을 거슬러 올라갔으며, 그 과정에서 발견한 몇몇 중요한 포인트들은 따로 메모했다.

- 앤드류 건호 리
- 미국 이민 3세
- 부모는 버지니아주에서 마트와 세탁소, 샌드위치 가게를 운영 중
- 워싱턴DC 인근의 페어펙스에서 태어나 어린 시절을 보냈으며,
  형제는 없음
- 한국말은 거의 할 줄 모름
- 가톨릭 계열의 폴처치(Fall Church) 사립학교를 졸업
- 일찍부터 영재성이 드러나서 학교 공부와 영재스쿨 수업을 병행
- 정상적인 나이보다 2년 월반해서 MIT 전자공학과에 입학
- 2003년 여름방학 기간에 한국 카이스트에 교환학생으로 방문
- 스탠포드 융합학과 석박사 과정 진학

- 지도교수는 탐 모리슨 교수로 나노융합 분야의 선구자임

- 스탠포드 재학 중 무어스 재단의 전액장학생이었으며, 특이하게
  도 운동 분야에 놀라운 재능을 드러냄 (※특기사항: MIT 시절에
  는 몸이 허약한 편으로 운동과는 거리가 멀었음)

- 졸업논문과 관련, 카네기 재단에서 수여하는 젊은 과학자(Young
  Scientist)상 수상

- 스탠포드 융합학과 수석 졸업

- 로렌스 리버모어 국가연구소 취업

- 나노 물질을 이용한 차세대 에너지 하베스팅(Energy
  Harvesting: 에너지 수집) 연구로 두각을 나타냄

- 캠퍼스 커플이었던 리나 제임슨과 약혼

- 올해 5월 11일 갑자기 실종 (※특기사항: 약혼녀도 함께 실종)

이상의 내용은 대부분 내가 알고 있던 것들이었다. 지난 5년간의 생애에 대해 다시 한 번 정리한다는 것 외에는 의미가 없었다.

하지만 몇몇 정보는 신선했다. 나는 그 정보들 앞에 별표를 붙였다.

첫째, 앤드류의 변화.

앤드류는 원래 허약한 공부벌레 타입이었다. 그런데 어느 날 갑자기 놀라운 운동능력을 드러내기 시작했다.

이것을 가리켜, 비서는 참 이해하기 어려운 현상이라고 표

현했다. 사실 그 원인은 내게 있었다. 내가 앤드류가 몸을 차지했기 때문에 앤드류가 변한 것이다.

"하긴, 지금 한스의 몸뚱어리도 원래는 극도로 열악한 상태였지. 그런데 내가 들어와서 이렇게 훌륭하게 변했어."

잘 발달된 근육을 내려다보며 나는 이렇게 뇌까렸다. 처음 내가 한스의 몸을 차지했을 때만 해도 제대로 된 근육이라고는 찾아볼 수 없었다. 마약과 술에 찌들어 장기도 엉망이었다. 그때는 세상에 뭐 이런 저질 몸뚱어리가 다 있나 싶었다.

그런데 지금은?

나는 웃통을 벗고 거울 앞에 섰다.

거울에 비친 내 모습은 폭발적이었다. 보기엔 마른 듯하되, 피부 속엔 용수철보다 더 탄력 있는 근섬유들이 숨어 있었다. 약간만 힘을 줘도 그 근섬유들이 튀어나와 엄청난 괴력을 발휘했다. 골격도 완벽하게 잡혔고, 몸의 균형도 최상이었다.

"만족스러워."

나는 거울을 보며 흡족하게 웃었다.

거울에 이리저리 몸을 비춰보다가 다시 스마트폰을 잡았다. 내가 두 번째로 별표를 친 항목은 2003년에 벌어진 사건이었다.

2003년 여름, 앤드류는 한국을 방문했다.

"한 번쯤 모국을 방문해 보고 싶었나 보지. 아마도 카이스트-MIT 학생교환 프로그램에 지원했었나 봐."

2003년이라면 내가 카이스트에서 여름학기 수업을 들었을 때였다. 어쩌면 나와 앤드류는 그때 안면이 있었는지도 몰랐다.

"비록 짧게 스쳐 지나가서 기억은 나지 않지만, 우리는 분명 같은 시간 같은 공간에 머물렀어."

그러고 보면 이름이 똑같다는 것도 참 희한한 인연이었다.

같은 이름을 가진 나와 앤드류가 지구 반대편에서 살다가 2003년 여름에 우연히 만나고, 다시 헤어지고.

5년 전 스탠포드 융합학과에서 다시 만나고.

그 후 내가 앤드류의 몸을 차지하고.

결국 가오린의 손에 죽었다가 다시 부활하고.

돌이켜 보면 참으로 파란만장한 일생이었다. 그 짧은 시간에 두 번이나 죽다니 말이다. 나는 과거를 회상하며 눈을 감았다.

그리고 잠시 후!

"억!"

입술을 비집고 비명이 터졌다.

"내가 왜 이 사실을 진작 깨닫지 못했지? 가짜 리나는 나를 알고 있어. 앤드류 건호 리가 아니라, 한국의 이선호를 알고 있었다고!"

앤드류는 버지니아에서 어린 시절을 보냈다.

반면 나는 보스턴에서 자랐고, 리나 제임슨도 보스턴에서 컸다.

그러니까 앤드류와 리나 제임슨은 전혀 관련이 없었다. 가짜 리나는 앤드류가 아니라 나에게 접근한 것이다. 나를 노리고, 내 어린 시절의 추억을 빙자해서 접근했다.

"이럴 수가!"

내 눈은 폭풍처럼 뒤흔들렸다. 섬뜩한 예감에 심장이 콩닥콩닥 뛰었다. 나는 머리를 꽉 움켜쥐고는 5년 전을 회상했다.

가짜 리나를 만나던 날, 나는 주머니에 손을 넣고 도서관으로 향하던 중이었다. 그때 등 뒤에서 아름다운 여자 목소리가 들렸다.

　　"잠깐만! 너 혹시 건호 아니니? 어릴 때 보스턴에서 살
　　았던 건호!"

뒤를 돌아보니 아름다운 미녀가 생글생글 웃고 있었다. 리나 제임슨은 그렇게 드라마 속의 한 장면처럼 내 앞에 나타났다.

한데 그 아름다운 장면이 거짓이었다니!

"이제 생각나! 가짜 리나가 말을 걸었던 상대는 앤드류가 아니라 나였어. 내가 스탠포드에 입학한 직후에 그녀가 거짓말처럼 내 앞에 나타났다고."

이렇게 영화처럼 리나를 만나고, 며칠 뒤 나는 살해당했다. 내 죽음은 아무도 알지 못하는 곳에서 이루어졌다.

당시 주변 정황은 정확하게 생각나지 않았다. 그저 웬 여자

에게 등을 찔린 것만 기억났다. 사방은 칠흑처럼 어두웠다. 인적도 없었다. 나는 그렇게 외롭게 죽었다. 스탠포드의 교학처장 빌은 내가 미국에 적응하지 못하고 한국으로 돌아갔다고 추측했지만, 그건 사실이 아니었다. 나는 칼에 찔려 죽었다가 앤드류의 몸을 빌려 간신히 부활했다.

그런데 그 후 더 무서운 일이 벌어졌다.

"가짜 리나는 아무렇지도 않게 부활한 나랑 사귀었어. 앤드류로 바뀐 나를 계속 건호라고 부르면서 사귀었다고!"

이것이 무엇을 의미하는가!

가짜 리나는 내 부활 전과 후를 모두 알고 있다는 뜻이다. 그 여우 같은 계집이 흑고양이의 심장을 안다는 뜻이다.

모호하게 가려진 흑막 뒤에 가짜 리나가 있다!

나는 벌떡 일어나 으르렁거렸다.

"으으으, 설마 너냐? 내 등에 칼을 찌른 것이 바로 너냐?"

내가 소리를 지르자 멀쩡하던 하늘이 갑자기 어두워졌다. 손아귀에 움켜쥔 스마트폰은 와직 소리를 내면서 박살났다.

콰콰쾅!

마른하늘에 날벼락이 떨어졌다.

벼락은 어둑해진 세상을 가르며 대지에 내리꽂혔다. 그 시퍼런 벼락이 내 모습을 비췄다. 나는 거울을 통해 내 모습을 보았다.

어둠 속에 서 있는 나는 분명 한 마리의 야수!

"드디어! 드디어 원수의 실체에 접근했구나!"

거울 속의 야수가 허연 이빨을 드러내며 포효했다.

"가짜 리나! 바로 너였어! 네가 내 등에 칼을 찌른 거야!"

콰콰콰쾅!

다시금 벼락이 쳤다.

가공할 속도로 떨어진 번개는 순간적으로 빛을 뿌리고 사라졌지만, 내 눈동자 안에서 타오르는 시퍼런 귀화는 꺼질 줄 모르고 활활 타올랐다.

화르륵!

그 뜨거운 불길이 내 몸을 휘감았다. 거울 속의 야수가 날름거리는 화마 속에서 두 눈을 부라렸다.

콰쾅!

창밖엔 또다시 벼락이 내리쳤다. 산호세의 하늘을 가득 메운 먹구름이 물방울을 뚝뚝 떨어뜨리기 시작했다.

Chapter 2

인간은 누구나 양면성을 지녔다. 겉은 반듯한데 속이 음흉한 사람도 있고, 겉은 거칠지만 속마음은 비단결인 사람도 있다.

물론 겉과 속이 일치하는 사람도 있을 것이다.

하지만 그건 아주 드문 케이스였다. 몇몇 성인들을 제외하면 대부분의 사람들은 어느 정도 가면을 쓰고 살게 마련이었다.

내 경우는?

나도 양면성을 지녔다. 그냥 양면성을 지닌 정도를 넘어서, 내 양면성은 아주 극단적이었다.

나는 신사인가, 야수인가?

내가 처음 마사를 만났을 때 마사는 나를 따분한 엘리트 신사로 여겼다. 마사뿐 아니라 알렉산드라도 비슷한 반응이었다. 그녀들에게 선입견을 줄 만큼 내 외모는 단정했다. 나는 금목걸이를 차고 근육을 과시하는 마초 타입이 아닐뿐더러, 복장도 깔끔했고 수염도 단정하게 깎았다. 무엇보다 분위기가 단아했다.

이렇듯 겉모습은 신사지만, 막상 속을 들여다보면 내 안엔 세상 그 무엇으로도 가로막을 수 없는 길들여지지 않은 야수가 들어 있었다. 극도로 포악한 내 야수성은 때때로 가면 밖으로 튀어나와 사람들을 기겁하게 만들었다.

신사와 야수!

이것은 내 양면성의 시작에 불과했다.

나는 조심스러운가, 아니면 거침이 없는가?

평상시의 나는 극도로 조심스러운 편이었다. 뒷골목을 배회하는 들고양이처럼 언제나 조심조심, 살금살금!

나는 늘 뒤를 살피며 걸을 정도로 조심성이 많았다.

한데 먹이를 잡을 때는 180도 돌변했다. 주변 모든 것을 무시하고 저돌적으로 돌진할 뿐 아니라, 눈에 뵈는 것이 없을 만큼 과격했다. 일단 목표가 정해지면 그 어떤 위험도 개의치 않았다. 우유부단하게 굴다가 먹이를 놓치는 것은 절대 내 취향이 아니었다.

특히 백화문!

중국의 백화문이야말로 내 눈을 뒤집히게 만드는 목표물이었다.

또한 주변 사람들을 대하는 내 태도도 이중적이었다.

기본적으로 나는 사람을 깊게 사귀지 않았다. 학창 시절엔 밤마다 찾아오는 악몽 때문에 동급생들을 멀리할 수밖에 없었다. 대학원 시절에도 리나를 제외하면 친구를 두지 않았다. 리버모어 연구소에 다닐 때도 동료 연구원들과 교류를 피했다.

이런 외톨이 성향은 지금까지도 이어져서, 요즘도 나는 은둔 생활을 즐겼다. 나는 주로 집 안에서 지냈으며, 사람들에게 가까운 거리를 허락하지 않았다.

그나마 보어 경과 줄리아, 그리고 루이만이 가까운 사람이었으나, 그 3명에게도 완전히 마음을 열지는 못했다.

남들이 보기에 나는 완전 외톨이인 셈.

보통 이런 외톨이들은 주변인들을 믿지 못하고 모든 걸 혼자서 처리하려 들곤 했다.

한데 나는 정반대였다. 나는 주변 사람들을 적극적으로 활용했다.

비서를 부리는 것만 보아도 알 수 있었다. 나는 중요한 일들을 거침없이 비서에게 떠넘겼다. 이를테면 리나 제임슨의 뒷조사라던가, 앤드류 건호 리의 행적을 쫓는다던가.

이런 일들은 내게 아주 중요한 것이지만, 직접 처리하지 않고 비서에게 맡겼다. 그편이 훨씬 더 효율적인 까닭이다.

그렇다고 내가 비서를 믿는 것은 아니었다. 보어 경이 붙여준 비서는 정말 유능한 인재였으나, 나는 그를 눈곱만큼도 신뢰하지 않았다. 왜냐하면 그는 내 사람이 아니라 보어 경의 사람이기 때문이다.

'비서는 보어 경의 눈과 귀 역할을 할 수도 있어.'

나는 기본적으로 비서를 의심했다. 비단 비서뿐 아니라 주변의 모든 사람들을 다 의심했다.

그렇게 의심이 많은 나이건만, 비서에게 두 차례나 중요한 일을 맡겼다.

첫째, 리나 제임슨에 대한 조사.

둘째, 앤드류 건호 리에 내한 조사.

내 지시가 띨어질 때마다 비서는 최선을 다해 정보를 모았고, 그 결과를 한 권의 보고서로 만들어 보내왔다.

한데 과연 비서의 보고서를 받은 사람이 나 혼자일까?

"그럴 리는 없지."

나는 아닐 거라고 믿었다.

반 데어 뤄슨은 그렇게 허술한 집단이 아니었다. 보어 경이 내게 붙여준 비서는 반 데어 뤄슨의 집중교육과정을 통과한 정보원이자 정식 각성체였다. 나는 비서의 혈관 속에 흐르는 스파이럴 적혈구를 통해 그 사실을 알아내었다.

'반 데어 뤄슨의 신인류들은 보어 경에게 절대 충성하지. 특히 정보조직의 충성심은 말도 못하게 강해.'

벤자민 숙부의 반역 이후, 반 데어 뤄슨 가문은 조직원들의 충성심에 각별히 신경을 썼다.

'그러니 지금 내 비서도 충성심으로 똘똘 뭉쳤을 거야. 내 추측이 옳다면 아마도 지금쯤 보어 경의 손에는 리나와 앤드류에 대한 보고서가 들어갔을 거라고.'

내 추측이 맞을 확률은 90퍼센트 이상!

그래도 상관없었다. 나는 오히려 이번 일이 보어 경의 귀에 들어가기를 희망했다. 머릿속엔 이미 작전이 섰다.

나는 지금 리나와 앤드류의 뒷조사를 하는 중이다. 이 소식이 보어 경의 귀에 들어가면 어떻게 될까? 보어 경은 분명 깜짝 놀랄 것이다.

불과 5개월 전만 하더라도 한스는 개망나니처럼 살았다. 그 시절 한스는 리나라는 여인에게 반해 뒤꽁무니를 졸졸 쫓아다녔다.

당시 리나에게는 약혼자가 있었다.

이름은 앤드류 건호 리!

바로 나였다.

그런데 얼마 후 리나와 앤드류가 감쪽같이 실종되었다.

당연히 한스에게 의심의 눈초리가 쏟아질 수밖에.

한데 몇 달 뒤에 한스(나)가 다시 실종자들의 뒷조사를 한다고?

보어 경은 분명 그 이유를 궁금하게 여길 것이다.

"아마도 보어 경은 내게 전화를 걸어서 물을 거야. 왜 리나와 앤드류의 뒤를 캐느냐고. 그리고 그들은 어디로 사라졌느냐고. 그럼 나는 이렇게 답변하겠지."

잠시 숨을 멈춘 뒤, 나는 눈앞에 보어 경이 있다고 상상하면서 변론을 시작했다.

"아버님, 제가 벤자민 숙부를 속이기 위해 일부러 망나니처럼 살았던 것은 아시지요?"

눈앞에 어른어른 보어 경이 나타났다. 보어 경은 나를 향해 고개를 끄덕였다.

"그래. 안다."

나는 보어 경이 앞에 있는 것처럼 설명을 풀어내었다.

"스탠포드 대학에서두 저는 여전히 망나니처럼 굴었어요. 한데 그때 리나라는 여자가 제게 접근하더군요."

"엉? 그 여자가 네게 먼저 접근을 했다고? 네가 접근한 것이 아니고?"

"믿지 못하시겠지만 제 말은 사실입니다. 당시 리나는 버젓이 애인이 있었는데, 노골적으로 제게 추파를 던지더라고요. 그래서 참 이상하다고 생각했지요. 하지만 그 여자의 추파를 무시할 수는 없었습니다. 그 무렵 저는 벤자민 숙부의 감시를 받고 있었거든요. 숙부의 눈을 속이려면 어쩔 수 없이 그 여자의 유혹에 빠진 시늉을 해야 했지요. 그래야 망나니 한스다우니까요."

"으으음!"

"덕분에 스탠포드에서 제 평판은 최악으로 떨어졌습니다. 임자 있는 여자를 쫓아다니는 개망나니! 이게 바로 저에 대한 평가였지요. 이 내용은 이미 아버님께서도 아실 겁니다."

"으으음. 한스야, 미안하구나."

상상 속의 보어 경이 내게 사과를 했다.

보어 경은 내게 죄책감을 품고 있었다. 벤자민의 마수로부터 나를 지켜주지 못했다는 것이 죄책감의 원인이었다.

나는 그 약점을 예리하게 공략했다.

"저와 리나라는 여자, 그리고 앤드류라는 학생은 그렇게 악연으로 얽혔습니다. 그리고 그 추문으로 인해 저는 가문에서 쫓겨날 뻔했었지요. 당시 저를 쫓아내기 위해 장로회의까지 열렸다고 들었는데, 아버님도 기억하시죠?"

"끄으응!"

상상 속의 보어 경은 점점 더 괴로운 빛을 띠었다.

나는 팔을 활짝 벌리고 보란 듯이 말했다.

"자! 아버님. 뭔가 이상하지 않으십니까? 당시 저는 유배를 당하다시피 캘리포니아로 쫓겨 가서 근신 중이었습니다. 한데 우연찮게도 그 근신의 시기에 제게 추파를 던지는 여자가 나타나고, 삼각관계에 빠졌습니다. 그로 인해 제 평판은 최악으로 치달았고요."

"아!"

"그래서 저는 그 리나라는 여자를 의심했습니다. 벤자민 숙부가 저를 가문에서 쫓아내기 위해서 수작을 꾸민 것이 아닌가! 이렇게 생각할 수밖에 없었지요. 제가 최근에 리나와 앤드류를 뒷조사하는 이유는 바로 그 때문입니다."

"그랬구나!"

보어 경은 비로소 이해했다는 듯이 고개를 끄덕였다.

"한데 아버님, 조사 결과가 어찌 나왔는지 아십니까?"

"응?"

"리나라는 여자, 아주 수상합니다. 일단 리나 제임슨이라는 이름은 본명이 아니고요, 진짜 정체는 아무리 조사해도 미궁입니다. 그 밖에도 의심스러운 점이 한둘이 아니며, 특히 그 여자가 제게 사용했던 미혹의 마법이 마음에 걸립니다."

"뭣? 미혹의 마법이라고? 그게 사실이냐?"

상상 속에서 보어 경이 펄쩍 뛰었다.

미혹의 마법은 흑마법사들이 사용하는 사악한 수법 가운데

하나였다. 오래전 중세 유럽에 등장했던 흑마녀들은 이 미혹
의 마법으로 백성들을 홀리고 온갖 악행을 저질렀다. 그러니
이 이야기를 들은 보어 경도 크게 놀랄 수밖에 없었다.

나는 쐐기를 박았다.

"제가 왜 거짓말을 하겠습니까? 지금으로부터 5개월 전, 가
짜 리나는 제게 미혹의 마법을 펼쳤습니다. 다행히 제가 각성
을 했기에 망정이지, 까딱했다간 그 흑마녀에게 홀려 무슨 짓
을 했을지 모릅니다. 아마도 엄청난 짓을 저지르고 가문에서
추방되었겠지요. 벤자민 숙부가 원하던 대로요."

"크으읏! 벤자민 이놈! 감히 조카인 네게 그런 사악한 흑마
법까지 사용했단 말이더냐! 내 이놈을 당장!"

흥분한 보어 경이 벌떡 일어서는 장면이 눈에 선했다.

나는 상상 속의 보어 경을 향해 결정타를 날렸다.

"한데 돌이켜 보니 이 모든 것들이 흑마법과 연결되어 있지
않겠습니까. 아프리카에 등장한 흑마법사 집단! 뉴욕 전쟁 당
시 벤자민 숙부가 사용했던 녹색 구슬! 그리고 미혹의 마법을
동원하여 제게 수작을 부렸던 흑마녀의 등장!"

"아아!"

"아버님! 그동안 제 나름대로 흑마녀의 뒷조사를 해보았지
만 제대로 건진 것이 없습니다. 이제 아버님께서 직접 나서주
십시오. 템플 기사단에 흑마녀의 등장을 알리고, 가문의 정보
망을 총동원해서 그녀의 행방을 찾아주십시오."

“오냐! 알았다. 이제부터는 내가 맡으마.”

상상 속에서 보어 경은 가슴을 탕탕 두드리며 이렇게 대답했다.

실제 보어 경도 똑같은 행동을 할 것이다. 모든 정보망을 동원하여 가짜 리나를 찾겠지. 그럼 나는 가만히 앉아서 기다리기만 하면 된다. 신인류들이 사방을 들쑤시고 다니면 언젠가는 가짜 리나가 모습을 드러낼 테고, 나는 그때를 노려 그 계집을 낚아챌 것이다.

맨 처음부터 쭉 점검해보았는데, 내 작전은 완벽했다. 나는 손가락으로 머리를 톡톡 두드렸다.

“역시 사람은 머리를 써야 해. 주변을 잘만 이용하면 이렇게 편하게 일을 추진할 수 있잖아.”

나는 음흉한 들고양이!

음지에 숨어서 치밀한 계획을 세우고, 사람의 마음을 파고들어 음모와 귀계를 꾸미고, 주변을 이용하여 적을 허물어뜨리는 것은 내 전공이었다.

나는 보란 듯이 외쳤다.

“가짜 리나야, 두고 보이리. 네기 니를 속이고 접근해서 내 등을 찔렀듯이, 니도 내기 할 수 있는 모든 수단을 다 동원해서 너를 찾을 것이다. 그리곤 살금살금 다가서서 네 등짝에 칼날을 박아주마! 시퍼렇게 날이 선 칼로 푹푹푹!”

입으로 푹푹푹 소리를 내면서 손을 둥글게 말아 허공을 쑤시는 시늉을 했다.

눈앞에 가짜 리나가 나타났다. 상상 속의 가짜 리나는 칼에 찔려 처절한 비명을 질렀다. 파편처럼 튄 피가 내 얼굴을 때렸다.

나는 쉴 새 없이 칼을 박았다.

거침없이 쑤시고, 쑤신 자리를 또 쑤시고!

가짜 리나는 처절한 비명을 지르며 쓰러졌다. 그 가증스런 얼굴 위로 가오린의 얼굴이 겹쳐 보였다. 나는 가오린에게도 칼을 휘둘렀다.

"으악! 살려줘!"

가오린이 허둥지둥 도망치다가 쓰러졌다.

"으흐흐! 살려달라고? 감히 네 입에서 그런 말이 나와?"

나는 가오린의 목을 밟고 복부에 칼을 내리꽂았다. 깊숙이 박힌 칼날을 빙글빙글 돌리며 놈을 괴롭혔다. 그러다 칼을 뽑자 가오린의 배에서 선혈이 분수처럼 치솟았다. 가오린은 금방이라도 숨이 넘어갈 것처럼 헐떡였다.

"제발, 제발 살려줘. 내가 잘못했어."

놈의 입에서 항복의 소리가 나왔다. 놈의 눈에 어린 공포가 보기에 좋았다.

"아하하!"

나는 양팔을 활짝 벌리고 웃었다.

복수의 순간은 언제나 이렇게 짜릿했다. 복수를 상상하는 것만으로도 등줄기를 타고 오싹한 전율이 흘렀다.

이건 흡사 오르가슴과 비슷했다. 내 눈이 붉게 변했다. 하체에 지그시 힘이 들어갔고, 입가엔 섬뜩한 미소가 걸렸다.

"으하하하하!"

어두운 방안, 나는 상상 속의 가오린을 짓밟으며 통쾌하게 웃었다.

내 입으로 이런 말을 하기는 그렇지만, 확실히 나는 정상이 아니었다.

Chapter 3

모든 일은 내 계획대로 흘러갔다.

그날 밤 보어 경이 내게 전화를 걸었다.

"한스야."

"네, 아버지."

"이 애비의 뜻을 오해하지 말고 들었으면 한다. 애비는 너를 감시하는 것이 아니야. 그저 요새 흑마법사들이 등장하고 세상이 뒤숭숭하기에 네 곁에 가디언들을 붙여놓았을 뿐인데, 그들을 통해 수상한 보고가 들리더구나. 네가 요새 누군가의 뒷조사를 하고 있다지?"

보어 경은 조심스레 운을 떼었다.

나는 순순히 털어놓았다.

"알고 계셨군요. 저는 요새 리나 제임슨과 앤드류 리에 대한 뒷조사를 진행 중입니다."

보어 경이 걱정스레 물었다.

"리나와 앤드류라. 네가 솔직히 대답해주니 고맙구나. 솔직히 나도 네가 그들과 어떤 관계인지 알고 있단다. 한데 지금 네가 또다시 그들을 들쑤시는 이유가 있더냐? 설마 리나라는 여자에게 아직 미련이 남은 것은 아니겠지? 혹은 또 다른 이유가 있느냐? 괜찮으니까 애비에게 솔직히 털어놓으려무나."

또 다른 이유를 입에 담을 때 보어 경의 음성이 살짝 흔들렸다. 아마도 보어 경은 "혹시 그들의 실종에 네가 관련이 있느냐?"라고 묻고 싶었을 것이다.

"사실 제가 산호세로 온 것은 그들 때문입니다."

나는 천천히 입술을 떼었다. 이미 가상의 보어 경을 상대로 연습을 끝마쳤던 나였다. 나는 준비한 대로 술술 풀어놓았다.

알고 봤더니 스탠포드의 리나 제임슨은 가짜였더라. 진짜 리나 제임슨은 현재 보스턴에 살고 있으며, 이미 결혼을 했고, 스탠포드에는 온 적도 없었다더라.

앤드류 박사의 실종은 나도 모르는 일이었다. 그리고 어쩌면 가짜 리나가 앤드류를 이용한 것일지 모른다.

이런 내용들이 내 입에서 술술 흘러나왔다.

거기에 덧붙여서 나는 "아무래도 가짜 리나는 벤자민 숙부의 사주를 받은 것 같습니다."라고 털어놓았다. 그 가짜가 내게 사악한 흑마법을 사용했다는 점도 밝혔다.

내가 말한 것들은 대부분 진실이었다. 심지어 가짜 리나가 사악한 술수를 써서 나를 속였다는 점도 엄연한 사실이었다.

나는 이 모든 사실 속에 1퍼센트의 거짓을 섞었다. 사실 가짜 리나가 접근한 대상은 한스 반 데어 뤄슨이 아니라 한국의 이건호였다.

이 한 가지를 제외하면 내가 말한 모든 것들은 사실에 가까웠다.

"뭣? 미혹의 마법이라고? 한스야, 그게 정말이냐?"

예상대로 보어 경은 깜짝 놀랐다.

"크윽! 아무리 내 동생이지만 더 이상 참을 수가 없구나! 벤자민 이 노옴! 사악한 흑마법을 배운 것만으로도 모자라 조카에게 그런 짓을 해?"

보어 경이 언성을 높였다.

나는 그때를 놓치지 않았다.

"아버님, 아버님께 도움을 청할 것이 있습니다."

"그게 무어냐?"

"그동안 제 나름대로 흑마녀의 뒷조사를 해보았지만 전혀 성과가 없었습니다. 그러니 이제 아버님께서 직접 나서주십시오."

"내가 뭘 해주면 되겠느냐?"

"우선 템플 기사단에 흑마녀의 등장을 알려주십시오. 또한 아버님께서 가지고 계신 모든 능력을 총동원해서 그 사악한 계집의 행방을 찾아주십시오. 아버님께서 침묵하시면 흑마법사 놈들이 또 다른 나쁜 짓을 저지를 겁니다. 놈들은 우리 템플 기사단을 주요 타깃으로 노리고 있습니다. 뉴욕 전쟁 당시 벤자민 숙부는 흑마법을 사용해서 저를 공격했고, 아프리카에서 만난 흑마법사들은 저를 비롯한 템플 기사단의 후계자들을 납치하려고 시도했습니다. 그리고 그 전에 제게 수상한 흑마녀가 접근했고요. 이 일련의 상황들만 보아도 저들의 목표가 누구인지 뚜렷하지 않습니까?"

"으음!"

수화기 저편에서 보어 경의 신음이 들렸다.

보어 경은 잠시 고민을 하다가 단호하게 대답했다.

"알겠다. 이번 일은 애비에게 맡기려무나. 내가 알아서 하마."

"고맙습니다, 아버님."

"고맙다니. 그건 내가 할 소리구나. 한스야, 정말 고맙다. 그리고 사랑한다!"

"네?"

뜬금없는 보어 경의 말에 머리가 멍했다.

나는 친부모로부터도 사랑한다는 말을 들은 적이 없었다. 돌아가신 내 친아버지는 내게 단 한 번도 사랑한다는 말을 해

주지 않았다. 자식보다 연구가 우선이셨던 어머니도 차갑기는
매한가지였다. 때문에 나는 사랑한다는 말을 듣는 것이 어색
했다.

　"아버지도 참. 다 큰 자식에게 무슨 소리에요."

　나는 계면쩍게 얼버무렸다.

　하지만 한편으론 가슴이 울컥한 것도 사실이었다. 보어 경
의 뜨거운 부정이 내 마음에 파문을 만들었다. 나는 전화를 끊
은 뒤에도 한동안 손에서 수화기를 놓지 못했다. 유리창에 비
친 내 모습 뒤로 어렴풋이 보어 경의 모습이 떠올랐다.

　상상 속의 보어 경은 다정하게 다가와 내 어깨를 두드려주
었다.

　"한스야, 모든 일은 내게 맡기려무나. 이 애비가 알아서 하
마."

　환청처럼 보어 경의 목소리가 들렸다.

　이곳 산호세와 보어 경이 머무는 뉴욕은 비행기로 4시간이
넘는 거리지만, 보어 경의 음성은 바로 등 뒤에서 들리는 듯
또렷했다.

　"아버지……."

　나도 모르게 보어 경을 아버지라 불렀디.

　"아버지. 아버지. 아버지."

　몇 번이고 반복해서, 진심을 다해 불렀다.

가짜 리나는 잠시 잊기로 했다. 보어 경이 본격적으로 나섰으니 나는 가만히 앉아서 기다리기만 하면 되었다.

"그 사이에 다른 할 일이 있지."

나는 차를 몰고 로스앤젤레스(LA)의 별장으로 향했다. 산호세에서 로스앤젤레스까지는 해안도로를 타고 달렸다.

도로 오른편으로 태평양 바다가 끝없이 펼쳐졌다. 작렬하는 뙤약볕은 해안의 모래사장을 뜨겁게 달구었다. 하늘엔 갈매기가 떠다니고, 바닷가엔 수백 마리의 물개가 드러누워 껑껑 소리를 냈다.

새삼 느끼는 것이지만, 캘리포니아 해변엔 정말 물개가 많았다. 문득 '저 물개 녀석들 팔자 한번 좋구나. 한국이었으면 모조리 씨가 말랐을 텐데.'라는 생각이 들었다. 한국 남성들은 해구신이라면 눈이 뒤집히니까 물개들을 저렇게 한가롭게 놓아둘 리 없었다.

이런저런 잡생각을 하면서 차를 모는데, 옆에서 휘파람 소리가 들렸다.

"뭐지?"

고개를 돌려 보니 빨간 오픈카를 탄 여자 4명이 나를 향해 손짓을 했다. 휘파람을 분 여자는 오픈카 뒷좌석에 아슬아슬하게 걸터앉았고, 그 옆의 여자는 주먹을 하늘로 들고 빙글빙글 돌렸다. 카 오디오에서는 빠른 비트의 음악이 쏟아져 나오는 중이었다.

"와우! 섹시한데? 차만 섹시한 것이 아니라 남자도 섹시해."

"이봐, 섹시 가이(Sexy Guy). 여기 우리 좀 봐줘."

휘파람을 불던 여자가 양손으로 가슴을 모아 골짜기를 만들더니, 그 모습을 내게 보여주었다.

"휘익! 휙! 깔깔깔!"

그 옆의 여자는 벌떡 일어나더니 내게 커다란 엉덩이를 내밀고는 좌우로 흔들었다. 운전을 하던 여자가 킥킥 웃었다. 또 다른 여자는 나를 향해 입술을 삐죽 내밀고는 담배 연기를 길게 내뿜었다.

나를 향해 추파를 던지는 이 여자들이 내가 모는 검정색 페라리에 마음이 꽂힌 것인지, 아니면 내가 마음에 든 것인지 알 수 없었다. 어느 쪽이건 간에 이 추잡한 여자들을 상대할 마음은 없었다. 나는 순간적으로 가속페달을 밟았다.

끄왕-!

검정색 페라리가 폭발적으로 튀어 나갔다.

"어머! 남자가 무슨 부끄럼을 타고 지랄이야."

"쫓아가. 어서 쫓아가라고!"

등 뒤에서 여자들의 목소리가 들렸다.

슬쩍 짜증이 났다.

부와아앙-!

나는 속도 표지판을 무시하고 무섭게 페달을 밟았다. 천사의 도시 로스앤젤레스가 눈 깜짝할 사이에 눈앞에 나타났다.

도시에 진입한 이후로는 서서히 속도를 줄였다. 나는 내비게이션의 지시를 받아 별장으로 향했다.

"내비게이션이라는 고마운 발명품이 없었다면 나 혼자 별장까지 찾아오지도 못했을 거야."

나는 지독한 방향치. 새삼스레 내비게이션이 고마웠다.

잠시 후, 나는 목적지에 도착했다. 별장 정문에 차를 세우고 벨을 눌렀다.

"납니다."

"아! 도련님 오셨군요."

정문에 설치된 인터폰을 통해 집사장의 반가운 음성이 들렸다. 철컹! 하고 쇠창살문이 열렸다. 나는 차를 몰고 별장 안으로 들어갔다.

본채에 다다르자 일렬로 늘어선 사람들이 보였다.

"도련님의 방문을 환영합니다."

별장에서 일하는 하녀들이 한목소리로 나를 반겼다.

일꾼들도 모자를 벗고 인사를 했다.

나이 지긋한 집사장은 문 입구에 서서 나를 맞았다.

"어서 오십시오, 도련님."

"그동안 별일 없었죠?"

나는 하녀와 일꾼들에게 가볍게 손을 흔들어 보이고는, 집사장의 안내를 받아 안으로 들어갔다.

"저희들이야 별일 없었습니다. 도련님, 여기."

집사장이 따듯한 물수건을 건넸다.

나는 물수건으로 손을 닦으며 별장 2층으로 향했다.

집사장은 2층까지 쫓아 올라왔다.

넓게 트인 2층 거실 정면엔 106인치의 대형 피디피(PDP) 텔레비전이 놓였다. 텔레비전 앞에는 이탈리아 소가죽으로 만든 고급 소파와 유럽의 명품 오디오가 위치했다. 대리석으로 치장된 거실은 모던한 느낌을 풍겼다. 벽에 걸린 미니멀리즘(선과 색으로 이루어진 단순 형태의 현대 그림)의 그림들이 모던한 분위기를 한층 살려주었다.

"답답하네. 창문 좀 열어줘요."

"네, 도련님."

집사장이 블라인드를 올리고 창문을 활짝 열었다.

소금기를 머금은 바닷바람이 집 안으로 휘익 들어왔다. 대형 창문 너머엔 너른 바다가 광활하게 펼쳐져 있었다. 저 멀리 보이는 수평선과 가까이 펼쳐진 눈부신 백사장, 푸른 파도, 하얀 포말이 내 시각을 즐겁게 만들었다.

거듭 느끼는 것이지만 부자가 좋긴 좋았나. 이 멋진 풍경을 보면서 휴식을 취할 수 있다는 것은 진밀로 큰 행운이었다.

"도련님, 점심은 드셨습니까?"

집사가 식사 여부를 물었다.

나는 고개를 흔들었다.

"아직요."

"하면 주방에 준비하라고 이를까요? 송아지 스테이크와 연어 요리는 금세 준비될 것입니다."

"그것 말고, 그냥 간단하게 먹고 싶네요. 빵 한 조각과 우유만 줘요. 토마토 샐러드도 함께요."

"알겠습니다."

집사장이 깍듯하게 고개를 숙이고 물러났다.

"아아! 좋다!"

나는 소파에 털썩 주저앉아 깍지 낀 손으로 뒷목을 받쳤다. 그렇게 편한 자세로 앉아 창문 밖에 펼쳐진 바다를 보자 가슴이 뻥 뚫렸다.

잠시 후 흑인 하녀가 식사를 들고 올라왔다.

"도련님, 식사를 가져왔습니다."

갓 구운 빵 한 조각과 토마토 샐러드, 우유 한 잔.

하녀가 대령한 식사는 단출하면서도 고급스러웠다. 유기농 밀로 반죽한 빵에서는 은은하게 흙 내음이 풍겼고, 청정 지역에서 키운 젖소의 우유는 부드러우면서도 뒷맛이 달콤했다. 특히 토마토 샐러드에 뿌려진 캐비어(철갑상어 알)가 상큼하게 입맛을 돋우었다.

나는 빵을 조금씩 뜯어 꼭꼭 씹어 먹었다.

빈 그릇을 물린 뒤엔 방으로 들어가 옷을 벗었다.

로스앤젤레스 별장의 욕실은 화려함 그 자체였다. 황금으로 테두리가 장식된 대리석 욕조는 로마 시대 황제의 목욕탕을 그대로 들어서 옮겨온 듯했다. 따뜻한 물을 콸콸 쏟아내는 7개의 비너스 조각상은 고풍스러우면서도 에로틱한 느낌을 주었다. 욕조의 넓이는 어지간한 대중목욕탕보다 더 컸다. 조명도 은은하면서도 부드러웠다.

부우웅!

버튼을 누르자 욕조 바닥의 월풀이 작동했다. 부글부글 일어난 물거품이 용암처럼 솟구쳤다. 나는 탕에 입수해서 지그시 눈을 내리감았다.

'가짜 리나를 찾으려면 시간이 좀 걸리겠지. 그 사이에 좀 더 강해져야 한다. 지금도 충분히 강하지만, 그보다 몇 배 더, 몇십 배 더 강해지고 싶어.'

나는 강함을 열망했다.

'나는 나약한 패배자가 되기 싫어. 세상이 끝나는 그 순간까지 승자로 남고 싶다고. 현 세계에서뿐만 아니라 샤피로의 세계에서도!'

그러자면 피나는 노력이 필요했다. 나는 어금니를 물고 머리끝까지 물에 담갔다.

물 안에서 보는 풍경은 밖에서와는 사뭇 달랐다. 출렁이는 물 때문에 욕실 천장이 크게 흔들려 보였다. 사물은 뿌옇게 흐려졌다.

나는 팔다리에 힘을 빼고 물에 몸을 맡겼다. 머릿속으로는 오직 한 가지 생각만 했다.

'십제가 남긴 유품!'

이것이 내가 붙잡은 화두였다.

Chapter 4

십제(十帝)!

고대 동북아시아에서 활동했던 초인!

육존 가운데 한 명!

현재의 신인류들은 이 십제를 삼각위원회의 시조라고 알고
있었다. 하지만 나는 이 의견에 동의하지 않았다. 내가 아는
십제는 백두산과 관련이 깊었다. 십제는 일본이 아니라 한국
의 선조일 가능성이 컸다.

'미호의 경우를 봐도 그렇지.'

나는 십제가 한민족의 조상이기를 바랐다.

그렇다고 내가 민족주의자인 것은 아니었다. 나는 한민족
만세를 외치지도 않았고, 다른 민족보다 한민족이 우월하다고
믿지도 않았다.

그런 나이지만, 십제의 뿌리가 백두산에 있다는 사실을 알
고는 은근히 기분이 좋았다. 이래서 팔은 안으로 굽는다는 말
이 있나 보다.

여하튼 나는 십제에게 깊은 호감을 느꼈고, 그의 유품에 많은 관심을 두었다. 틈만 나면 십제의 유품을 머릿속으로 복기하며 익히고 또 연마한 것은 그 때문이었다.

그때마다 내 뇌리엔 벌거벗은 남녀의 그림이 떠올랐다.

십제의 유품, 즉 춘화집에 등장하는 인물들이 내 머릿속에서 생생하게 살아났다.

참으로 민망한 모습들!

특이하게도 십제는 난잡한 춘화 속에 자신의 유품을 숨겨놓았다. 처음 이 유품을 접했을 때는 세상에 뭐 이런 저질이 다 있나 싶었다.

하지만 보면 볼수록 십제의 유품은 대단했다.

'까마득히 오랜 옛날, 십제는 어떻게 프랙탈을 알았을까? 현대 수학이 발견한 그 원리를 어떻게 알고 춘화집 속에 이런 절기들을 숨겨놓았을까?'

프랙탈은 자기 유사성(Self Similarity)에서 파생된 수학의 한 분야였다. 단순한 구조가 끝없이 되풀이되면서 복잡한 전체 구조를 만든다는 것이 바로 프랙탈 이론의 핵심이었다. 프랙탈 이론이 나오면서부터 카오스(Chaos; 혼돈)에 대한 수학적인 접근이 가능해졌다. 십제가 남긴 난해한 숙제도 바로 이 프랙탈 이론으로 인해 베일을 벗었다.

십제의 그림은 일정한 규칙성을 지녔다. 19세기 유럽의 인상파 화가들이 점으로 그림을 그린 것처럼, 십제는 짧은 선으로 그림을 완성했다. 춘화 속 등장인물의 얼굴도, 몸도, 주변 배경도 모두 이 짧은 선으로 이루어졌다.

나는 이 짧은 선의 길이와 좌표를 숫자로 바꿨다. 그런 다음 길게 나열된 숫자를 다시 문자로 전환했다.

프랙탈 이론과 기호학이 복합되자 도저히 풀릴 것 같지 않던 십제의 유품도 서서히 그 본모습을 드러내었다.

십제유록 제1권!

스파이럴 적혈구를 다루는 법!

나는 춘화집 1권을 통해 스파이럴 적혈구에 대한 귀중한 정보를 터득했다. 그리곤 그 덕분에 늑대인간의 대량 생산 비법과 강화 방법 등을 찾아내었다. 또한 일본 삼각위원회가 자랑하는 파륜석화술법(波輪石化術法)도 내 것으로 만들었다.

파륜석화술법이란 적의 스파이럴 적혈구를 파괴하는 술법이었다. 잘게 쪼개진 스파이럴 적혈구가 혈관을 찢으며 세포에 박히고, 그 결과 세포가 딱딱하게 굳어 사람이 돌처럼 변하는 것이 파륜석화술법의 원리!

이어서 나는 십제유록 제2권을 내 것으로 만들었다.

2권에 담긴 내용은 일목권(一目拳)이었다. 스파이럴 적혈구를 주먹에 모아서 내지르면 그 주먹이 만들어낸 흔적이 사람의 눈알과 비슷하다 하여 붙여진 이름이 일목권! 일본의 삼각위원회는 파륜석화술법과 일목권을 대표 절기로 삼았다.

한편 십제유록 3권은 풍법(風法)에 대한 내용을 담고 있었다. 앞의 책들과 마찬가지로 풍법도 스파이럴 적혈구를 바탕에 두었다. 신비한 적혈구의 힘을 다리에 모아 바람을 타고 달리는 것이 바로 풍법의 핵심! 삼각위원회의 닌자들이 질풍처럼 움직이는 것도 모두 십제가 남긴 풍법 덕분이었다.

파륜석화술법!

일목권!

풍법!

이상 세 가지 술법은 이미 100퍼센트 습득했다. 단지 머릿속으로만 익힌 것이 아니라 몸속 깊숙이 각인시켜 놓았다.

나는 특이하게도 혈관 속에 떠다니는 스파이럴 적혈구가 훤히 들여다보였다. 이 적혈구를 자유롭게 움직이기도 했다.

덕분에 나는 파륜석화술법과 일목권, 그리고 풍법을 아주 쉽게 익혔다. 내가 십제의 술법을 완벽하게 펼치는 모습을 보면 삼각위원회 사람들은 기겁을 할 것이다.

'후후후. 아주 놀라 자빠지겠지.'

나는 물속에서 슬그머니 웃었다.

하지만 곧 웃음이 사라졌다. 십제유록 4권부터 9권까지가 떠오른 탓이었다.

십제는 술법가나 권법가가 아니라 검수였다. 그는 무려 4권부터 9권까지 6권에 걸쳐서 '십제검'을 설파했다.

한데 이 십제검이 지독히도 난해했다. 십제검은 스파이럴 적혈구외는 아무런 관련이 없을 뿐 아니라, 내가 잘하는 수학이나 물리와도 거리가 멀었다.

십제검은 정통 무예였다. 그것도 일반 무예가 아니라 깨달음의 무예였다.

'뭐? 마음으로 검을 움직인다고?'

십제검을 한마디로 요약하면, '마음으로 움직이는 검'이었다. 마음으로 검을 움직일 수 있다면 굳이 검에 손을 댈 필요가 없었다. 눈짓만으로도 검을 날릴 수 있고, 조종할 수 있으며, 적을 벨 수 있는데 굳이 번거롭게 손을 휘두르고, 경망스레 뛰어다니며, 바쁘게 몸을 움직일 이유가 없었다.

이 십제검 덕분에 십제는 검선(劍仙)이라 불렸다.

손 하나 까딱 않고 유유히 뒷짐을 진 채 검을 자유롭게 움직이는 십제의 풍모는 구름 위에서 내려온 신선과 같았다.

'신선은 개뿔! 어떻게 그게 가능하냐고! 물리력이 없이 어떻게 검을 움직여? 손도 대지 않고 어떻게 검을 조종하느냐고? 이건 도저히 불가능한 일이야. 내가 알고 있는 물리법칙에 위배되잖아.'

처음에 나는 염동력을 떠올렸다. '염력으로 검을 조종하면 십제검과 비슷하지 않을까?' 라는 것이 내 추측이었다.

하지만 곧 생각을 접었다.

검에 힘을 불어넣지 않고, 검 스스로 내 의지를 따르게 만든다.

십제유록 4권 도입부에 적힌 이 한 줄의 글이 나를 혼동으로 몰아넣었다.

'이거 완전 미친 거 아냐? 검은 무생물이잖아. 무생물이 어떻게 나를 따라? 검이 개야? 검이 고양이냐고? 동물이 아닌데 어떻게 나를 따르게 만들어? 젠장!'

나는 머리카락을 쥐어뜯으며 고민했다.

나는 물리와 기계공학, 전자공학을 전공한 과학자이지 도인이 아니었다. 도인의 뜬구름 잡는 이야기에는 동의할 수가 없었다.

아니, 굳이 과학까지 들먹일 필요도 없었다. 철학에서 이야기하는 삼단논법만 동원해도 십제의 글은 말이 되지 않았다.

검은 무생물이다.

무생물은 의지가 없고 감정이 없다.

그러니 검은 스스로의 의지로 나를 따를 수가 없다.

이상의 삼단논법에는 오류가 없었다. 반면 십제의 글은 오류투성이였다. 나는 논리에서 벗어난 십제검을 도저히 받아들일 수가 없었다.

첫 입문 과정부터 앞이 꽉 막힌 탓에 십제검의 진도는 단 1밀리미터도 나가지 못했다. 십제검은 넘을 수 없는 벽이 되어 나를 좌절하게 만들었다.

한데 최근, 한 가닥의 실마리가 잡혔다. 아프리카에서 하안 나뭇가지를 뽑아내서 흑마법사들을 도륙하던 중 한줄기 깨달음이 내 뇌리를 스치고 지나갔다.

'가만! 검 스스로 나를 따르게 만든다고?'

사람이 팔을 움직인다. 팔이 운동을 시작하면 근육이 움직이고 뼈가 따라서 움직인다.

'그럼 뼈는 생물인가 무생물인가?'

내 몸속에 들어 있는 뼈는 생물에 가깝다.

몸 밖으로 나온 뼈, 예를 들어 시체의 뼈는 무생물이나 마찬가지다.

나는 맨 처음으로 돌아갔다.

'검이란 무엇인가?'

예전에 연구를 할 때 앞이 막히면 기본으로 돌아가서 처음부터 다시 살피곤 했다. 이번에도 그 방식을 적용해 보았다.

나는 스스로에게 물었다.

'검이란 과연 무엇인가?'

검은 사람을 베고 찌르는 무기다. 양쪽에 날이 있고, 끝은 뾰족하다.

하지만 검이 꼭 무생물일 필요는 없었다. 검이 꼭 쇠로 만들어질 필요도 없었다. 예를 들어서 무협소설 속의 검객이 풀잎으로 나무를 벤다면, 그 순간 풀이 곧 검인 셈이었다.

'이때 풀은 무생물인가 생물인가?'

선뜻 답이 나오지 않았다.

나는 또 다른 경우를 생각했다.

‘예를 들어서 팔이 잘린 검객이 그 팔에 의수 대신 검을 매달아 놓았다고 치자. 그리곤 엄청난 수련을 통해 그 검을 손처럼 사용한다고 치자. 그럼 그 검은 생물인가 무생물인가?’

물리적으로 이 검은 여전히 무생물이었다.

하지만 손을 대신 하는 그 순간만큼은?

무생물이라고 딱 잘라 말하기 어려웠다.

나는 또 다른 예도 떠올렸다.

최근에 뉴스에서는 다리가 잘린 육상선수가 화제였다. 그 육상선수는 다리 대신 의족을 달고 뛰는데, 어지간한 선수들보다 더 빨랐다.

하면 이 육상선수의 의족은 무생물인가 생물인가?

물리적으로 의족은 무생물이었다.

하지만 선수와 일체가 되어 트랙을 달리는 그 순간만큼은, 마치 의족이 살아 있는 것처럼 느껴졌다.

‘그 선수에게 있어서 의족은 의족이 아니라 진짜 발일 거야. 최소한 달리기를 하는 그 순간만큼은!’

검에 힘을 불어넣지 않고, 검 스스로 내 의지를 띠르게 만든다.

십세는 이런 글귀를 남겼다.

하지만 그 검이 어떠한 검인지는 언급하지 않았다. ‘검은 쇠로 만들어진 무기나.’ 라는 사족도 달지 않았다.

나는 다시 원초적인 질문으로 돌아갔다.

'내 손은 내 의지를 따른다. 만약 내 손이 검을 대신한다면, 이 경우 검이 내 의지를 따르는 것이 아닐까?'

이상의 내용은 논리적으로도 아무런 하자가 없었다.

내 손은 내 의지를 따른다.

특별한 경우, 내 손은 검이나 다름없다.

따라서 특별한 경우, 검은 내 의지를 따른다.

이 삼단논법은 모순이 발생하지 않았다. 논리적으로 납득이 가자 갑자기 마음이 편해졌다. 나는 이 삼단논법을 좀 더 발전시켰다.

'굳이 손만 사용할 필요는 없잖아. 내게는 손을 대신할 다른 무언가가 있거든.'

그 순간 내 머릿속에는 새하얗게 빛나는 나뭇가지가 떠올랐다.

Chapter 5

'손을 대신할 다른 무언가!'

생각을 하는 순간 피부를 뚫고 하얀 나뭇가지가 돋아났다. 나뭇가지는 순식간에 욕조 밖으로 튀어 나가 천장까지 자라났다.

나는 물속에 누워 그 모습을 바라보았다.

'샤피로 덕분에 생긴 이 나뭇가지는 내 의지에 따라 움직인다. 한데 이 녀석은 얼마든지 검 역할을 할 수 있거든. 진짜 검보다 더 예리하고 날카롭지.'

얼마 전 나는 이 나뭇가지를 낫처럼 휘둘러 흑마법사들의 목을 베었다. 그러니 이 나뭇가지를 검의 대용품으로 사용하는 것은 문제없었다.

'십제는 검에 힘을 불어넣지 않고 검 스스로 내 의지를 따르게 만들라고 했지? 이게 바로 해결책이야. 내 몸속에 박혀 있는 나뭇가지로 검을 만들면 십제의 말대로 할 수 있잖아! 지금 내 안엔 자유롭게 움직일 수 있는 무기 수만 자루가 숨어 있는 셈이라고!'

막혔던 것이 풀리자 그다음은 거침이 없었다.

나는 상상 속에서 수련을 시작했다.

촤악-!

의지를 일으키자 수천수만 개의 나뭇가지가 고슴도치의 가시처럼 뻗었다. 그 하나하나가 검의 형상을 갖추었다.

나는 나뭇가지에 억지로 힘을 불어넣지 않았다. 그냥 머릿속으로 상상하기만 하면, 나뭇가지들이 내 생각을 알고 그내로 움직였다.

십제유록 제4권, 십제검 제1편!

상상 속에서 십제가 등장했다.

−손이 아니라 마음으로 검을 움직여라!

십제는 하얀 수염을 길게 휘날리며 일갈했다.

십제의 소리는 천둥이었다. 벼락이었다.

'아아아!'

나는 감전이라도 된 듯 온몸을 떨었다. 피부 위 빽빽하게 돋친 수만 자루의 검들이 내 의지에 따라 움직였다.

공간이 종횡으로 썰렸다. 지나가던 바람이 검날에 잘려 산산이 부서졌다. 나는 눈 깜짝할 사이에 십제유록 제4권을 완성했다. 지독히도 난해하던 것이 허무할 정도로 쉽게 풀렸다. 나는 제동장치가 없는 폭주기관차처럼 다음 권으로 돌진했다.

십제유록 제5권, 십제검 제2편!

상상 속에서 십제는 두 손을 하늘 높이 들며 외쳤다.

−마음으로 검을 움직이면, 검의 거리에 한계가 없느니라. 수십 리 밖 네 눈이 닿는 곳까지, 궁극적으로는 네 마음이 닿는 그곳까지 검을 보낼 수 있도다.

콰르르−!

십제의 하얀 수염이 폭풍을 만난 듯 펄럭였다. 십제의 소매가 펄럭펄럭 소리를 냈다. 십제의 손을 떠난 검은 고정밀 유도탄처럼 자유롭게 움직이며 산을 넘고 강을 건넜다. 십제의 검은 그렇게 십제의 눈이 닿는 모든 공간을 자유롭게 헤엄쳤다.

이건 마치 잘 훈련된 잉어를 연못에 풀어놓은 듯했다. 잉어는 연못 대신 하늘을 헤엄쳤다. 때로는 직선으로, 때로는 곡선으로. 십제의 뜻대로 헤엄쳐 적의 가슴을 갈랐다.

'아아아!'

나는 홀린 듯이 그 모습을 보았다.

무협소설 속의 용어로 표현하자면 이것은 '이기어검'이었다.

여기서 또다시 벽이 나타났다.

내 검은 십제의 검처럼 자유롭게 움직이지 못했다. 몸속의 나뭇가지들을 하나로 길게 이어봤자 수십 킬로미터가 한계! 눈이 닿는 모든 공간을 자유롭게 유영하는 것과는 거리가 멀었다.

'어떻게 할 것인가?'

방법은 하나밖에 없었다. 나는 나뭇가지를 뽑기로 결심했다.

나뭇가지가 내 몸에 박힌 채로는 십제검을 완성할 수 없었다. 나뭇가지를 몸 밖으로 뽑아낼 수 있어야 일보전진이 가능했다.

'크윽! 반드시 해내고야 말리라! 만약 내가 이 기술을 진작 익혔더라면 아프리카에서 사자가면을 그렇게 어이없이 놓치지 않았을 거야. 그러니 반드시 익혀야 해. 내가 이길 익혀야 샤피로에게도 도움이 된다고!'

언제까지나 샤피로의 도움만 받고 살 수는 없었다. 나는 그렇게 살기 싫었다.

"으으윽!"

어금니 질끈 물고 나뭇가지를 뽑아내었다.

피를 토하듯 신음이 나왔다. 물속에서 신음하자 물이 목구멍으로 넘어왔다. 몸에 박힌 나뭇가지를 뽑아내는 일은 지독히도 고통스러웠다. 이건 털을 뽑는 것과는 비교도 할 수 없었다. 손톱, 발톱을 뽑는 것과도 전혀 달랐다.

굳이 비유를 하자면, 손가락을 통째로 뽑아내는 기분이었다. 혹은 귀를 산채로 뜯어내는 고통이었다.

"끄아아악! 크헙! 어푸! 어푸!"

아무리 고통스러워도 멈출 순 없었다. 비록 지금 내가 접근하는 방식은 십제의 가르침과는 많이 다를 테지만-왜냐하면 십제에게는 이 같은 나뭇가지가 없으니까-내 나름의 최선을 다하고 싶었다.

뿌드득!

뼈가 뽑히는 소리와 함께 나뭇가지가 들썩였다. 살이 찢어지면서 피가 철철 흐르고 그 속에서 허연 뼈마디가 드러났다.

'크아악! 나는 이대로 죽으리라! 몸속의 나뭇가지를 다 뽑아내고 피를 철철 흘리며 죽어버리리라! 그래도 포기하지 않는다. 반드시 해내고야 만다!'

샤피로는 늘 광기가 넘쳤다. 처음 샤피로와 한몸이 되었을 때 나는 그의 광기가 무서웠다.

지금은 달라졌다.

나는 샤피로에게 전염되었다. 아니, 동화되었다. 샤피로가
미친 광기를 선보인다면 나도 얼마든지 광기를 뿌릴 수 있었
다. 샤피로가 미친 척하고 생명의 뿌리를 먹어치웠다면, 나도
완전 미쳐서 생명의 뿌리를 뽑아낼 수 있었다. 샤피로가 생명
의 뿌리를 먹어 인간과 나무가 결합된 진화를 이루었듯이, 나
도 나뭇가지를 뽑아내어 2차 진화를 이룰 생각이었다.

'세상은 돌고 도는 것이라 했다. 샤피로가 몸에 나무를 심
어 진화를 이루었다면, 나는 몸속의 나무를 밖으로 뽑아내서
또 다른 진화를 이룰 것이다. 끄아악! 해낸다. 끄아악! 반드시
해내고야 만다! 그리하여 더 강해질 테다! 한없이 강해질 거란
말이다! 온 우주를 집어삼킬 듯 무한히 강해질 거란 말이다!
끄아아악!'

강함에 대한 열망이, 사자가면을 허무하게 놓친 것에 대한
억울함이, 가짜 리나와 가오린에 대한 분노가 나를 미친 불 속
으로 밀어 넣었다. 활활 타오르는 그 광기의 화염 속에서 나는
팔을 통째로 뽑아내는 심정으로 나뭇가지 한 가닥을 뽑아내었
다.

'으하하하!'

펄떡이는 나뭇가지를 손에 들고 나는 미친 듯이 웃었다.

피가 철철 흘러 욕조를 벌겋게 물들였다. 나는 피를 쏟으며
웃다가 울고, 울다가 다시 웃었다.

'가라!'

풋!

내 손을 떠난 나뭇가지가 욕실 천장을 뚫고 하늘 높이 솟구쳤다.

이건 상상 속에서 벌어진 일이 아니었다. 실제로 나뭇가지 한 가닥이 로스앤젤레스 별장 지붕을 뚫고 청명한 하늘 꼭대기까지 솟구쳐 올랐다.

그렇게 내 몸을 벗어났으되, 나뭇가지는 여전히 내게 속했다.

'우로.'

내가 의지를 일으키자 나뭇가지가 오른쪽으로 방향을 홱 틀었다.

'좌로.'

다시 의지를 바꾸자 왼쪽으로 선회하면서 큰 원을 그렸다.

'이제 되었다. 다시 내게 돌아오너라!'

나는 물 밖으로 손을 내밀었다.

쐐액! 퍽!

하늘을 둥글게 선회하던 나뭇가지가 벼락처럼 하강해 지붕을 뚫었다.

원래는 처음 솟구칠 때 뚫은 그 구멍으로 다시 돌아오게 하고 싶었는데, 아직 조종이 서툴러서 뜻대로 되지 않았다. 덕분에 욕실 천장엔 2개의 구멍이 생겼다.

그러면 어떠랴. 이미 첫발을 내디뎠으니 차근차근 발전해나

가면 그만이다. 유도탄처럼 자유롭게 활공을 마친 나뭇가지는
내 손에 얌전히 돌아와 새근거렸다.

'이제 제자리로 돌아가.'

나는 복귀 명령을 내렸다.

손바닥 위의 나뭇가지는 지체 없이 상처 속으로 파고들었
다. 원래 있던 그 자리로 푸욱!

"끄홧!"

뽀족한 가지가 살 속으로 파고드는 고통이란!

말도 못하게 지독했다.

그래도 마음은 훨훨 날아갈 것 같았다. 2차 진화를 위한 중
요한 첫발을 내디딘 까닭이었다.

Chapter 6

나는 거침없이 다음으로 나갔다.

이번엔 왼쪽 어깨에서 두 번째 나뭇가지를 뽑았다.

"끄아아악!"

이미 한 번 경험을 해서 좀 괜찮을 줄 알았는데, 내 추측이
잘못되었다. 나뭇가지를 뽑는 고통은 처음이나 두 번째나 마
찬가지였다.

아니, 두 번째가 더 심한 것 같았다.

"끄아아악! 끄악!"

나는 이를 악물고 물속에서 데굴데굴 굴렀다.

그래도 끝내 나뭇가지를 뽑아내는 데 성공했다.

풋!

내 손을 떠난 나뭇가지가 천장에 세 번째 구멍을 뚫으며 솟구쳤다. 이번엔 하늘에 하트 모양을 그려보았다. 삼각형도 만들었다. 원도 그렸다.

'다시 돌아와.'

자유롭게 활공을 마친 나뭇가지가 다시 몸속으로 들어왔다.

조금 전에는 손으로 나뭇가지를 받고, 그다음 원래 있던 자리로 집어넣었다. 이번엔 손을 거치지 않고 지상으로 내리꽂히는 것과 동시에 몸속으로 들어가라고 명했다.

"끄악!"

곧 후회했다. 엄청나게 가속이 붙은 녀석을 그대로 몸속으로 받아들이다니, 이건 미친 짓이었다.

하지만 죽지는 않았다. 어깨에 피가 튀고 끔찍한 고통이 몸을 불살랐지만, 나는 여전히 살아 있었다. 이 점이 중요했다.

'하하! 하! 하! 결국은 성공했잖아. 나뭇가지를 곧바로 몸으로 받는 데 성공했어. 비록 투창에 관통당한 듯 고통스럽지만 말이야. 크흐흑!'

욕조 물은 붉은 정도를 넘어 새빨갛게 변했다. 그렇게 피를 많이 쏟고도 나는 수련을 멈추지 않았다. 곧바로 세 번째 나뭇가지를 뽑았다.

‘이번엔 허리에서 뽑아볼까? 끄악!’

앵무새가 극심한 스트레스를 받으면 스스로 깃털을 뽑는다고 했던가? 내가 꼭 그 꼴이었다. 피를 철철 흘리면서 나뭇가지를 뽑아 하늘로 날리고, 다시 몸으로 받았다.

세 번째에 이어 네 번째, 다섯 번째…….

여섯 번째 나뭇가지를 뽑을 때는 한 발 더 전진했다. 이번엔 2개의 나뭇가지를 동시에 뽑아보았다.

‘크왓!’

그러자 나뭇가지만 뽑힌 것이 아니라 눈물도 함께 빠졌다.

물론 고통보다 더 큰 희열도 느꼈다. 2개의 나뭇가지는 편대비행이라도 하듯 하늘을 휘저었다. 그 통쾌한 장면을 접하자 모든 고통이 씻은 듯이 사라졌다.

일단 2개에 성공하자 더 큰 욕심이 생겼다. 이번엔 한꺼번에 5개의 나뭇가지를 뽑아서 하늘로 날렸다.

“껙!”

어찌나 고통스러웠던지 비명도 길게 지르지 못했다. 갑자기 너무 많은 피를 흘려서 현기증도 났다.

‘큭큭큭!’

나는 어지럼증을 꾹 참으면서 속으로 웃었다.

나는 미련한 정도를 넘어서 미쳤다. 진짜로 미치지 않고서는 이런 짓은 불가능했다. 내가 장담하건대, 그 옛날의 십제도 이런 식으로 수련하지는 않았을 것이다. 진짜 십제검이 어떤 것인지는 모르겠으나, 나는 내 방식의 십제검을 밀어붙이기로 했다.

'좋아! 내친김에 스무 개다.'

나는 한꺼번에 스무 가닥의 나뭇가지를 잡아 뽑았다.

퓨퓨퓻!

그 나뭇가지들이 동시다발로 치솟았다. 마치 스무 발의 로켓이 동시에 발사되듯, 지상에서 출발한 하얀 벼락 스무 줄기는 단숨에 상공으로 솟구쳐 구름을 꿰뚫었다.

점심을 먹고 시작한 수련은 저녁이 다 되어서야 끝났다.

"끄으응!"

나는 비틀비틀 기어서 욕조 밖으로 나왔다.

마개를 뽑자 뻘건 핏물이 소용돌이치면서 하수구로 빨려 들어갔다.

나는 수도꼭지를 열어 핏물을 싹 흘려보낸 뒤, 속옷을 찢어 상처를 지혈했다. 그다음 대충 가운을 걸치고 벨을 눌렀다.

똑똑똑!

잠시 후 문 두드리는 소리가 났다.

"도련님, 찾으셨습니까?"

"저녁 좀 줘요. 여기 방에서 먹을게요."

피를 많이 흘려 목소리가 잘 나오지 않았다.

집사장이 걱정스레 물었다.

"도련님, 괜찮으십니까? 목소리가 좋지 않으십니다."

"난 괜찮아요. 피곤해서 사우나를 좀 오래 했더니 목이 잠겼네요. 배가 많이 고프니까 얼른 준비해줘요."

"알겠습니다. 무엇을 드시고 싶은지 메뉴만 말씀하십시오."

집사장이 문밖에서 부스럭 소리를 냈다. 받아 적을 준비를 하는 모양이었다.

나는 피를 보충할 수 있는 식단 위주로 주문했다.

"우선 송아지 스테이크 세 조각과 연어 스테이크 한 조각."

"송아지 스테이크 세 조각, 연어 스테이크 한 조각."

집사장이 복창하며 받아 적었다.

"송아지 스테이크는 살짝만 구워줘요. 핏물이 좀 흐르는 정도로 살짝."

"알겠습니다. 분부하신대로 레어(Rare)로 준비하겠습니다."

레어로 송아지 스테이크를 구우면 겉은 짙은 붉은색이 감돌고 속은 따뜻하게 변한다. 이 상태에서 스테이크를 자르면 안에서 핏물이 뚝뚝 떨어지는데, 보기엔 좀 야만스러울지 모르지만 맛은 좋다. 이때 고기의 내부 온도는 50도가 적당하다.

나는 메인 요리에 이어 몇 가지를 덧붙였다.

"거위간도 먹고 싶네요. 푸아그라(Foie Gras; 프랑스식 거위간 요리)가 준비될까요?"

"물론입니다. 도련님이 좋아하시는 요리재료들은 대부분

냉장고 안에 저장이 되어 있습니다. 만약 없는 재료가 있다면 시내 호텔에 헬리콥터를 보내 공수해올 테니 말씀만 하십시오."

"그래요?"

집사장의 말을 듣자 입에 군침이 돌았다.

"그럼 참치회도 곁들여줘요. 일본 전통식으로요."

"알겠습니다. 참치회는 준비된 것이 없으니 시내 호텔의 일식 주방장과 재료를 한꺼번에 공수해오겠습니다."

"내친김에 한식도 부탁할게요."

"한식이요?"

집사장이 되물었다. 로스앤젤레스는 한인이 많이 사는 지역이지만, 최고급 호텔에 한식당이 구비된 곳은 드물었다. 또한 한스(나)가 한식을 찾은 적도 없었다.

나는 한식 중에서도 미역국을 주문했다.

"굳이 호텔 식당을 뒤질 필요는 없어요. 시내의 한인 산부인과 근처의 식당을 뒤지면 미역국을 파는 곳이 있을 거예요. 오늘따라 그 미역국을 먹고 싶네요."

미역국은 철분과 미네랄을 보충해주기에 산모뿐 아니라 피를 많이 흘린 외상환자들에게도 좋은 음식이었다.

하지만 집사장에게는 생소했다.

"멱쿡? 미역쿡? 제 발음이 맞습니까?"

"대충 그렇게 말하면 알아들을 거예요. 준비해줘요."

“알겠습니다. 아랫사람을 보내 구해오겠습니다. 미역쿡. 미역쿡.”

집사장은 혀 꼬인 소리를 반복하며 아래층으로 내려갔다.

“휴와!”

나는 침대에 벌렁 드러누웠다. 온몸 구석구석 쑤시지 않는 곳이 없었다. 이마에 손을 대자 열이 펄펄 끓었다.

“하긴, 열이 날 수밖에 없겠지. 치과에서 이빨을 뽑을 때도 하루에 뽑는 개수를 제한하잖아. 그런데 나는 반나절 사이에 무려 수백 개가 넘는 나뭇가지를 뽑았고, 그걸 다시 몸속에 박았으니 이렇게 몸살을 앓는 것이 마땅해.”

정말 미련한 짓이었으나, 그렇다고 여기서 멈출 생각은 없었다. 일단 충분한 식사로 흘린 피를 보충한 뒤 계속해서 수련에 매진할 계획이었다.

15분 뒤.

하녀가 애피타이저(주 요리 전에 입맛을 돋우기 위해 먹는 간단한 음식)를 들고 올라왔다. 그다음 메인 메뉴로 송아지와 연어 스테이크가 나왔다.

송아지 스테이크는 그다지 입맛에 맞지 않았다. 나는 이렇게 핏물이 뚝뚝 흐르는 것보다 중간 정도 익힌 고기가 좋았다.

하지만 피를 보충하는 데는 레어가 더 나을 것 같았다.

나는 한 입 한 입 꼭꼭 씹어서 스테이크 접시를 비웠다. 그다음 소스를 살짝 뿌린 푸와그라를 먹어 영양을 보충했다.

푸와그라를 다 먹을 즈음, 일식 요리사가 도착했다.

"잠시 실례하겠습니다."

하얀 모자를 쓴 요리사는 문밖에서 무릎을 꿇고 인사를 하더니, 도마와 칼, 참치 두 덩이를 들고 방 안으로 들어왔다.

보조 요리사가 쫓아 들어와 일본 다기를 펼쳐놓았다.

"하앗!"

일식요리사는 적을 앞에 둔 사무라이처럼 비장한 표정을 짓더니, 짧은 기합과 함께 참치를 썰었다. 잘 벼린 칼이 붉은 살점 사이로 파고들어 깔끔하게 잘라내었다.

요리사는 세 점의 참치를 잘라 다기에 올리고는 그 옆에 파릇한 야채를 장식했다.

"봄입니다."

"봄?"

"하잇! 제가 이 요리에 붙인 이름입니다."

요리에 이름까지 붙이다니, 역시 일본사람다웠다. 나는 요리사의 자부심 넘치는 얼굴을 힐끗 본 다음, 익숙하게 젓가락을 놀렸다.

"오오!"

요리사는 내 젓가락 솜씨에 놀란 눈치였다. 보통 미국인들은 젓가락질이 서툴게 마련.

하지만 요리사는 곧 이해했다는 듯이 고개를 끄덕였다.

요 근래 미국 부유층들은 일식을 많이 즐기는 편이었다. 덕분에 젓가락질이 능숙한 미국인들이 꽤 많이 늘었다.

내가 접시를 비우자 요리사는 두 번째 참치 덩이를 도마에
올려 살점을 발라내었다.

"끼욥!"

이번에도 식칼을 휘두르기 전에 기합을 넣는 것을 잊지 않
았다. 요리사가 제공한 두 번째 접시는 참치 대뱃살을 담고 있
었다. 요리사는 붉은 회 위에 금박을 뿌려서 제공했다.

"여름입니다."

"여름?"

"하잇!"

이번 요리에 붙은 명칭은 여름이라고 했다.

금가루가 뿌려진 고소한 대뱃살을 씹으면서 생각해 보니 여
름이라는 이름이 어울리는 듯했다. 하지만 그보다는 일종의
쇼라는 생각이 더 강했다.

'후후후! 이 일본 요리사는 미국인들이 일본에 대해 갖고 있
는 환상을 적절히 활용할 줄 아는구나.'

나는 속으로 웃음을 삼켰다.

요리사가 준비한 세 번째 요리는 참치를 얹이 민든 스시(초
밥)였다. 참치 옆에 노란 무를 장식해 단풍잎치럼 꾸며놓았다.

"가을입니다."

내 그럴 줄 알았다. 봄, 여름, 가을을 거쳤으니 다음은 겨울
을 맛볼 차례였다. 요리사는 전복과 쌀가루를 섞어서 눈꽃처

럼 장식한 요리를 내밀었다. 앞의 세 요리가 차가웠던 반면, 이 네 번째 요리는 따뜻했다.

"겨울입니다."

"흐음!"

입안에서 살살 녹는 맛이 한국의 전복죽을 뭉쳐놓은 듯했다. 하지만 전복죽보다는 훨씬 더 달콤해서 디저트의 역할도 겸했다.

"요리에 사계절을 담다니, 과연 일식의 장인답구려."

"아리가또! 제 요리를 알아주시니 감사합니다."

장인이라는 표현이 마음에 들었나 보다. 요리사는 절도 있게 머리를 숙여 이마를 바닥에 댔다. 보조 요리사도 함께 큰절을 했다.

일식 요리사가 물러나자 집사장이 미역국을 내왔다.

"도련님, 여기 말씀하신 것을 가져왔습니다. 이것이 맞습니까?"

"맞아요. 이게 바로 미역국이죠."

나는 김이 모락모락 나는 미역국 한 그릇을 뚝딱 들이켰다. 오랜만에 한국 음식을 먹으니 기분이 새로웠다.

'역시 피는 못 속이나 봐. 양식과 일식도 좋지만 고향의 맛을 따를 수가 없어.'

나는 잠시 감상에 젖었다. 속으로 날짜를 셈해 보니 한국을 떠나온 지도 꽤 되었다. 언제 시간이 되면 고국에 한번 들려보고 싶다는 생각이 들었다.

　물론 당분간은 그럴 시간이 없을 것이다. 고향방문은 내가 할 일을 모두 마친 뒤에나 가능할 테니까 말이다.

　"이제 배가 부르네요."

　사람들을 물린 뒤, 나는 다시 가운을 벗고 욕조에 물을 받았다.

　처음엔 발부터 담갔다.

　"윽!"

　상처에 물이 닿자 쓰라렸다.

　그래도 앞으로 겪을 고통에 비하면 이건 새발의 피였다. 나는 오늘 밤새도록 나뭇가지를 뽑을 계획이었다.

　그리고 내일도 또! 모레도 또! 글피도 또!

　'그렇게 한 4일쯤 노력하면 몸속의 나뭇가지를 모두 뽑을 수 있겠지? 그리고 십제유록 제5권, 십제검 제2편을 완성할 수 있을 거야.'

　비록 피를 많이 흘려 얼굴은 핼쑥했지만, 눈빛만큼은 잃지 않았다. 나는 욕실 벽에 걸린 거울을 들여다보며 무서운 안광을 토했다.

제4화
2차 진화

Chapter 1

시간이 화살처럼 흘렀다.

하루, 이틀, 사흘, 나흘, 닷새…….

처음엔 십제검 제2편을 완성하는 데 4일을 예상했다.

한데 4일이 지나고 5일이 되어도 목표를 달성하지 못했다.

처음 예상했던 것보다 나뭇가지가 더 많아서였다. 또한 중간

중간 피를 보충하느라 시간이 소요되었다.

그래도 6일이 지나자 서서히 끝이 보였다.

마침내 7일째!

"푸화!"

나는 바람 빠지는 소리와 함께 물 밖으로 머리를 내밀었다.

마지막 30개의 나뭇가지가 하늘여행을 마치고 몸속으로 귀환했다.

"드디어 해냈구나! 십제검 제2편을 완성했어."

감개무량이라는 단어는 이럴 때 쓰라고 만들어놓았을 것이다. 나는 뿌듯한 얼굴로 내 몸을 내려다보았다. 피딱지가 빽빽이 앉은 몸뚱어리가 그렇게 자랑스러울 수 없었다.

"하하하하!"

나는 미친놈처럼 한참을 웃다가 벨을 눌렀다.

"도련님, 찾으셨습니까? 몸은 괜찮으십니까?"

문밖에서 집사장이 걱정스레 물었다. 도련님이란 작자가 방 안에 콕 박혀서 나오지도 않고, 간간이 비명도 들리고. 집사장이 걱정을 할 만했다.

나는 밝게 대답했다.

"난 괜찮아요. 사업 문제 때문에 고민하느라 그러니까 걱정 말아요. 그나저나 뭔가 먹고 싶은데, 준비 좀 해줘요."

"또 드십니까? 점심을 드신 지 불과 2시간 만입니다."

집사장이 놀랐다는 듯이 반문했다.

나는 어깨를 으쓱했다.

"그거 밖에 시간이 안 되었어요? 그래도 배가 고프네요. 송아지 훈제를 얇게 썰어서 주세요. 우유도 함께요."

"알겠습니다."

"아, 그리고 오리 고기도 부탁해요."

"네, 그것도 같이 올리겠습니다."

집사장이 종종걸음으로 물러났다.

나는 상처에 붕대를 감고 침대에 벌렁 누웠다.

과거에 나는 선배들의 손에 이끌려 당구를 배웠다. 처음엔 당구가 별로 재미없었는데, 한번 빠지고 나자 천장이 당구대로 보이고 그 위에서 빨갛고 하얀 공이 마구 굴러다녔다.

지금도 마찬가지.

네모난 천장이 책으로 변하는가 싶더니, 그 위에 춘화가 떠올랐다.

십제유록 제6권, 십제검 제3편.

"큭큭큭! 제대로 빠졌구나. 방금 2편을 끝냈는데 벌써 3편을 익히고 싶어서 안달이 난 걸 보니, 빠져도 제대로 빠졌어. 이 정도면 거의 중독 수준이야. 큭큭큭!"

하지만 싫지는 않았다. 나는 팔베개를 하고 누워 십제검 제3편을 떠올렸다.

상상 속에서 또 십제가 등장했다. 하얀 수염을 휘날리며 나타난 십제는 두 손을 가슴에 모으더니 양 손바닥을 하늘로 향해 들었다.

십제의 두 손바닥 위에 각각 하나씩의 검이 떠올랐다.

—사람의 손이 2개이고 눈이 2개 달렸으니 두 자루의 검인들 다루지 못할까. 어차피 검은 주인의 마음을 따를 것이니라.

말과 동시에 검 두 자루가 각기 다른 방향으로 날아갔다.

한 자루는 동쪽 하늘로, 다른 한 자루는 서쪽 하늘로.

검을 조종하는 십제의 두 눈은 카멜레온의 그것처럼 좌우가 따로 놀았다.

빙글빙글, 2개의 눈동자가 서로 다른 방향을 바라보았다. 그때마다 두 자루의 검은 서로 교차하기도 하고, 편대비행을 하기도 하며 온 하늘을 헤집었다.

그 환상적인 모습을 보면서 나는 허파에서 바람 빠지는 소리를 내었다.

"에게!"

말 그대로 '에게'였다.

십제검 제1편.

십제는 애써 검을 움직이지 말고, 검이 나를 따르도록 만들라고 했다.

십제검 제2편.

십제는 검의 거리에는 한계가 없으니, 수십 리 밖 내 눈이 닿는 곳까지, 궁극적으로는 내 마음이 닿는 저 멀리까지 검을 보낼 수 있다고 말했다.

그런데 내 몸속에는 내 말을 잘 듣는 나뭇가지 수만 개가 있다. 하여 나는 그 하나하나를 모두 검으로 바꾸었다. 단지 낱개로만 움직인 것이 아니라, 한꺼번에 수십, 수백 자루를 뽑아내어 로스앤젤레스 상공을 난도질했다.

한데 십제검 제3편이 검 두 자루의 편대비행이라고?

"쳇! 실망이야."

나는 혀를 차면서 다음 권으로 넘어갔다.

십제유록 제7권, 십제검 제4편.

상상 속에서 십제가 일어섰다. 하얀 수염을 휘날리며 등장한 십제는 두 손을 가슴에 모으더니, 부채를 펴듯이 활짝 펴 보였다.

좌라락-!

십제의 손바닥 사이에서 수십 개의 검이 부챗살처럼 떠올랐다.

'엉?'

무언가 예감이 좋지 않았다.

그 순간 십제의 말이 천둥처럼 떨어졌다.

-검이 너를 따르니 그 개수에 구애받을 이유가 없도다. 장수가 100명의 부하를 부려도 벅차지 않은 것처럼, 너도 수십 개의 검을 네 의지대로 움직일 것이니라.

말과 동시에 수십 자루의 검이 십제의 손을 떠나 하늘에 선을 그렸다. 그 많은 선들이 직선에서 곡선으로 변하고, 원으로 변하고, 삼각형으로 변했다. 씨줄과 날줄이 엮이듯 복잡하게 오갔다. 십제가 날린 수십 자루의 검은 그렇게 서로 다른 궤적을 그리며 하늘을 수놓았다.

그 멋진 광경을 보고도 나는 감탄하지 않았다.

"아 나, 이게 뭐야."

솔직히 실망스러웠다. 내 진도가 너무 빠른 것인지, 아니면 십제의 상상력이 빈곤한 것인지, 지금 십제가 보여준 것은 이미 다 내가 달성한 것들이다.

"검 하나를 능숙히 다룰 수 있으면 두 자루도 문제없는 것 아냐. 그리고 두 자루를 자유롭게 부릴 수 있으면 당연히 수십 자루도 문제없는 것이지, 그딴 걸 뭐 새로운 기술인 것처럼 책으로 엮고 그래? 쯧쯧쯧."

나는 가볍게 혀를 차고는 십제유록 제7권을 마음속에서 내려놓았다. 이제 8권으로 넘어갈 차례였다.

내가 막 8권을 수련하려는 찰나, 훼방꾼이 등장했다.

똑똑똑!

"도련님, 말씀하신 간식을 준비해왔습니다. 안으로 들어가도 될까요?"

하녀가 간식을 대령했다.

"들어와요."

나는 수련을 멈추고 허기부터 달랬다.

송아지 훈제와 오리고기로 배를 채우고, 우유로 입가심을 했다. 그다음은 다시 수련에 매진할 차례였다.

나는 새로 받은 물에 몸을 푹 담그고 두 팔을 활짝 벌렸다.

'백 자루!'

머릿속으로는 500개의 검이 솟구치는 상상을 했다.

어깨, 팔꿈치, 손바닥, 가슴, 복부 등등…….

온몸 곳곳에 시커먼 구멍이 열리며 하얀 나뭇가지들이 솟구쳤다. 섬뜩하게 날이 선 나뭇가지들은 이내 검의 형상을 갖추며 몸 밖으로 빠져나왔다.

'큭!'

이제는 익숙해질 때도 되었건만, 여전히 통증이 심했다.

대신 피는 쏟아지지 않았다. 그저 핏물만 엷게 내비쳤을 뿐이다.

오백 자루의 검이 욕조 위에 열을 맞춰 떠있는 모습은 장관이었다. 내가 손가락을 까딱하자 그 많은 검들이 지붕 밖으로 날아갔다.

그래도 지붕이 무너지지는 않았다. 뻥 뚫린 구멍 하나로 500개의 검들이 차례차례 빠져나간 덕분이었다.

'만약 이 검들이 한꺼번에 천장을 꿰뚫었다면 지붕이 무너지겠지.'

얼핏 이런 생각이 들었다.

그 와중에도 500개의 검은 폭발적인 속도로 솟구쳐 구름 위로 올라갔다. 검의 상승 속도가 너무나 빨라 사람의 눈에는 보이지 않았다.

그저 벼락이 치듯 번쩍!

눈꺼풀을 한 번 깜빡인 순간, 오백 자루의 검은 상공 수 킬로미터 높이로 치솟아 유영을 시작했다.

십제는 십제유록 제7권을 통해 수십 자루의 검으로 원을 그리고, 8자를 만들고 삼각형을 그리는 장면을 보여주었다.

나는 거기서 한 발 더 나갔다.

'그걸 따라 하는 것은 너무 시시하지.'

나는 500개의 검으로 하늘에 그림을 그렸다. 검들은 자유롭게 움직여서 해바라기 모양도 만들고, 새로 변하기도 했다. 좀 더 상상을 하자 구스타프 클림트(Gustav Klimt; 19세기 오스트리아의 화가)의 명작 '키스(The Kiss)'가 되었다가 이내 똬리를 틀면서 빈센트 반 고흐(Vincent van Gogh; 19세기 네덜란드의 화가)의 '별이 빛나는 밤(The Starry Night)'으로 변했다.

고흐의 그림은 검으로 표현하기 좋았다. 왜냐하면 고흐가 짧은 선을 모아서 전체 그림을 완성했기 때문이다.

별이 빛나는 밤은 뉴욕 현대미술관에 전시되어 있는데, 나는 종종 그곳에 가서 고흐의 미술세계를 감상하곤 했다.

마음으로 검을 부리는 것은 이제 숨을 쉬듯 자연스러워졌다. 그저 고흐의 그림을 떠올리는 것만으로도 충분했다. 내 신체 일부나 다름없는 나뭇가지들은 알아서 헤쳐모이면서 별이 빛나는 밤을 완성했다.

하얀 나뭇가지들이 소용돌이치며 모여 별을 이루었다. 구불구불 모인 검들이 성탑을 구성했다. 검이 산이 되고, 수풀이 되고, 건물이 되었다. 달이 되고, 별이 되고, 하늘이 되었다.

하늘을 캔버스 삼아 그림을 그리다 보니 검이 부족했다. 나는 다시 한 번 모공을 열어 500개의 검을 새로 뽑아내었다.

풋!

그 검들이 벼락처럼 하늘로 날아가 그림의 일부가 되었다. 듬성듬성하던 선들이 촘촘하게 모이면서 그림의 완성도가 높아졌다.

구름 위에서 벌어지는 일이라 내 눈에는 보이지 않았다. 하지만 머릿속에는 검 한 자루 한 자루의 움직임이 생생하게 전달되었다.

다시 500개 추가!

또 500개 추가!

마침내 그림이 완성되었다.

'햐아!'

내가 한 일이지만 정말 멋졌다. 나는 넋을 놓고 하늘에 재현된 고흐의 작품을 바라보았다.

Chapter 2

수련은 쉬지 않고 계속되었다.

십제유록 제8권, 십제검 제5편.

신선을 닮은 십제가 머릿속에 둥실 떠올랐다.

─검이 이미 네 것이 되었거늘 무엇을 더 망설이느냐? 상상

하라! 상상하고 또 상상하라. 그 모든 상상을 검이 따를 것이다.

말과 함께 십제의 손가락이 하늘을 가리켰다.

한 자루의 검이 십제의 손끝으로 둥실 떠오르더니, 이내 하늘 높이 솟구쳤다.

－십제검 제5편 폭검(暴劍)!

십제의 입에서 우렁찬 호령이 터졌다. 그와 동시에 십제의 손가락이 지상을 가리켰다.

쐐애액!

바람 가르는 소리가 귓가에 들린다 싶었다. 고개를 들어 하늘을 보니 까마득한 상공으로 솟구쳤던 검이 낙뢰처럼 떨어졌다.

십제가 손을 쫙 펴서 손가락을 사방으로 뻗었다. 그러자 멀쩡하던 검이 다섯 갈래로 쪼개졌다. 검의 파편들은 각기 다른 방향으로 날아갔다.

'헉! 멀티플샷(Multiple Shot)!'

학창시절 나는 디아블로라는 게임을 즐겼다. 그 게임에 등장하는 아마존의 공격기술 가운데 하나가 바로 멀티플샷이다. 화살 하나를 수십 발로 나눠서 쏘는 기술!

'역시 십제는 십제야!'

십제검 제3편과 4편이 기대에 미치지 못해서 조금 실망했는데, 제5편인 폭검을 보자 다시 가슴이 뛰었다.

나는 곧장 연습에 나섰다.

우선 십제처럼 멋지게 손가락을 치켜들었다. 손끝에서 튀어나온 나뭇가지 한 가닥이 로켓처럼 쏘아져 올라가 하늘 저 높은 곳에 도달했다. 그 순간 나는 손가락을 팍 펴트렸다. 머릿속으로는 나뭇가지가 갈라지는 상상을 했다.

그 상상이 현실이 되었다. 수 킬로미터 상공에 도달한 나뭇가지는 그대로 분열되면서 다섯 가닥으로 나뉘었다. 그 5개의 파편이 각기 다른 방향으로 날아가 구름을 찢어발기고 바람을 갈가리 찢었다.

파앙!

멀쩡하던 상공에 5개의 초음파가 겹쳐 터졌다. 강한 풍압이 발생하면서 별장 창문을 뒤흔들었다.

"어마?"

"해군이 훈련을 하나?"

아래층의 하녀들이 이렇게 수군거렸다. 한국에서는 초음파가 터지면 공군 훈련을 먼저 떠올리는데, 미국은 공군보다 해군의 전투기가 더 유명했다.

나는 한 번 더 나뭇가지를 쏘아 올렸다.

'검의 파편을 굳이 5개로 국한할 필요는 없잖아?'

이번에는 10개의 멀티플샷을 상상했다.

상상이 곧 현실이 되었다. 내가 쏘아 올린 나뭇가지는 열 가닥으로 나뉘어 사방팔방으로 날아갔다. 강한 초음파에 창문이 한 번 더 흔들렸다.

십제검 제5편, 성공!

내가 십제검을 익히는 속도는 기가 막힐 정도로 빨랐다. 십제와는 전혀 다른 방식으로, 나만의 길을 찾은 덕분이었다. 솔직히 나는 십제가 남긴 뜬구름 잡는 소리를 이해할 수 없었다. 이해를 하지 못하니 진도가 나가지 못했다.

그래서 내 나름의 방식을 찾았다.

'쇳덩어리 검이 나를 따르게 만들지는 못해. 대신 내 말을 잘 듣는 나뭇가지로 검을 대체하면 그만 아닌가.'

첫발을 잘 디딘 덕분에 그 뒤는 수월했다. 나는 불과 1주일 만에 십제검 제5편을 돌파했다.

이제 남은 것은 한 권뿐!

"후우-."

나는 깊은 심호흡으로 마음을 다잡았다. 그리곤 머리끝까지 물속에 담갔다.

십제유록 제9권, 십제검 제6편.

머릿속에 뿌옇게 안개가 끼었다. 하얀 수염을 배꼽까지 늘어뜨린 십제가 흔들흔들 나타났다.

'이제 마지막 권이네요?'

나는 마음속으로 십제에게 말을 걸었다.

십제가 내게 고개를 돌렸다. 나를 바라보는 십제의 눈빛이 어딘지 모르게 따뜻해 보였다. 오랜 시공을 뛰어넘어 자신의 검술을 전수할 후계자를 만나 기쁜 것인지, 아니면 내가 그저 착각을 한 것인지 알 수 없었다.

'이런! 내가 무슨 생각을 하는 거야? 눈앞의 십제는 실제 인물이 아니잖아. 내 머릿속에 잠시 나타난 상상 속의 존재라고!'

상상이 하도 진짜 같아서 별생각이 다 드는구나 싶었다. 나는 피식 웃음을 터뜨렸다.

그 순간 십제가 눈을 지그시 감았다.

훅!

십제의 코로 들숨이 빨려 들어갔다. 십제는 눈을 감은 채 손가락으로 전면을 가리켰다. 위엄 가득한 십제의 목소리가 그 뒤를 따랐다.

-천장지구라 했다. 시공은 서로 얽혀 있음이니, 검으로 공간을 지배하는 일이 가능하다면 검으로 시간을 거스르는 것 또한 가능하리라!

천장지구(天長地久)는 노자의 도덕경에 등장하는 글귀다. 풀어서 해석하면 '하늘은 넓고 땅은 오래다.'가 되겠다.

여기서 하늘(天)은 시간을 의미하다.

땅(地)은 공간을 의미한다.

원래는 시간(天)이 길고(久) 공간(地)은 넓다(長)고 표헌헤야 옳다. 천장지구(天長地久)가 아니라 천구지장(天久地長)이라야 맞나. 한데 동방의 옛 성인들은 이것을 꼬아서 시간과 공간이 서로 얽혀 있음을 표현하였다. 근대 물리학의 대가인 알버트 아인슈타인의 '상대성 원리'를 수천 년 전에 미리 깨달은 것이다.

놀랍게도 십제는 그 난해한 철학을 한 자루의 검에 담았다. 지금 이 순간 십제의 활짝 벌린 손바닥 안에서 시공이 뒤엉켰다.

콰르르르!

십제의 검이 느리게 움직였다.

지금까지와는 정반대의 현상이었다. 십제검 제1편부터 5편까지는 빠른 검을 다뤘다. 십제검은 마음으로 움직이는 검이었기에 그 어떤 무기보다도 더 쾌속했다. 오늘날의 로켓보다 더 빠르게, 유도탄보다도 더 쾌속하게!

십제검은 말 그대로 한 줄기 벼락이 되어 허공을 난도질했다.

한데 지금 십제의 손을 떠난 새하얀 검은 달팽이보다 더 느리게 나갔다.

아니다. 내 표현이 잘못되었다. 이 검에 비하면 달팽이는 우사인 볼트처럼 빨랐다. 십제의 검은 너무나 느리게 움직여서 그 변화가 눈에 보이지도 않았다. 그저 검 한 자루가 허공에 뚝 정지된 것처럼 느껴질 뿐이었다.

꿀꺽!

나는 소리 내어 침을 삼켰다. 긴장감에 목울대가 저절로 움직였다.

두 눈을 부릅뜨고 지켜보는 가운데 십제의 검이 조금씩 앞으로 나아갔다.

'그런데 뭔가 이상하구나. 검이 공간을 밀면서 앞으로 나가는 것이 아니라, 시간을 밀면서 전진한다는 기분이 들어.'

나는 고개를 갸웃거렸다.

실제로 십제의 검은 공간상의 한 지점에 딱 정지되어 보였다. 대신 주변의 시간이 조금씩 흘러 검의 위치가 변하는 듯했다.

내가 이런 생각을 하게 된 이유는 주변의 변화 때문이었다.

십제가 검을 발출한 곳은 매화 향기 그윽한 나무 아래였다. 나무엔 초봄의 꽃샘추위를 뚫고 나온 매화꽃이 흐드러지게 피어 있었다.

한데 검이 조금씩 앞으로 나가면서 매화꽃에 변화가 생겼다.

만개한 꽃잎이 조금씩 오므라들고, 또 오므라들고. 그렇게 한참이 지나자 만개했던 꽃이 꽃봉오리로 변했다.

'이럴 수가!'

나는 망치로 뒤통수를 한 대 얻어맞은 기분이었다.

조금 더 시간이 지나자 꽃봉오리가 서서히 나뭇가지 속으로 파고들었다. 이건 마치 시간이 거꾸로 흐르는 것 같았다. 꽃순이 돋고, 꽃망울이 잡히고, 꽃이 피는 과정을 쭉 촬영한 다음,

그 촬영테이프를 거꾸로 틀어놓은 듯!

그 와중에도 매화나무는 계속 변했다. 꽃망울이 나뭇가지 속으로 파고들어 꽃순이 되고, 그 꽃순마저 완전히 나무속으로 들어갔다. 초봄을 알리려고 꽃을 활짝 피웠던 매화나무는 다시 한겨울의 앙상한 모습으로 돌아갔다.

'정말로 시간이 거꾸로 흘렀구나! 십제의 말처럼 시간이 거꾸로 흘렀어!'

최소한 십제가 서 있는 이 공간에서만큼은 시간이 거꾸로 흘렀다. 그렇지 않고서는 매화나무의 변화를 설명할 길이 없었다.

'아아아! 어떻게 이런 일이!'

믿을 수가 없었다. 십제검 제6편은 앞의 1편부터 5편까지를 모두 합친 것보다 더 대단했다. 내가 알고 있는 모든 물리법칙이 와르르 허물어졌다.

털썩!

나는 십제 앞에 무릎을 꿇고 초라하게 고개를 숙였다.

육존 가운데 한 명인 십제!

솔직히 나는 육존을 대단하게 보지 않았다. 샤피로 세상에서 활보하는 그 무시무시한 강자들에 비하면 육존은 아무것도 아니라고 여겼다.

그런데 내 착각이었다. 다른 육존은 모르겠지만, 최소한 십제만큼은 존경에 존경을 더해도 부족하지 않았다.

'당신은 정말 대단한 분이십니다.'

나는 진심으로 십제에게 고개를 숙였다.

그렇다고 마음까지 굴복한 것은 아니었다.

나는 포기를 모르는 사내!

'굳이 실망할 필요는 없어. 처음에 나는 십제검 제1편도 제대로 이해하지 못했잖아. 그런데 결국 여기까지 왔다고. 그러니까 언젠가는 십제유록의 마지막 권을 체득할 날이 올 거야. 비록 지금은 커다란 벽에 막혔지만, 언젠가는 그 높고 험난한 벽을 뛰어넘을 거라고.'

나는 땅바닥을 내려다보며 이렇게 다짐했다.

희한하게도, 그렇게 고개를 숙인 상태에서도 십제의 표정이 훤히 읽혔다. 나를 굽어보는 십제의 눈빛이 묘하게 빛났다.

어딘지 모르게 익숙한 눈빛이다.

'뭐지? 이 기분은?'

나는 살짝 고개를 들어 갸웃거렸다.

Chapter 3

"푸화!"

욕조 밖으로 머리를 내밀고 참았던 숨을 쉬었다.

더 이상 피는 흐르지 않았다. 온몸에 덕지덕지 앉은 딱지가 보기엔 흉했지만, 나는 이 딱지들을 훈장으로 여겼다.

나는 욕탕에 기대앉아 지난 일주일간의 성과를 정리했다.

십제유록 제1권, '파륜석화술법(波輪石化術法)' 완성!

십제유록 제2권, '일목권(一目拳)' 완성!

십제유록 제3권, '풍법(風法)' 완성!

십제유록 제4권, 십제검 제1편, '마음의 검' 완성!

십제유록 제5권, 십제검 제2편, '이기어검' 완성!

십제유록 제6권, 십제검 제3편, 두 자루의 이기어검 완성!

십제유록 제7권, 십제검 제4편, 여러 자루의 이기어검 완성!

십제유록 제8권, 십제검 제5편, 폭검(暴劍) 혹은 멀티플샷(Multiple Shot) 완성!

십제유록 제9권, 십제검 제6편, 시간검(時間劍) 미완성!

십제유록 1권부터 8권까지는 온전히 내 것으로 소화했다. 다만 십제의 마지막 유품인 시간검은 아직 첫발도 떼지 못했다.

그래도 이만하면 괜찮은 성과였다.

"일주일간 노력한 것치고는 제법 짭짤해."

나는 뿌듯함을 느꼈다. 그동안의 아프고 고통스러웠던 순간들을 모두 보상받은 기분이었다.

"장하다, 건호야. 정말 장해."

나는 스스로에게 박수를 보냈다.

하지만 여기서 멈출 생각은 없었다. 내게는 숨겨놓은 비법이 하나 더 남아 있었다.

"만약 나와 십제가 싸우면 누가 이길까?"

확률은 반반.

아니, 솔직히 까놓고 말해서 나는 내가 이길 것이라 판단했다. 십제의 시간검이 두렵기는 하지만, 시간검은 깨달음의 영역이지 실제로 적에게 물리적인 타격을 줄지는 미지수였다.

반면 공간에 대한 지배력은 십제보다 내가 더 막강했다.

십제는 동시에 수십 자루의 검을 조종하는 능력을 지녔다.

나는 수만 자루가 가능했다.

여기에 멀티플샷까지 섞어서 사용하면 수십만 자루가 훌쩍 넘었다. 나는 눈길이 머무는 모든 공간을 검으로 가득 채울 수도 있었다.

공간 지배력만 비교하면 내가 압승!

하면 파괴력은 누가 더 강할까?

나는 머릿속으로 십제의 파괴력을 가늠해보았다.

'검으로 철판을 쪼갤 수준일까? 검으로 쇠몽둥이를 썽둥 자를 수준은 되겠지? 아니면 폭검을 사용해서 담장을 허물고 집을 통째로 날려버릴 수도 있을까?'

검은 구시대의 무기였다. 그 한계 때문에 검이 발휘할 수 있는 파괴력에는 제한이 있었다.

내 경우는 달랐다. 내 몸속에 박힌 나뭇가지는 일반 검과는 차원이 다른 존재! 나는 눈을 반쯤 감고 샤피로를 떠올렸다.

최근 샤피로는 생명의 뿌리를 먹어치웠다. 그리곤 그 뿌리의 능력과 '타란툴라의 원혼'을 결합해서 '카멜레온의 원혼'이라는 새로운 권능을 개발했다.

이 효과는 실로 엄청났다.

100미터 밖에서 시체를 쾅 터뜨리기!

한 번 폭격한 곳을 또 폭격하기!

카멜레온의 원혼 덕분에 이 모든 것들이 가능해졌다. 샤피로는 이 권능을 발휘하여 레인보우 형제들을 가볍게 박살냈다.

그뿐만이 아니었다.

샤피로는 생명의 뿌리와 '킹 카라인의 숨결'을 결합하여 '포이즌 트리(Poison Tree; 독나무)'도 만들어내었다. 이 또한 위력이 엄청났다.

결국 한 발자국의 진화가 샤피로를 전혀 다른 존재로 격상시킨 셈이었다. 그리고 나도 그 덕을 톡톡히 보았다.

이제는 내가 진화할 차례였다.

"샤피로가 1차 진화를 했으니 이제는 내가 해내야지."

나는 눈을 반쯤 감고 현대의 군사무기 체계를 떠올렸다.

'정보 무기 체계와 유도 무기 체계…….'

가장 먼저 이 두 가지가 떠올랐다. 이것들이야말로 현대전의 승패를 가르는 열쇠였다.

우선 정보!

인공위성과 무인항공기, 고성능 전파 망원경으로 적의 움직임을 샅샅이 감시한다.

다음은 유도무기!

원거리에서 유도무기를 난사하여 적진을 초토화시킨다. 보병은 가장 마지막에 투입한다.

이상이 군사강국 미국의 전술이었다.

나도 이 전술을 염두에 두었다. 나는 이미 핵심 군사기술들을 갖춘 상태였다.

첫째, 정보 무기 분야!

내게는 눈이 달렸다. 내 시력은 독수리보다 더 뛰어나고, 곤충보다 더 예민했다.

둘째, 유도 무기!

나는 십제검을 익혔다. 이 십제검 덕분에 눈이 닿는 모든 영역, 마음이 닿는 모든 공간에 검을 보내는 것이 가능해졌다.

그것도 한 자루만이 아니었다. 마음만 먹으면 수백 자루나 수천 자루, 아니, 수만 자루도 거뜬히 날릴 수 있었다.

옛사람인 십제는 이 십제검을 단지 검술로만 사용했다.

현대인인 나는 이것을 유두미사일루 바꿔 사용할 수 있었다. 만약 내가 날린 검 한 자루 한 자루가 엄청난 폭발력을 지닌 유도미사일이 된다면?

그렇다면 나는 걸어 다니는 미사일 기지인 셈이다.

　물론 검을 유도미사일로 바꾸려면 한 가지 능력이 더 필요했다.

　바로 탄두기술!

　모든 미사일에는 탄두가 달렸다. 유도미사일이 적진에 떨어지는 순간, 이 탄두가 폭발하면서 모든 것을 날려버린다.

　나는 카멜레온의 원혼을 응용해서 지금까지 세상에는 존재하지 않던 전혀 새로운 탄두를 만들기로 마음먹었다.

　'상상을 하자. 상상력이야말로 진화의 원동력이다.'

　눈을 감고 상상을 했다.

　손바닥을 뚫고 나뭇가지 하나가 둥실 떠올랐다. 그 나뭇가지가 내 의지에 따라 허공으로 치솟았다. 나는 머리 위를 빙빙 선회하는 나뭇가지를 올려다보고는 명령을 내렸다.

　"가라!"

　쐐액-!

　나뭇가지가 유도미사일처럼 대지를 가르며 날아갔다. 그리곤 저 멀리 산봉우리 너머의 적 기지를 폭격했다.

　여기까지는 십제검 제2편과 똑같았다.

　여기서 끝나면 싱거울 터, 나는 적진 입구에 칼자국이나 남겨놓으려고 공격한 것이 아니었다. 적 기지를 통째로 부셔버리려고 검을 날렸다.

　하여 중간에 무덤을 들렀다.

　무덤 속의 시체가 나뭇가지에 대롱대롱 매달려 딸려갔다.

나뭇가지는 자유자재로 움직이는 유도미사일이었다. 그 끝에 매달린 시체는 탄두 역할을 했다. 내 공격이 적진에 떨어지는 순간, 나는 입술을 동그랗게 말았다.

"폭!"

입술이 벌어지면서 바람 터지는 소리가 났다.

그와 동시에 시체가 빵빵하게 부풀었다. 반쯤 썩은 시체 위로 검붉은 핏줄이 퍼지는가 싶더니, 이윽고 엄청난 폭발이 뒤따랐다.

적 기지는 눈 깜짝할 사이에 초토화되었다. 반경 60미터 영역이 통째로 허물어졌고, 건물이 박살 났다. 사람들이 갈가리 찢겼다.

"끄악!"

끔찍한 비명이 전진을 뒤흔들었다.

뒤이어 불어 닥친 열폭풍은 모든 것을 앗아갔다. 소용돌이치며 퍼진 화염이 맹렬한 기세로 사방을 휩쓸었다. 철근이 엿가락처럼 휘고 적군의 시체가 활활 타올랐다.

실로 엄청난 파괴력!

이것이 바로 타란툴라의 원혼이다!

아니다. 타란툴라의 원혼은 원거리 폭격을 할 수 없다. 이건 샤피로가 만들어낸 새로운 권능, 카멜레온의 원혼이다!

아니다. 또 틀렸다. 사정거리가 100미터에 불과한 카멜레온의 원혼으로는 산등성 너머의 적 기지를 유도 폭격하지 못한다.

이것은 내가 새로 개발해 낸 권능!

샤피로가 아닌, 이 이건호가 오롯이 만들어낸 권능!

십제의 검술과 카멜레온의 원혼, 그리고 현대 유도미사일 개념을 합쳐서 만들어낸 신개념의 권능이다.

과거에 나는 적과 가까이 붙어서 맨몸으로 싸워야 했다.

그러다 샤피로의 1차 진화 덕분에 100미터 밖의 중거리 공격이 가능해졌다.

이제는 한 발 더 진화했다. 2차 진화를 마친 뒤, 나는 움직이는 미사일 기지가 되었다. 한 개인의 힘으로 미국 전체의 미사일 체계를 상대할 만한 대괴수가 되었다.

이 엄청난 성취에도 불구하고 나는 만족하지 못했다. 무력에 대한 끝없는 열망이 나를 좀 더 높은 곳으로 이끌었다.

"여기서 만족할 수는 없지. 잘만하면 이 권능을 더 발전시킬 수 있어."

일단 새 권능의 파괴력은 만족스러웠다.

하지만 사정거리는 불만족이었다. 나는 좀 더 먼 곳, 내 시선이 미치지 못하는 장거리 공격을 원했다.

그래서 인공위성을 떠올렸다.

'지금은 구글 같은 개인 기업이 인공위성을 띄워서 세상 곳곳을 들여다보는 시대잖아. 나라고 그런 일을 못하란 법 없지.'

나는 내 권능에 인공위성의 힘을 더할 생각이었다. 혹은 다양한 종류의 무인정찰기와 결합해도 좋을 것 같았다.

만약 내 계획대로 일이 진행된다면, 앞으로 수백 킬로미터, 아니, 수천 킬로미터 밖의 장거리 폭격도 가능할 듯했다.

"허어! 사정거리가 수천 킬로미터란 말이지!"

나는 손바닥을 쓱쓱 비볐다.

수천 킬로미터가 넘는 사정거리를 갖췄다면, 이건 단순한 유도 미사일이 아니었다. 대륙간탄도미사일(ICBM; 사정거리 6,400킬로미터가 넘는 탄도미사일)이라 표현해야 옳았다.

"대륙간탄도미사일!"

뉴욕에 앉아서 중국을 폭격할 수도 있는 엄청난 무기!

상상하는 것만으로도 가슴이 벅찼다.

내친 김에 작명에도 신경을 썼다.

"뭐가 좋을까? 새로 개발한 이 멋진 권능에 걸맞은 이름을 붙여야 할 텐데……."

새 권능은 십제검과 카멜레온의 원혼, 그리고 현대의 유도 미사일 기술 등을 조합해서 만들어졌다. 따라서 나는 이 세 가지를 염두에 두고 이름 짓기를 시작했다가 결국엔 '발키리의 원혼'으로 마음을 정했다.

발키리(Valkyrie)는 북유럽 신화에 등장하는 전쟁의 여신이다. 그녀들은 죽은 전사의 영혼을 발할라의 궁전으로 인도하는 역할을 맡는다.

죽은 영혼을 발할라의 궁전까지 인도하는 여신!

시체(탄두)를 목표까지 인도하는 나뭇가지(유도무기)!

앞뒤의 대비가 착착 맞아떨어졌다.

"발키리의 원혼! 정말 딱 알맞는 이름을 찾았어."

나는 무릎을 치며 기뻐했다.

작명까지 끝냈으니 이제 2차 진화는 확실히 이룬 셈이다. 때를 맞춰 내 그림자가 또 한 차례 변화를 이루었다.

학창시절의 내 그림자는 평범한 고양이를 닮았다. 그러던 것이 1차 진화 후엔 가시가 빽빽이 돋친 변형고양이가 되었다. 그리고 2차 진화를 마친 지금, 뾰족한 가시들은 몸 밖으로 빠져나와 호위를 하듯 고양이의 주변을 맴돌았다.

그 모습이 흡사 수십 대의 전투기와 구축함, 호위함으로 둘러싸인 항공모함 같았다. 혹은 스타크래프트라는 게임에 등장하는 '캐리어'와 비슷했다.

마침 비너스 조각상의 그림자가 길게 늘어져 내 그림자 주변으로 모여들었다. 멀리서 그 모습을 보면, 전쟁의 여신 발키리들이 나를 섬기기 위해 날아오는 것 같았다. 나는 고개를 꼿꼿이 들고 발키리들의 경배를 받았다.

야오옹!

어디선가 아련하게 고양이의 울음이 들렸다.

Chapter 4

미국의 제조업을 나무에 비유한다면, 금융은 나무를 키워내는 땅이나 다름없었다. 그리고 뤼슨 그룹은 그 금융업계의 중심이었다.

땅이 흔들리면 나무도 쓰러지게 마련.

이런 이유로 미국의 기업들은 뤼슨 그룹을 '빅 브라더(Big Brother; 맏형)'라고 칭했다. 이런 소리를 들어도 될 만큼 뤼슨 그룹의 파워는 막강했다.

나는 비서에게 전화를 걸어 물었다.

"혹시 우리가 노스롭그루먼에 투자한 것이 있나요?"

"방위산업체인 노스롭그루먼 말씀이십니까? 아마 있을 겁니다."

"한번 찾아봐 줘요. 정확한 투자금액과 투자금 상환방법, 이면계약 여부, 그리고 우리가 노스롭그루먼의 주식을 갖고 있는지 여부도 알려주고요."

"알겠습니다, 이사님. 조사 후에 연락드리겠습니다."

비서는 정중하게 전화를 끊었다.

나는 발코니로 나가 신선한 공기를 들이켰다.

"아아, 날씨 한번 쾌청하구나! 이런 날에 집구석에만 있을 수는 없지."

그동안 수련에 매달리느라 바깥출입을 삼갔더니 몸이 근질

근질했다. 오늘은 모처럼 기분전환을 하고 싶었다.

나는 반바지 차림으로 밖에 나가 해변을 산책했다.

12월 초지만 로스앤젤레스의 날씨는 온화했다. 파도가 철썩철썩 소리를 내면서 모래사장을 때렸다. 따가운 햇살이 백사장을 쨍쨍 내리쬐었다.

이 좋은 풍경을 만끽하는 사람은 나 하나.

인근 해수욕장은 발 디딜 틈 없이 붐비지만, 내가 서 있는 이곳은 조용했다. 별장에 딸린 전용 해변이기 때문이다.

나는 반바지 주머니에 손을 넣고 느긋하게 바닷바람을 즐겼다. 한 걸음 내디딜 때마다 파도가 달려들어 내 발등을 간질였다.

그렇게 발목을 적시며 걷고 있는데 벨이 울렸다. 비서에게서 온 전화였다. 나는 즉시 전화를 받았다.

"어찌 되었죠? 투자금이 있던가요?"

"네, 이사님. 뤄슨 캐피탈과 뤄슨&뤄슨 펀드에서 노스롭그루먼에 투자한 금액이 각각 8천만 달러와 6천만 달러입니다. 이 밖에도 뤄슨 연기금을 통해 보유한 주식이 31만 주 있습니다. 자세한 계약 조건은 이사님의 이메일로 넣어 드렸습니다."

노스롭그루먼에 대한 총 투자금액이 1억 4천만 달러.

주식 보유량은 31만 주.

이만하면 노스롭그루먼의 경영진에게 말을 붙여볼 만했다.

"그 밖에 또 다른 것은 없나요?"

"프로젝트 파이낸스 계약이 세 건 체결되어 있습니다."

"프로젝트 파이낸스라고요? 혹시 그 가운데 무인정찰기 개발 프로젝트도 있나요?"

나는 반색을 했다.

프로젝트 파이낸스(Project Finance)란 기업이 대형 프로젝트를 수주했을 때 금융기관이 이 프로젝트의 사업성을 조사하여 자금을 제공하는 금융기법이다. 경우에 따라서는 은행이 먼저 프로젝트의 입안 단계부터 참여하여 필요한 모든 서비스를 제공하기도 한다.

최근 많은 기업들은 이 프로젝트 파이낸스를 통해 사업비를 조달하는 추세였다. 한국의 기업들도 이 기법을 적극 활용했다. 특히 한국에서는 건설 회사들이 프로젝트 파이낸스로 돈을 빌려서 중동의 대형 토목공사에 뛰어들곤 했다.

노스롭그루먼도 마찬가지.

최첨단 무기를 개발하는 데는 엄청난 비용과 시간이 필요했다. 때문에 노스롭그루먼은 프로젝트 파이낸스로 돈을 조달하여 무기 개발에 착수했다.

핸드폰 지편에시 다다딕, 타다다딕, 노드북 자판을 두드리는 소리기 들렸디. 자료 검색을 마친 뒤, 비시는 긍징직인 딥변을 내놓았다.

"네, 여기 자료가 있습니다. 미 공군을 위해 개발 중인 고고도 무인정찰기 프로젝트에 저희 뤄슨&뤄슨의 돈이 투입되었습니다."

"알았어요. 당장 노스롭의 최고경영진과 미팅을 주선해줘요. 한번 만나보고 싶네요."

"그건…… 저기 이사님, 그전에 한 가지 알아두셔야 할 것이 있습니다."

갑자기 비서가 목소리를 깔았다.

나는 고개를 갸웃거렸다.

"알아둘 것? 그게 뭐죠?"

"노스롭그루먼은 방위산업체입니다."

"알아요."

"방위산업체는 일반 회사와는 성격이 다릅니다."

"다르다고요? 어떻게요?"

내 물음이 너무 무지하게 들렸나 보다. 비서는 한숨이 섞인 말투로 속사정을 털어놓았다.

"일반 회사의 경우, 우리가 갑이고 회사는 을입니다. 이사님께서 회사의 경영진을 만나고 싶다고 연락하면, 그들은 지체 없이 달려오지요. 우리가 갑자기 돈을 회수하면 회사가 부도 위기를 맞을 테니까요."

"흐음. 그런데요?"

"하지만 방위산업체는 다릅니다. 그들은 미국의 국가 프로젝트를 수행 중이며, 이 프로젝트의 비용 조달 계약에는 미 정부의 보증서가 들어 있습니다. 따라서 방위산업체에 빌려준

돈을 우리 마음대로 회수할 수 없고, 그들을 우리 뜻대로 움직이기도 힘듭니다."

"하! 그래요?"

내 표정은 점점 더 싸늘히 굳어가건만, 눈치 없는 비서는 장황한 설명을 늘어놓기에 바빴다.

"또한 방위산업체의 경영진들은 미국의 국익을 위해서 일한다는 자부심으로 똘똘 뭉쳐 있습니다. 그리고 그들의 뒤에는 국방위 소속의 국회의원들과 군 장성들이 버티고 있고요."

"그래서요?"

"그래서 드리는 말씀입니다. 노스롭그루먼의 경영진은 이사님의 미팅 제의를 거절할 가능성이 큽니다. 그들은 돈을 좀 투자받았다고 해서 이리저리 간섭당하는 것을 싫어하거든요. 혹시 회장님께서 직접 동석하신다면 모르겠지만 이사님의 이름만으로는……."

비서는 슬쩍 말꼬리를 흐렸다.

'아무리 등기이사라고 해도 너는 아직 대학도 졸업하지 못한 애송이가 아니냐. 자존심 강한 노스롭그루먼의 경영자들이 애송이인 너를 만나 줄 리 없으니 포기해라.'

조금 과장하게 표현하자면, 비서는 내게 이런 충고를 던진 셈이었다.

나는 비릿하게 웃었다.

"이봐요."

“네, 이사님.”

“나는 배경만 믿고 설치는 바보가 아니에요. 그리고 내가 언제 노스롭그루먼의 경영에 간섭하겠다고 했나요? 내가 언제 노스롭그루먼의 프로젝트를 컨트롤하겠다고 했나요?”

“아, 아니십니까?”

비서가 당황한 티를 내었다.

나는 싸늘하게 쏘아붙였다.

“그리고 지금 뭔가 착각하는 모양인데, 나는 충고해줄 사람이 필요해서 당신을 고용한 게 아니에요. 잡다한 일을 대신 처리해줄 비서가 필요해서 당신을 고용한 거죠. 비서의 역할이 뭐죠? 내가 노스롭그루먼의 경영진을 만나고 싶다고 하면, 그걸 가능하도록 만드는 게 비서의 일이에요. 방법이야 무수히 많죠. 예를 들어서 내가 국방부에서 은밀하게 추진 중인 차기 프로젝트에 대한 정보를 들었고, 거기에 투자하는 것에 관심이 많다고 언질을 줘 봐요. 나는 알렉산드라의 아버지인 짐 버플리와 안면이 있잖아요. 그리고 짐은 상원 군사위원회의 전임 위원장이잖아요. 그런 인맥을 등에 업고 내 이야기를 전달하면, 노스롭그루먼의 경영진이 나를 만나겠어요, 안 만나겠어요? 뤄슨 그룹의 비서가 이 정도 능력도 발휘 못 해요?”

“죄송합니다, 이사님. 제 생각이 짧았습니다.”

비서가 바짝 긴장해서 대답했다.

“앞으로 딱 24시간의 시간을 주겠어요. 그 안에 노스롭그루먼의 경영진과 면담 약속을 잡아요. 만약 실패하면 내게 전화할 필요 없어요. 그냥 집에서 푹 쉬어요."

나는 짧게 말을 던지고는 전화를 끊었다.

"아, 알겠습니다, 이사님."

핸드폰 너머에서 들리는 비서의 목소리에는 기합이 잔뜩 들어가 있었다.

"역시 사람은 채찍을 들어야 움직여."

나는 조그맣게 중얼거렸다.

Chapter 5

레이더망에 걸리지 않는 최고의 폭격기, 스텔스!

한반도 전역을 24시간 감시할 수 있는 무인정찰기, 글로벌호크!

프레데터에 이은 차세대 무인공격기, 리퍼!

유인/무인 겸용 정찰기, 파이어버드!

스텔스의 업그레이드 버전, 무인용 스텔스 폭격기!

항공모함과 궁합이 잘 맞는 무인 헬리콥터, 파이어스카우트!

나는 노스롭그루먼이 제공하는 최신 군수 품목들을 훑어보았다.

"쟁쟁하구먼."

무기 리스트를 보는 것만으로도 입이 딱 벌어졌다.

이 무기들 가운데 가장 유명한 것은 하늘의 암살자라 불리는 스텔스였다. 하지만 나는 스텔스보다는 무인정찰기에 더 관심을 두었다.

"스텔스보다 내 나뭇가지가 더 훌륭해. 나뭇가지는 금속이 아닐뿐더러 추진체도 없으니까 그 어떤 레이더에도 걸리지 않지."

레이더망은 크게 세 가지를 포착한다.

첫째, 금속

둘째, 로켓이나 비행기의 추진체에서 발생되는 열

셋째, 전자파

나뭇가지의 경우엔 어느 것 하나 해당하는 항목이 없었다. 내가 조종하는 나뭇가지는 금속이 아닐뿐더러, 비행 중에 열이 발생할 염려도 없었다. 전자파는 더더욱 나오지 않았다. 그러니까 발키리의 원혼은 세상 그 무엇으로도 발견할 수 없는 투명미사일인 셈이었다.

물론 사람의 눈으로는 볼 수 있었다.

하지만 육안으로 확인했을 때는 이미 늦다. 머리 위에 미사일이 우박처럼 떨어지고 있는데, 그때 발견한들 무엇하랴. 어차피 죽은 목숨이다.

"그러니까 내가 보강해야 할 것은 정찰과 감시 기능이야. 원하는 시점에 원하는 곳을 폭격할 수 있도록 감시만 할 수 있으면 된다고."

나는 무인정찰기를 염두에 두었다.

그렇다고 글로벌호크를 탐내는 것은 아니었다. 글로벌호크와 같은 최신 무기는 개인이 살 수 없을뿐더러, 설령 산다고 해도 운용이 불가능했다. 또한 나는 미국 정보부처의 주목을 받고 싶은 생각이 눈곱만큼도 없었다.

"글로벌호크에 눈독을 들였다가는 당장 CIA의 명단에 이름이 오를 거야. 무인 헬리콥터인 파이어스카우트도 마찬가지고."

나는 다른 쪽에 관심이 두었다.

노스캐롤라이나의 고급 레스토랑.

나는 노스롭그루먼의 회장 라이트 무어를 만나려고 미 대륙을 횡단하여 날아갔다. 라이트는 덩치가 크고 배가 불룩 나온, 전형적인 백인 사내였다.

레스토랑에서 간단히 식사 주문을 한 뒤, 나는 사업 아이템을 입에 담았다.

라이트 무어가 개구리처럼 큰 눈을 껌뻑이며 물었다.

"초소형 카메라?"

"네, 초소형 카메라요. 새끼손가락 굵기의 초소형."

나는 자신 있게 고개를 끄덕였다.

"이봐요, 한스 이사."

라이트 회장이 얼굴을 붉혔다. 그는 성난 칠면조처럼 거친 콧김을 내뿜었다.

"한스 이사의 눈에는 내가 어떻게 비칠지 모르겠지만, 나 그렇게 한가한 사람이 아니오. 그쪽의 비서가 짐 버플리의 이름을 팔기에 시간을 내준 것이지, 한스 이사와 손을 잡고 사업할 마음은 없소. 그러니 이 늙은이를 불쾌하게 만들지 마시구려."

"라이트 회장님."

내가 붙잡았지만, 라이트는 듣지도 않고 몸을 일으켰다.

"그럼 나는 바빠서 이만 실례하겠소. 한스 이사가 먼 길 오느라 고생을 했으니 점심값은 내가 내리다."

"잠깐."

라이트가 계산서를 움켜쥔 것과, 내가 그의 손목을 움켜쥔 것은 거의 동시였다.

"엉? 이게 무슨 짓이오?"

라이트가 눈을 찌푸렸다.

나는 빙그레 웃음으로 답했다. 물론 상대의 손목은 꽉 잡은 채였다.

"이익! 이이익!"

라이트는 내 손을 뿌리치려고 애를 쓰다가 결국 다시 자리에 앉았다.

"흐응. 외모는 곱상한데 의외로 손힘이 세구려. 그런데 예의는 똥구멍으로 배웠나 보오. 나처럼 늙은이에게 힘자랑이라니. 쯧쯧쯧!"

"회장님께 힘자랑을 하려는 생각은 없습니다. 단지 너무 성급하게 일어나시기에 안타까워서 무례를 범했지요."

"큼! 두 번 안타까웠다간 이 늙은이의 팔목을 부러뜨릴 기세시구먼."

라이트는 '너 따위 버르장머리 없는 애송이랑은 더 이상 할 이야기가 없다.'라는 생각을 온몸으로 표현했다. 의자에 삐딱하게 앉아서 게슴츠레한 눈빛으로 나를 노려보는 폼이, 화가 단단히 난 모양이었다.

"노스롭그루먼에서 초소형카메라를 만들어주었으면 합니다. 크기는 새끼손가락 정도에, 해상도는 30킬로미터 밖에서 1미터 물체를 구분하면 됩니다. 아 참, 밤낮을 가리지 않고 사용해야 하니까 가시광선과 적외선 모드가 모두 필요하겠네요."

나는 내 할 말만 쏟아내었다.

라이트는 기가 막힌다는 듯 콧방귀를 뀌었다.

"히! 말도 안 되는 소리."

라이트는 엔지니어 출신의 경영자였다. 특히 탑재 카메라 개발에 경험이 많기에 내가 얼마나 황당한 요구를 하는지 대번에 알아차렸다.

라이트는 대놓고 혀를 찼다.

“쯧쯧쯧, 한스 이사.”

“말씀하시지요.”

나는 최대한 공손하게 상대를 대했다.

“한스 이사는 이공계 출신이 아니죠?”

“스탠포드 경영학과에 다니고 있습니다만, 지금은 휴학 중입니다.”

“내 그럴 줄 알았소. 이 방면엔 아무런 경험도 없고 지식도 없는 티가 팍팍 나거든. 30킬로미터 밖에서 1미터 물체를 구분하려면 카메라가 얼마나 커야 하는지 아쇼? 최소한 어린아이 몸통만은 해야 그 정도 해상도가 나온다오. 그런데 뭐? 새끼손가락? 이런 조그만 새끼손가락?”

나를 바라보는 상대의 눈빛에 경멸의 감정이 담겼다.

그래도 상관없었다. 나는 여전히 내 할 말만 했다.

“네, 회장님의 새끼손가락 크기면 딱 적합합니다. 해상도는 제가 좀 양보하지요. 노스롭그루먼의 기술력으로 30킬로미터가 불가능하다면, 20킬로미터 밖에서 1미터 분해능도 괜찮습니다. 정 안 되면 10킬로미터도 할 수 없고요.”

“이봐, 한스 이사!”

타앙!

머리 꼭대기까지 화가 난 라이트 회장이 양 손바닥으로 테이블을 강하게 내리쳤다. 그리곤 이글거리는 눈으로 나를 노려보며 폭언을 퍼부었다.

"이 젖비린내도 가시지 않은 애송이 같으니."

"지금 뭐라고 하셨습니까?"

"젖비린내 가시지 않은 애송이라고 했다. 네가 감히 나를 가지고 노느냐? 내가 오냐오냐 대해주니까 우습게 보여? 잘 들어라, 한스 반 데어 뤼슨! 나는 네 가문이 무섭지 않다. 네가 짐 버플리와 친밀하다고 해도 상관 안 해. 너 같은 애송이에게 희롱을 당하느니 차라리 사업을 접고 말 테다. 나는 네가 태어나기 전부터 월남전에 참전해서 미국을 지켰다. 네가 엄마 젖이나 빨고 있을 땐 미국의 국익을 지키려고 각종 무기를 개발했어. 네가 나이트클럽에서 여자애들 궁둥이나 두드릴 때 나는 이라크 전쟁에 폭격기를 공급했다고. 내 말이 무슨 뜻인지 알아듣겠냐? 이 애송이 자식아!"

Chapter 6

"내 말뜻을 알아듣겠냐? 이런 싸가지 없는 애송이 같으니라고. 헉헉헉!"

한바탕 열변을 토한 뒤, 라이트는 거칠게 숨을 헐떡였다.

나는 상대를 물끄러미 바라보다가 말을 덧붙였다.

"라이트 회장님, 항공용 카메라에는 보호창이 달렸지요? 높은 상공에서 습기를 막아주어야 하니까 당연히 보호창과 제습

장치가 필요하겠죠. 제가 주문하는 초소형 카메라에도 그 기능을 넣어주세요. 물론 온도 조절은 필수고요.”

“아니, 그래도 이 자식이!”

라이트가 손을 번쩍 들었다. 내 따귀를 후려치려는 듯이 힘껏!

하지만 이어지는 내 말에 돌처럼 몸이 굳었다.

“버터플라이(Butterfly; 나비).”

“뭐?”

“버터플라이 프로젝트.”

“뭐, 뭐라고?”

라이트는 부들부들 떨리는 눈으로 나를 노려보았다. 나를 향해 손가락을 꿈틀거리는 그의 모습을 보니, 금방이라도 달려들어 내 목을 조를 분위기였다.

“너 이 자식, 지금 뭐라고 했어?”

라이트가 가래 끓는 목소리로 으르렁거렸다.

“회장님, 귀가 잘 들리지 않으시나요? 버터플라이라고 했는데요.”

“너, 그 말 어디서 들었어? 설마 우리 회사 안에 스파이를 심어놓은 게냐?”

라이트는 말보다 주먹이 앞서는 타입이었다. 스파이라는 단어를 입에 담는 것과 동시에 테이블을 우당탕 쓰러뜨리며 황소처럼 돌진했다.

노인치고는 힘이 장사였으나, 내게는 통하지 않았다. 나는 가볍게 상대의 손목을 낚아챘다.

우둑, 꺾인 손목.

"크악!"

라이트는 몸을 뒤틀며 비명을 질렀다.

"라이트 회장님, 진정하시죠."

"으어어!"

내가 손에 지그시 힘을 주자 라이트의 안색이 하얗게 질렸다. 라이트는 꼼짝 못하고 바닥에 무릎을 꿇었다. 무릎을 꿇지 않고 버텼으면 손목이 부러졌을 것이다.

갑작스런 비명에 레스토랑의 직원들이 우르르 달려왔다.

"무슨 일이십니까?"

"아무것도 아니에요. 그만 가 봐요."

나는 손바닥을 내밀어 직원들을 물렸다. 이미 이곳 레스토랑은 통째로 내가 빌린 터, 직원들은 내 말을 들을 수밖에 없었다.

"경찰, 경찰을 불러!"

라이트가 직원들에게 고함을 질렀다.

레스토랑의 직원들이 나를 힐끗 돌아보았다.

나는 쓴웃음과 함께 고개를 가로저었다. 그리곤 주머니에서 고액의 수표를 꺼내 테이블에 올려놓았다. 레스토랑의 직원들이 나눠 가질 팁이었다.

직원들은 활짝 핀 얼굴로 자리를 비켜주었다.

이제 라이트는 도움을 청할 사람이 없었다. 나는 오만하게 서서 라이트를 내려다보았다.

"이 마피아 같은 노옴! 헉헉!"

라이트의 얼굴이 칠면조의 벼슬처럼 검붉게 변했다.

내가 쐐기를 박았다.

"시간이 없으니 본론을 말하죠. 라이트 회장님, 버터플라이를 아시죠?"

"나, 난 모른다. 그게 뭐냐?"

라이트 회장이 시치미를 뚝 뗴었다.

나는 좀 더 깊이 들어갔다.

"회장님, 이거 왜 이러십니까? 닥터 고든이 연구 중인 버터플라이가 있잖아요. 가늘고 작지만, 성능은 기존 항공용 카메라에 버금가는 괴물! 아마 지금쯤 연구 성과가 나왔을 것 같은데, 내 말이 틀렸나요?"

"헉!"

라이트가 헛바람을 집어삼켰다.

내 이럴 줄 알았다.

고든은 나와 스탠포드 동기생이다. 내가 앤드류라는 이름으로 활동할 무렵, 고든은 미래형 센서 연구실에서 카메라 개발에 몰두했다.

원래 나는 고든을 까맣게 잊고 살았다. 흑고양이의 심장이

가져온 단점 때문이었다. 그런데 최근 내 과거를 뒷조사하다
가 일부 기억이 되살아났다. 내 기억이 맞는다면, 고든은 곤충
의 눈을 모방한 카메라를 개발 중이었다.

'고든……'

나는 잠시 현실을 떠나 과거를 회상했다.

"앤드류, 이리 와 봐."

스탠포드 교정을 걷고 있는데 뒤에서 나를 부르는 고든
의 목소리가 들렸다. 그게 벌써 2년 전의 일이었다.

"여기 와서 이것 좀 보라고."

"뭔데? 엉? 이건 나비 아니야?"

"나비 맞아."

고든은 나비 한 마리를 붙잡아 내 앞에 들이밀었다.

나는 고개를 갸웃거렸다.

"뜬금없이 나비는 왜?"

"이걸 내 연구 테마로 삼을까 하고 말이야."

"나비를? 넌 곤충학자가 아니잖아."

"물론 곤충학사는 아니지. 하지만 최근에 관심이 많아
졌어. 앤드류, 너 그거 알아?"

"뭐?"

"곤충은 작고 미약해 보이지만, 사실은 인간에게는 없
는 장점이 많다는 사실을. 인간이 만든 그 어떤 비행물체

도 파리처럼 자유롭게 허공에서 방향을 꺾지 못하거든. 또한 인간은 메뚜기의 점프력을 흉내 내지도 못하고, 나비처럼 우아하게 날 수도 없지."

"그래? 듣고 보니 네 말이 맞는 것 같다."

나는 적당히 맞장구를 쳐주었다.

고든이 내게 물었다.

"그런데 앤드류, 이 가운데 가장 큰 장점이 뭔지 알아?"

"모르겠는데?"

"바로 시각이야. 곤충의 눈! 수천 개의 눈!"

고든은 열정에 가득 차서 이런 주장을 펼쳤다.

"눈이라고?"

"그래. 눈! 잘 들어, 앤드류. 앞으로 나는 엄청난 카메라를 개발할 거야. 이미 기본 스케치는 나왔어. 나비의 눈을 본따서 만든 카메라인데, 크기는 손가락만 하지만, 성능은 어마어마하지. 내 아이디어가 구현되는 날 나비의 눈이 온 세상을 감시하게 될 거라고."

"그래? 멋진 계획 같기는 한데, 뜻이 맞는 스폰서를 찾을 수 있을까? 그런 연구를 하려면 막대한 연구비가 필요하잖아."

고든이 갑자기 몸을 앞으로 숙였다.

"쉿! 앤드류, 너에게만 말해줄게. 이건 일급비밀이다."

"뭔데 그래?"

"나, 이미 스폰서를 찾았어."

"뭐? 어딘데?"

"노스롭그루먼이라고, 방위산업체 가운데 한 곳이야. 그 분야에서는 꽤 유명한 곳이지."

고든은 자랑스레 노스롭그루먼의 이름을 입에 담았다.

내가 다시 물었다.

"거기서 네 연구를 후원하겠다고 해?"

"응. 내가 지난달에 노스롭그루먼의 개발 팀장에게 연구계획서를 보냈거든. 버터플라이 개발 계획 말이야. 그랬더니 오늘 긍정적인 답장이 왔지 뭐야."

고든은 뿔테 안경을 쓸어 올리며 뿌듯한 표정을 지었다.

"하하! 잘 되었다. 고든, 축하해."

나는 고든의 어깨를 두드리며 기뻐해 주었다.

고든도 나를 향해 활짝 웃었다.

과거 회상은 여기서 끝났다.

"크윽!"

라이트가 얼굴을 찌푸렸다.

나는 다시 현실로 돌아와 라이트를 다그쳤다.

"라이트 회장님, 제 말이 틀렸습니까? 지금쯤 버터플라이의 성과가 나왔겠지요?"

“너, 너…….”

라이트의 턱살이 부들부들 떨렸다.

나는 슬쩍 협박을 했다.

“회장님을 만나러 오기 전, 제가 누구와 통화했는지 아십니까? 바로 짐 버플리입니다. 상원 군사위원회의 전임 위원장인 짐도 버터플라이 프로젝트에 대해서는 모르더군요. 그리고 앞으로 10년간 미국의 군사무기 개발 계획에도 버터플라이는 쏙 빠져 있고요. 아직 국방부에는 확인해보지 않았는데, 한번 선을 대서 알아볼까요? 국방부가 버터플라이 프로젝트를 알고 있나 모르고 있나?”

“큽!”

라이트의 안색이 하얗게 질렸다.

‘역시 내 짐작이 맞았구나. 라이트 회장은 아무도 모르게 버터플라이 프로젝트를 진행 중이야. 미군에도 알리지 않고, 극비로.’

나는 속으로 웃었다.

한편으로는 라이트의 행동이 이해되었다. 버터플라이는 지금까지 존재하는 정찰의 개념을 송두리째 바꿔놓을 만한 신개념의 발명품이었다. 버터플라이만 손에 넣으면 온 세상 구석구석을 감시할 수 있었다. 기존의 정찰기로는 볼 수 없는 세밀한 것까지 몽땅!

그리고 이 정보들은 곧 권력이 될 것이다. 세상 구석구석을 감시하는 자를 누가 당할 수 있겠는가! 정보가 생명인 현대전에서 버터플라이는 핵무기급의 파괴력을 지녔다. 그러니 라이트가 욕심을 낼만했다.

'그래도 그렇지, 고든의 피땀으로 이루어진 발명품을 혼자 독식할 생각이었나 보네? 이 늙은이, 보기보다 욕심꾸러기잖아.'

나는 서늘하게 상대를 노려보다가, 한 마디 툭 던졌다.

"저런! 아무래도 극비였나 보네요. 미 국방부까지 속인 것을 보면 말이죠."

"큭!"

"하면 이것은 어떨까요? 제게 노스롭그루먼의 주식 31만 주가 있는데, 이만하면 이사회를 소집할 자격이 있죠? 어디 제가 한번 이사회에서 버터플라이 문제를 꺼내볼까요? 다른 주주들이 어떻게 나오나 확인할 겸?"

"크우우. 그건 안 돼."

라이트는 힘겹게 고개를 가로저었다.

나는 크게 웃었다.

"하하하! 저런! 회사의 이사회도 버터플라이 프로젝트를 모르고 있나 보군요. 설마 회장님 혼자 버터플라이를 독식할 생각이었나요?"

"큭!"

라이트가 고개를 숙였다.

안 봐도 뻔했다. 욕심에 눈이 먼 라이트 회장이 버터플라이 프로젝트를 극비로 숨겼을 것이다. 나는 상대의 손목을 놓아 주었다.

라이트는 벌겋게 부은 손목을 문지르다가 가래 끓는 소리를 내었다.

"한스 이사, 무얼 원하는가?"

나는 빙그레 웃었다.

"잘 아시잖아요. 전 버터플라이를 원해요."

"그건 안 돼! 버터플라이는 너 같은 애송이가 차지하기엔 너무 위험한 물건이야. 내 비록 욕심에 눈이 멀어 미련한 짓을 하기는 했지만, 미국의 국익에 해가 될 일은 하지 않는다. 차라리 날 죽여라!"

괜히 하는 말 같지는 않았다. 라이트는 진짜로 혀라도 깨물 기세였다.

나는 의자를 당겨 그 위에 라이트 회장을 앉혔다.

"자자, 라이트 회장님. 여기 앉아서 다시 대화를 나눠봅시다."

"대화는 무슨 대화?"

"저도 미국의 국익에 해가 되는 일을 할 생각은 없어요. 버터플라이를 대중에게 공개할 마음도 없고, 적국에 팔아넘길 마음은 더더욱 없습니다. 게다가 어차피 회장님은 저와 손을 잡으실 수밖에 없지요. 버터플라이를 진짜로 완성하고 싶으시다면요."

"그게 무슨 소리냐?"

라이트가 두 눈을 껌뻑였다.

나는 히죽 웃었다.

"회장님, 설마 버터플라이처럼 멋진 초소형 카메라에 무식하게 큰 배터리를 장착할 생각은 아니시겠지요? 그건 마치 명품 스포츠카의 꽁무니에 투박한 화물차량을 매달은 꼴이 될 거라고요."

"허억! 자, 자네가 배터리 문제를 어떻게 알아?"

라이트의 눈이 휘둥그레졌다. 어찌나 놀랐는지 그는 말까지 더듬었다.

"하하하!"

나는 대답 대신 좀 더 진한 웃음을 흘렸다.

머릿속에선 고든의 말이 웅웅 울렸다.

"솔직히 말해서 아직 넘어야 할 산이 많아. 내가 구상한 버터플라이는 자세 제어와 센서 구동에 막대한 에너지가 필요하거든. 게다가 센서 부분이 열에 약해서 냉각에도 신경을 써줘야 해. 그래서 고민이야. 비터플라이와 같은 초소형 카메라에 무식하게 큰 배터리를 붙일 수도 없고, 그 배터리에서 발생되는 열을 빼려고 커다란 냉각장치를 매달 수도 없거든. 이 문제를 어떻게 해야 할지……. 그래서 말인데, 앤드류. 어서 네 연구가 잘 되었으면 좋겠다.

나노 구조물로 에너지를 만드는 것 말이야. 그것만 성공
하면 내 버터플라이도 날개를 달 텐데.”

고든의 버터플라이!

내가 개발한 극소형 에너지 수집 장치!

이 두 가지 첨단기술이 합쳐지면 어떤 결과물이 나올지, 벌
써부터 기대가 되었다. 그리고 그렇게 완성된 버터플라이가
내 나뭇가지에 탑재되어 눈 역할을 해준다면!

그럼 나는 국가를 뛰어넘는 무력을 갖추게 될 것이다. 지상
최강국인 미국을 홀로 상대할 수 있는 절대자! 더 나아가서는
미국과 중국을 합친 것보다 더 강한 절대 초인!

‘아아아!’

나는 어서 그 순간이 오기를 희망했다.

제5화
화이트 크리스마스

Chapter 1

보름이 훌쩍 지났다.

그동안 나는 노스롭그루먼과 투자 계약을 맺었다. 표면적으로는 의전용 헬리콥터 개발을 내세웠지만, 사실 속 내용은 버터플라이에 대한 투자였다.

생각 같아서는 버터플라이를 개발한 고든을 직접 만나고 싶었다. 하지만 아직은 때가 아닌 것 같았다. 현재 나는 한스의 몸을 차지한 상태. 이 상태로 버터플라이에 대해서 아는 체를 할 수도 없었고, 고든과 회포를 풀 것도 아니었다.

'나중에 언젠가 기회가 있겠지.'

나는 훗날을 기약했다.

　로스앤젤레스의 별장으로 돌아온 뒤에는 주로 책을 읽으며 지냈다. 가끔씩 시간을 내서 십제검을 펼쳐보기도 했다.

　이것은 수련이라기보다는 몸풀기에 가까웠다. 이제 십제검은 완벽히 내 것이 되었기에, 따로 연마에 애쓸 필요는 없었다. 굳이 시간을 할애하지 않아도 점점 더 검술이 몸에 익었다.

　크리스마스 이브엔 뉴욕 본가에 들렸다. 원래는 로스앤젤레스의 별장에서 혼자 보낼 생각이었으나, 보어 경의 전화 한 통에 마음이 바뀌었다.

　"한스야, 뉴욕으로 오면 안 되겠니? 이번 크리스마스엔 너와 함께 저녁을 먹고 싶구나."

　보어 경은 애타게 나를 찾았다.

　나는 차마 그 간절한 청을 거절하지 못하고 전용기를 띄웠다.

　뉴욕 주 롱아일랜드에는 크리스마스를 맞아 눈꽃이 피었다. 내가 있는 로스앤젤레스는 기온이 온화해서 크리스마스 기분이 나지 않았는데, 뉴욕은 달랐다. 거리엔 캐럴이 울려 퍼지고, 구세군이 딸랑딸랑 종을 흔들었다. 길을 걷는 사람들의 얼굴엔 따뜻한 미소가 걸렸다. 다들 화이트 크리스마스가 반가운 모양이었다.

　"쳇."

　나는 조금 심통이 났다.

‘저 사람들은 뭐가 그렇게 즐거울까? 눈이 와서 길도 막히고 지저분한데.’

사람들의 즐거운 모습을 보자 외롭다는 생각이 들었다. 나는 날이 갈수록 강해져갔고, 돈도 산더미처럼 많지만, 여전히 외로웠다. 내 과거는 아직도 베일에 싸여 있었고, 누가 적이고 누가 아군인지도 명확하지 않았다.

“잠깐 여기서 세워줘요.”

길을 가다가 가게 앞에서 차를 세웠다.

“알겠습니다, 이사님.”

흑인 운전사는 모자를 살짝 손으로 들어 대답하고는, 리무진을 길가에 대었다. 나는 가게 문을 밀치고 들어갔다.

“메리 크리스마스.”

나이 지긋한 할머니가 반가운 웃음으로 나를 맞았다.

“메리 크리스마스.”

나는 건성으로 답을 하고는, 진열대에 장식된 유리구를 잡았다.

유리구 안에는 사철나무 모형과 산타클로스의 인형이 들어 있었다. 그 옆에 코가 뻘간 루돌프도 보았다. 유리구를 흔들지 바닥에 깔린 하얀 보풀들이 눈송이처럼 휘날렸다. 동시에 아름다운 멜로디가 흘러나왔다.

“이거 살게요.”

나는 유리구를 계산대에 올리고는, 테디베어 인형 하나와 만년필 한 자루를 더했다.

"선물하시려나 봐요?"

주인 할머니가 포장을 하면서 물었다.

"크리스마스 이브에 빈손으로 가기 뭐해서요."

"선물 받으시는 분은 좋겠어요."

"네에."

대답은 이렇게 했지만, 이 선물을 받는 사람들이 기쁠지 여부는 알 수 없었다. 나는 선물 받을 사람들의 취향을 모를뿐더러, 이것들이 그렇게 비싼 선물도 아니었다. 나는 그저 차를 타고 가다가 우연히 가게가 눈에 띄어서 들렸을 뿐이었다.

"메모 카드도 드릴까요?"

주인 할머니는 자상했다.

나는 고개를 끄덕였다.

"주세요. 간단한 안부인사라도 적게요."

선물과 카드를 사서 리무진으로 돌아오자, 운전사가 빙그레 웃었다.

어쩐지 민망해진 나는 입을 꾹 다물고 차에 올라탔다. 누군가와 선물을 주고받은 경험이 별로 없기 때문일까? 나는 선물 사는 것이 영 어색했다.

반 데어 뤼슨 본가에 도착하자 집사들이 우르르 달려나와 나를 맞았다.

수석집사가 정중히 고개를 숙였다.

“도련님, 어서 오십시오. 안에서 회장님께서 기다리십니
다.”
“네.”
나는 선물을 들고 휘적휘적 걸었다.

“한스야! 어서 오너라.”
보어 경은 집무실에서 나를 맞았다.
“아버지도 여전하시네요.”
나는 보어 경과 가볍게 포옹을 하고는, 선물부터 건넸다.
“여기요.”
“이게 뭐냐?”
“크리스마스 선물이에요.”
“선물? 허허허! 평생 선물을 모르던 네가 웬일이냐? 허허허
허! 네게 이런 것을 다 받아보고, 애비는 정말 기쁘구나. 허허
허!”
보어 경은 기쁜 기색을 감추지 못했다.
그 모습을 보자 가슴 한편이 아렸다. 한스는 확실히 불효자
였다. 이렇게 좋은 아버지를 두고도 선물 한 번 하지 않았나
니!
‘이런 후레자식 같으니.’
나는 속으로 한스를 욕했다.
그 사이 보어 경은 포장지를 풀고 유리구를 번쩍 들었다. 영

롱한 멜로디가 울리면서 유리구 안에 눈이 펄펄 내렸다.

"오!"

보어 경은 홀린 듯이 유리구를 바라보았다.

나는 뒤통수를 긁었다.

"아버지, 별것 아니니까 그렇게 감탄하는 척하지 마세요. 그냥 오는 길에 아버지가 생각나서 샀어요. 뭘 좋아하실지 몰라서……."

"한스 이놈!"

보어 경은 나를 확 끌어안았다.

"한스 이 못된 놈. 내가 이걸 얼마나 갖고 싶었는지 어떻게 알고서 이런 걸 사와. 이 못된 놈!"

보어 경의 음성이 가늘게 떨렸다. 뭔가 제대로 감동을 받은 모양인데, 나로서는 참 당혹스러운 일이었다.

'아무데서나 쉽게 구할 수 있는 이런 싸구려 장식품을 갖고 싶었다고? 아버지도 참!'

나는 쓴웃음과 함께 보어 경의 등을 툭툭 두드렸다.

어쨌거나 내 선물이 기쁘긴 기쁜 모양이었다. 보어 경은 집무책상 정면에 유리구를 놓아두었다. 대신 그 자리에 있던 코끼리 상아 조각품은 서랍 속으로 직행했다.

'이런! 그 상아 조각품은 18세기 독일 황제가 아끼던 것이잖아? 소더비 경매에서 비싸게 산 유물이 한순간에 찬밥 신세로 전락했어. 쯧쯧쯧!'

나는 가볍게 혀를 찼다.

저녁 식탁은 화려했다. 보어 경은 전용 주방장만으로는 부족하다고 생각했는지 호텔의 특급 요리사까지 여러 명 불렀다. 나는 킹크랩과 랍스터 구이를 조금씩 맛보았고, 싱싱한 샐러드와 캐비어(철갑상어 알)도 즐겼다.

스테이크에는 손을 대지 않았다. 최근에 너무 많이 먹어서 질렸기 때문이다.

식사 중에 보어 경이 이것저것 캐물었다.

"학교에 다시 복학할 것이냐?"는 질문에서 시작하여, "애비가 외로우니 대학을 다시 동부로 옮기면 안 되겠니?"라는 권유가 뒤를 이었다. "아이비리그의 명문대 가운데 몇 곳을 이미 골라놓았다."라는 말도 덧붙였다.

"네가 원하는 곳은 다 보내주마. 어디든 기부 입학을 시켜줄 테니까 다시 본가로 들어오너라."

보어 경은 집요하게 편입을 권했다.

나는 고개를 가로저었다.

"아이비리그의 대학들은 대부분 보스턴에 있잖아요. 동부로 대학을 옮겨도 이비지와 한집에서 실 수 없어요."

"왜 못 살아? 헬리콥터로 등교하면 되잖아."

"에이, 아버지, 그건 아니죠. 사람들이 보는 눈도 있고, 또 헬리콥터가 피곤하잖아요."

나는 완강하게 거절했다.

"그러냐?"

보어 경은 잠시 입술을 삐죽이더니, 손가락을 딱 튕겼다.

"그럼 콜롬비아나 뉴욕대는 어떠냐? 그곳의 경영학과라면 네가 다니기에 손색이 없어 보인다만."

"전 그냥 스탠포드에서 수업을 들을게요. 혹시 나중에 대학원에 진학하게 되면 그때 아이비리그를 고려하죠, 뭐."

내가 끝내 거부하자 보어 경이 짜증을 부렸다.

"아, 이 애비가 외롭다니까! 그렇게 서부에 콕 처박혀 있을 거라면 결혼이라도 일찍 하던가. 알렉산드라도 괜찮고 줄리아도 좋으니까 어서 결혼해서 이 외로운 애비에게 손주를 안겨 줘야지, 너는 도대체 뭐하는 게야."

"아버지!"

나는 울상을 지었다.

보어 경이 탁 소리 나게 포크를 내려놓았다.

"애비 말이 말 같지 않냐? 내가 예전부터 말했었지. 빨리 빨리 짝을 정하고 결혼을 하라고. 에잉! 이 못된 불효자식 같으니."

"아버지!"

나는 딱히 할 말이 없어 아버지란 소리만 반복했다.

보어 경이 누구인가?

그는 뤄슨 그룹의 총수이자 반 데어 뤄슨 가문을 이끄는 가

주였다. 또한 각성률 81퍼센트를 자랑하는 에인션트(Ancient;
선조, 태고) 급의 신인류기도 했다. 그런 분이 이렇게 어린아이
처럼 땡깡을 부리다니, 기가 막혀 말이 나오지 않았다.

Chapter 2

보어 경은 디저트를 먹는 둥 마는 둥 하고 방에 먼저 들어갔
다.

나는 혼자서 식사를 마친 뒤, 보어 경의 방문을 두드렸다.

"무슨 일이냐?"

보어 경의 반응은 까칠했다.

나는 방문을 살짝 열고 고개를 들이민 다음, 손가락으로 밖
을 가리켰다.

"아버지, 저 외출 좀 할게요."

"왜? 이 애비만 남겨놓고 또 어딜 가게?"

보어 경이 신경질적으로 물었다.

그 모습이 토라진 아이 같아 웃음이 치밀었다.

"험험험!"

나는 몇 번의 헛기침으로 웃음기를 감추고는, 용건을 말했
다.

"줄리아에게 문자가 와서요."

“줄리아?”

보어 경이 눈을 반짝였다.

“네. 모처럼 뉴욕에 왔는데 얼굴도 보여주지 않을 거냐며 귀찮게 하네요. 로스앤젤레스로 돌아가기 전에 얼굴이나 한 번 보려고요.”

“그러냐? 맨해튼에서 만나자더냐?”

“아직 장소는 정하지 않았는데, 아무래도 맨해튼이 보기 편하겠죠?”

“흐음. 그렇다면 나가 보거라. 크리스마스 이브를 그 아이랑 보내는 것도 괜찮겠지.”

보어 경은 의외로 선선히 허락했다.

원래 내가 예상한 보어 경의 반응은 “가긴 어딜 가? 모처럼 본가에 왔으면 애비랑 시간을 보내야지, 빨빨거리고 어딜 돌아다니겠다는 게야? 이 불효자식아!”였다. 이렇게 호통을 들을 줄 알았는데 보어 경이 의외의 반응을 보이자 갑자기 뒤통수가 간지러웠다.

“그럼 다녀오겠습니다. 늦어도 12시 전에는 돌아올게요.”

“12시라니! 네가 신데렐라도 아니고 그게 무슨 소리냐? 오늘 같은 크리스마스 이브에 젊은이들끼리 만났으면 시간 가는 줄 모르고 재미있게 놀아야지. 오늘 밤은 마음껏 즐기고, 내일 아침까지만 돌아오너라. 애비랑은 아침만 같이 먹으면 된다.”

보어 경이 황당한 소리를 했다.

나는 귀를 후비고는 되물었다.

"지금 뭐라고 하셨어요?"

"내일 아침까지만 돌아오라니까 왜 그리 놀라? 줄리아가 기다리겠다. 어서 가봐라."

보어 경이 손을 휘휘 내저었다.

나는 보어 경의 입가에 걸린 묘한 미소를 놓치지 않았다.

"아버지, 뭔가 이상한데요?"

"컴컴! 이상하긴 뭐가 이상해? 어서 가보라니까. 그러다 약속 시간에 늦겠다."

보어 경은 헛기침으로 어색함을 감추고는, 나를 쫓아내듯 내몰았다.

"거 참 이상하네?"

내가 고개를 갸웃거리며 보어 경의 방에서 나오는데, 기다렸다는 듯이 문자가 왔다.

오빠, 언제 출발해요?

줄리아가 보낸 문자였다. 나는 답문자를 보낼까 하다가 전화를 걸었다. 문자로 대화를 주고받는 것이 익숙하지 않아서였다.

"오빠!"

줄리아는 반갑게 전화를 받았다.

나도 부드럽게 응대했다.

"줄리아, 그동안 잘 지냈니?"

"나야 잘 지냈죠. 오빠가 뉴욕을 떠나버려서 좀 재미가 없긴 했지만요. 아 참! 오빠는 이탈리아에 다녀왔다면서요? 히잉! 나도 데려가지 그랬어요. 나, 이탈리아 말도 잘하는데."

줄리아는 언제나 활달하고 애교가 넘쳐서 목소리를 듣는 것만으로도 기분이 업 되었다.

"다음에 또 기회가 있겠지. 그나저나 오늘 어디로 가면 되지?"

"맨해튼 남쪽의 워싱턴광장으로 오세요."

"워싱턴광장? 그리니치 빌리지가 있는 곳 말이야?"

그리니치 빌리지(Greenwich Village)는 맨해튼 남부에 위치한 예술가 거주 지역이었다. 이 근처에 화가나 음악가, 작가, 연예인들이 많이 모여 살아 자연스럽게 보헤미안 문화를 형성했다. 그 때문에 붙여진 별명이 '뉴욕 속의 파리' 였다.

'한국으로 치면 홍대 앞과 비교할 수 있을까?'

문득 이런 생각이 들었다.

나는 고개를 휘휘 내저었다.

"그리니치 빌리지는 너무 붐비잖아. 더구나 오늘은 크리스마스 이브기도 하고. 사람들에게 치여서 발 디딜 틈도 없을 텐데?"

나는 사람이 북적이는 곳이 싫었다.

하지만 줄리아는 막무가내였다.

"오빠가 하도 노친네처럼 굴기에 일부러 붐비는 곳을 골랐어요. 오빠, 오늘은 크리스마스 이브잖아요. 귀찮더라도 제 뜻을 따라주세요."

"알았어, 알았어. 그리니치 빌리지로 갈게."

나는 끝내 줄리아의 청을 거절하지 못했다.

"오빠, 고마워요. 헤헤헤!"

줄리아가 반색을 했다.

"그럼 거기서 보자."

"잠깐만, 오빠!"

내가 막 전화를 끊으려고 할 때, 줄리아가 말렸다.

"왜?"

"지금 맨해튼으로 진입하는 모든 다리가 다 막히거든요. 맨해튼에서 크리스마스를 맞으려는 사람들 때문에 난리도 아니에요. 그러니까 차로 오지 말고 헬리콥터를 타세요."

"알았어."

맨해튼의 교통 체증은 악명이 자자했다. 특히 오늘처럼 특별한 날에는 차보다 거북이가 더 빠를 정도였다.

줄리아와 통화 내용을 엿들은 것일까? 문 안쪽에서 보어 경이 목청을 높였다.

"한스야, 내가 헬리콥터를 대기시켰으니 그걸 타고 가거라."

“아, 네.”

왠지 모르게 등을 떠밀린 느낌이었다. 나는 “뭔가 수상한데? 진짜로 뭔가 수상해.”라고 중얼거리며 자리를 벗어났다.

투타타타－!

롱아일랜드에서 출발한 헬리콥터는 눈 깜짝할 사이에 맨해튼 남부로 접어들었다. 눈 아래 내려다보이는 맨해튼의 야경은 기가 막힐 정도로 아름다웠다. 크리스마스를 맞아 빌딩들은 형형색색의 옷으로 갈아입었고, 거리엔 인파가 넘쳤다.

헬리콥터는 맨해튼 남부를 크게 선회한 다음, 고층 빌딩 옥상에 착륙했다. 이것 또한 뤼슨 그룹 소유의 빌딩이었다.

헬리콥터 조종사가 절도 있게 거수경례를 붙였다.

“이사님, 이곳에 헬리콥터를 대기시켜 놓을 테니, 언제든지 불러만 주십시오.”

“알았어요.”

“그나저나 약속 장소가 어디십니까? 필요하시면 차를 대절해드리겠습니다.”

“걸어서 가도 될 거리에요. 포세이돈이라던가?”

“아, 네. 포세이돈이요.”

헬리콥터 조종사와 잡담을 마친 뒤, 나는 빌딩 정문으로 나와 약속 장소로 향했다. 골목 사이사이를 헤집으며 길을 찾을 때, 스마트폰에 내장된 내비게이션 어플리케이션이 큰 도움이 되었다.

　거리는 완전 축제 분위기였다. 빌딩들은 각양각색의 네온사인 불빛을 뽐냈고, 경쾌한 캐럴이 귀를 즐겁게 했다. 사람들은 밝은 얼굴로 크리스마스 분위기를 만끽했다. 하늘에선 솜털 같은 눈송이가 드문드문 떨어졌다. 눈이 내리는 와중에도 구름은 그리 많지 않았다. 밤하늘에 간간히 박힌 별들이 보석처럼 빛났다.

　"메리 크리스마스."

　마주 오던 낯선 사람이 반갑게 인사를 건넸다.

　"메리 크리스마스."

　나도 맞장구를 쳐주었다.

　코트의 옷깃을 세우고 300미터쯤 걷자 스마트폰에 붉은 빛이 번쩍였다. 목적지에 도착했다는 뜻이었다.

　나는 고개를 들어 가게의 간판을 올려다보았다.

　포세이돈

　형광색 네온사인 글씨가 눈으로 파고들었다.

　"아, 젠장!"

　나도 모르게 욕이 나왔다. 처음 '포세이돈'이라는 가게 이름을 들을 때부터 찜찜했는데, 역시 불길한 예감은 틀린 적이 없다.

　별로 내키지 않는 곳, 귀가 아프고 머리가 아픈 곳.

　포세이돈의 정체는 다름 아닌 나이트클럽이었다. 나는 신경질적으로 핸드폰 단축키를 눌렀다.

"야, 줄리아!"

"오빠? 도착했어요?"

줄리아가 엄청나게 높은 톤으로 전화를 받았다. 핸드폰 저편에서 들리는 쿵쾅쿵쾅 음악 소리가 귀청을 찢었다.

나는 황급히 귀에서 핸드폰을 떼고는 눈을 찌푸렸다. 그런 다음 줄리아에게 불평을 퍼부었다.

"아니, 왜 이런 곳으로 오라고 했어? 여긴 너무 시끄럽잖아."

"뭐라고요? 오빠, 뭐라고 했어요? 아이 참, 주변이 너무 시끄러워서 잘 안 들려요. 오빠, 혹시 도착했어요? 도착했으면 안으로 들어와요. 저는 지금 VIP 룸 101호에 있어요."

"야, 줄리아!"

내가 언성을 높였건만, 줄리아는 들은 척도 안 했다.

"VIP 룸 101호요. 잊지 말고 찾아오세요. 아 참, 클럽 입구에는 제가 말을 전해놓을게요. 줄을 서지 말고 바로 VIP 룸으로 들어오세요."

"야야! 줄리아!"

"오빠, 어서 올라와요."

줄리아가 전화를 끊었다. 아무래도 이 앙큼한 것이 일부러 내 목소리를 듣지 못하는 척하는 것 같았다.

"아, 나 참!"

나는 크게 숨을 내쉬고는 클럽 입구를 향해 성큼성큼 걸었
다.

"잠깐."

귀에 이어폰을 낀 흑인이 손바닥을 들어 나를 제지했다.

"VIP 룸 101호에 일행이 있소."

"101호? 예약자의 이름이 뭐죠?"

"줄리아. 줄리아 반 데어 뤼슨."

나는 퉁명스레 대답했다.

흑인은 마이크를 통해 클럽 안과 대화를 하더니, 문을 활짝
열어주었다.

쿠두두두둥! 쿠둥둥!

이중으로 방음처리가 된 문이 열리자 음악 소리가 엄청 크
게 들렸다. 나는 살짝 아랫입술을 깨물었다.

"우우우! 우리도 들여보내줘라."

길게 줄을 서서 입장을 기다리던 사람들이 부러움과 질투가
섞인 야유를 보냈다. 나는 잰걸음으로 계단을 내려가 클럽에
발을 디뎠다.

나이트클럽 안은 포세이돈이라는 이름에 걸맞게 온통 푸른
장식 천지였다. 번쩍번쩍 쏘아지는 레이저 불빛도 푸른색, 천
장의 조명도 푸른색, 바닥과 벽도 온통 물빛 유리였다. 클럽에
들어오자 마치 바닷속으로 여행을 온 것 같았다.

나이트클럽 정면엔 삼지창을 든 포세이돈 조각이 거대하게

서 있었고, 무대 곳곳엔 어패류가 더덕더덕 붙은 난파선 조각이 보였다. 클럽에서 고용한 전문 댄서들이 난파선 위에서 춤을 추었다. 그들은 인어공주라는 만화의 캐릭터들로 분장한 차림이었다.

클럽 상공엔 형광불빛을 발산하는 장난감 모형들이 고무줄에 매달려 오르내렸다. 문어도 있고, 불가사리도 있고, 상어 모형도 보였다.

'번잡하군.'

나는 속으로 혀를 차며 안으로 들어갔다.

내 등장을 환영이라도 하는 것일까? 내가 클럽에 발을 디디기 무섭게 음악이 끊겼다.

"뭐야?"

춤을 추던 손님들이 일제히 고개를 돌려 디제이를 바라보았다. 상의 없이 멜빵바지만 입은 흑인 디제이가 포세이돈 조각상 앞에 우뚝 서서 마이크를 들었다.

"헤이! 레이디스 앤 젠틀맨!"

사람들의 이목이 디제이에게 집중되었다.

디제이는 혀를 잔뜩 꼬아 메리 크리스마스를 외쳤다.

"뭬리, 뭬리, 뭬리, 크뤼스마스!"

"워우우!"

그러자 손님들은 검지와 새끼손가락을 쫙 펴서 악마의 뿔을 만들고는, 머리 위로 번쩍 치켜들었다.

신이 난 디제이는 요상하게 몸을 뒤틀며 뒤로 텀블링을 하더니, 천장을 향해 하트 모양을 쏘아 보냈다.

"붸리 크뤼스마스! 땡 큐, 지저스! 땡 큐, 마리아! 땡 큐 요셉!"

"워우우우-!"

"휘익! 휘익! 아일 러뷰, 디제이!"

손님들이 더욱 격렬하게 호응했다.

"뮤우직, 어게인!"

디제이가 끊었던 음악을 다시 틀었다.

쿵쿵쿵 울리는 리듬이 심장 박동을 부추겼다.

"뿍뿍뿍! 하악하악!"

디제이의 입에서 나는 비트박스가 음악과 어우러졌다. 나는 시끄러운 소리를 뒤로 한 채 VIP 룸으로 올라갔다.

Chapter 3

"오빠!"

퍼펑!

룸에 들어서자마자 줄리아가 폭죽을 터뜨렸다.

"형!"

루이도 반갑게 일어나 내게 악수를 청했다. 바늘 가는데 실

간다고, 줄리아의 옆에는 늘 루이가 있었다.

한데 오늘은 루이만이 아니었다. 짙은 화장을 한 여자애들 3명이 기다란 속눈썹을 깜빡이며 나를 위아래로 훑어보았다.

나는 턱짓으로 여자애들을 가리켰다. '쟤들은 뭐냐?'라는 뜻이었다.

줄리아가 빠르게 소개했다.

"오빠, 인사해요. 이쪽은 매리엄, 이쪽은 나오미, 그리고 여기 금발머리는 캐롤린이에요. 모두 제 친구들이죠."

"매리엄이에요. 줄리아와 초등학교, 중학교, 고등학교를 모두 같이 다녔어요."

"전 나오미 벌린이에요. 줄리아에게 오빠 이야기를 많이 들었어요."

"전 캐롤린이고요, 만나서 반가워요."

매리엄, 나오미, 캐롤린이 소파에서 일어나 내게 손을 흔들었다. 갓 고등학교를 졸업한 하이틴들답게 다들 생기 넘쳤다.

하지만 모두 다 내 관심 밖.

그녀들은 각자 이름을 대며 자기소개를 했지만, 내 귀에는 "전 등장인물 1이에요.", "전 2고요.", "전 등장인물 3이랍니다."라고 들렸다.

"응."

나는 가볍게 고개만 끄덕이고는 줄리아에게 눈을 찌푸렸다.

"줄리아, 내가 이런 분위기를 싫어하는 줄 알잖아. 그런데 왜 여기로 오라고 했지? 날 골탕먹일 생각이었나?"

"오빠, 그런 거 아니에요. 난 오빠의 기운을 북돋아주려고 포세이돈을 골랐다고요. 왜, 생각 안 나요? 예전에 오빠는 맨해튼에서 포세이돈의 물이 최고로 좋다고 했잖아요. 그래서 여기로 예약을 한 것인데…… 흐윽 흑!"

줄리아가 두 손으로 얼굴을 감쌌다.

나는 속으로 아차 싶었다.

'이런! 나이트클럽을 싫어하는 것은 내 성향이지 한스의 성향이 아니잖아. 한스 그 망나니는 분명 나이트클럽 죽돌이였을 거야.'

분위기가 냉랭해지자 줄리아의 친구들이 서로의 얼굴을 마주 보며 쑥덕거렸다. 루이도 바짝 긴장했다.

나는 바로 사과했다.

"줄리아, 미안해."

"흑흑흑! 난 오빠를 골탕먹일 생각은 절대 하지 않아요. 오빠를 즐겁게 해주려고 준비를 한 것인데 내 마음도 몰라주고. 흑흑흑!"

줄리아는 닭똥 같은 눈물을 흘렸다.

낙처해진 나는 루이에게 눈짓을 보냈다. 좀 도와달라는 뜻이었다.

눈치 빠른 루이가 중재에 나섰다. 루이는 내 손에 들린 두툼한 선물꾸러미를 손가락으로 가리켰다.

“어! 선물이다. 형, 손에 든 그거 누구 선물이에요?”

“선물?”

줄리아는 선물이라는 말에 금세 울음을 멈췄다. 선물을 좋아하는 것을 보니 확실히 줄리아도 여자였다. 줄리아는 눈물을 훔치며 고개를 빼꼼 들더니, 기대 어린 눈빛으로 선물꾸러미를 바라보았다.

‘루이, 고맙다.’

나는 입술을 달싹여 루이에게 고마움을 표시하고는, 선물을 내밀었다.

“자! 메리 크리스마스.”

“오빠, 이거 저 주는 거예요?”

줄리아가 삐쭉 웃었다. 눈에는 아직 눈물이 그렁한데, 그녀의 입꼬리는 자꾸 위로 올라갔다.

“그래, 너 주는 거다. 뉴욕으로 오는 길에 생각이 나서 하나 샀어.”

“어머! 무뚝뚝한 오빠가 웬일이래요? 내 생각이 나서 선물을 산 거예요?”

줄리아는 반색을 하며 선물을 받더니, 곧바로 포장을 풀었다.

“와아!”

“에게! 저게 뭐야?”

탄성과 야유가 동시에 터졌다.

내가 얼마나 무심한지 잘 아는 줄리아와 루이는 탄성을 질렀고, 나머지 여자애들은 실망감을 감추지 못했다.

"오빠, 정말 고마워요. 내가 이 인형을 얼마나 갖고 싶어 했다고요. 소중히 간직할게요. 오늘부터 꼭 끌어안고 자야지."

그 말을 증명이라도 하듯 줄리아는 테디베어를 꽉 끌어안고는 룸 안을 폴짝폴짝 뛰어다녔다.

그런 줄리아의 행동에 루이가 흐뭇하게 웃었다. 루이는 지금 줄리아가 얼마나 기뻐하는지 이해하는 모양이었다.

'형, 잘하셨어요. 줄리아가 저렇게 좋아하는 모습은 오랜만이네요.'

루이가 나를 향해 입술을 달싹였다.

뛸 듯이 기뻐하는 줄리아를 보니 나도 기분이 좋았다.

그때 여자애들의 쑥덕거리는 소리가 들렸다.

"이거 너무하는 거 아냐? 초딩도 아니고, 테디베어가 뭐야?"

"줄리아의 오빠라는 저 사람, 엄청 가난뱅이인가 봐. 쩨쩨하게 곰 인형이 뭐니?"

"그러게 말이야. 수십 캐럿짜리 다이아몬드를 선물해도 모지랄 판에."

처음엔 소곤소곤 말을 했지만, 점점 더 여자애들의 목소리가 커졌다.

"이건 우리 학교의 여왕인 줄리아를 무시하는 처사야."

"맞아. 그동안 줄리아에게 값비싼 핸드백과 보석을 선물하려고 안달이 난 남자애들이 학교 교실부터 교문 밖까지 줄을 서 있는데, 어디서 저런 좀스러운 남자가 붙었을까?"

"아래층에서 춤을 추는 남자애들에게 이 사실을 알려줄까? 그럼 난리가 날걸?"

"당연히 난리가 나고말고. 지금 이곳 포세이돈엔 여왕을 수호하는 충성스러운 기사단이 집결해 있잖아."

여자애들이 여기까지 말했을 때, 줄리아가 끼어들었다.

"잠깐만!"

"응? 왜?"

여자애들이 흠칫 놀랐다.

줄리아는 정색을 하고 물었다.

"너희들 지금 뭐라고 했어? 포세이돈에 누가 와 있다고?"

"그건……."

여자애들이 머뭇거렸다.

줄리아의 호통이 떨어졌다.

"어서 말 못해? 학교의 남자애들이 왜 여기에 와? 어떻게 알고?"

"줄리아, 미안해. 네가 나이트클럽에 놀러 가는 일은 아주 드물잖아. 우리를 데려가는 것은 더더욱 드물고. 그래서 마음이 들떠서 그만……."

나오미가 발가락을 꼼지락거리면서 대답했다.

줄리아가 중간에 말을 끊었다.

"마음이 들떠서 남학생들에게 종알거렸단 말이니? 그런 거야?"

"으응. 저기…… 원래는 입방정을 떨 생각이 없었는데, 요 입이 그만 주책을 부렸어. 정말 미안해. 용서해줘."

나오미는 자신의 입술을 때리며 용서를 빌었다.

줄리아는 기막히다는 듯 목을 좌우로 꺾었다.

"아무리 그래도 그렇지. 내가 초청을 하지도 않았는데 남자애들이 왜 이곳에 와? 그들이 감히 어떻게!"

이 말 한마디가 줄리아의 위상을 증명해주었다. 내 머릿속에는 줄리아가 졸업한 고등학교의 먹이사슬이 훤히 그려졌다.

줄리아는 먹이 피라미드의 맨 꼭대기, 즉 여왕!

매리엄, 나오미, 캐롤린은 줄리아의 아래, 즉 여왕을 섬기는 심복들!

학교의 남학생들은 여왕을 섬기는 충성스러운 기사!

"어서 말 못해? 남학생들이 감히 내 뜻도 묻지 않고 주변을 얼쩡거린단 말이야?"

줄리아가 버럭 소리쳤다.

찔끔 놀란 여자애들이 울먹이는 목소리로 대답했다.

"그게, 평상시에는 그 애들이 감히 그러지 못하지. 하지만 오늘 포세이돈엔 여왕의 마음을 빼앗아 간 도둑이 온다고 해서……."

여자애들이 부들부들 떨리는 손가락으로 나를 가리켰다.

"나?"

나도 손가락을 들어 나 자신을 가리켰다.

"오빠, 미안해! 이건 절대 내 의도가 아니었어."

줄리아가 울상을 하며 두 손을 꼭 모았다. 금방이라도 눈물을 뚝뚝 흘릴 듯한 줄리아의 모습을 보자 한숨이 절로 나왔다.

'어휴우, 여왕? 시녀? 기사? 도둑? 이건 뭐 하이틴 소설 속에 들어와 있는 것도 아니고, 어휴우우!'

나는 속으로 한숨을 내쉬었다.

이번에도 루이가 해결사 노릇을 자처했다.

"형은 번잡한 것을 싫어하지? 그러니 내가 아래층에 내려가서 애들을 돌려보낼게."

루이는 발데마르 가문의 사람! 루이가 나서면 여왕의 기사를 자처하는 남학생들도 모두 물러날 것이다.

줄리아가 냉큼 고개를 끄덕였다.

"그게 좋겠다. 루이, 네가 좀 도와줘."

"내게 맡기세요, 여왕님."

루이는 줄리아를 향해 장난스러운 경례를 붙여 보였다.

"잠깐."

내가 루이를 불러 세웠다.

"형, 왜?"

"가기 전에 줘야지. 여기 네 선물도 샀다."

“진짜요?”

루이의 얼굴에 화색이 돌았다.

내가 루이에게 준 것은 평범한 만년필이었다. 물론 크게 의미가 있는 선물은 아니었다. 루이 발데마르라면 다이아몬드가 박힌 최고급 만년필도 여러 개 갖고 있을 것이다.

‘선물이 너무 시시하다고 실망할지도 모르지.’

나는 이렇게 생각했다.

그런데 루이의 반응은 보어 경이나 줄리아가 보여준 반응과 똑같았다.

“우와아! 형! 바로 이거에요. 내가 꼭 갖고 싶어서 찾아다니던 건데, 어떻게 알았어요? 형, 정말 고마워요. 평생 아껴서 사용할게요.”

루이는 두 팔을 번쩍 들고 펄쩍펄쩍 뛰더니, 갑자기 뛰어들어 나를 꽉 포옹했다.

“대체 뭐야?”

“겉보기엔 구질구질한 가게에서 산 싸구려 만년필 같은데, 발데마르 가문의 루이가 왜 저렇게 기뻐하지?”

여자애들이 또 수군거렸다.

Chapter 4

"오빠, 우리 춤출래요?"

줄리아가 손을 내밀었다. 나를 바라보는 줄리아의 볼이 능금빛으로 물들어 있었다.

나는 가만히 고개를 가로저었다.

"조금 있다가 출게. 지금 막 도착했으니 숨 돌릴 시간은 줘야지."

"헤헤, 그러네요. 오빤 지금 막 도착했죠."

줄리아가 혀를 쏙 내밀었다.

그래도 기분은 좋아 보였다. 아마도 줄리아는 내가 "싫어. 춤 안 춰."라고 면박을 줄 것이라 예상했던 모양이었다. 그런데 의외로 내 반응이 부드러워서 놀란 눈치였다.

나는 푹신한 소파에 앉아 룸을 둘러보았다.

VIP 룸답게 화려하기 이를 데 없었다. 여긴 마치 그리스 신화에 나오는 바다의 신 포세이돈의 궁전을 그대로 잘라서 옮겨온 듯했다.

"오빠. 덥죠?"

줄리아가 내 옆에 착 달라붙어 술을 따라주었다. 꼬불꼬불하고 목이 긴 술병을 보니 돈 아깝다는 생각이 들었다.

'분명히 비싸겠지? 한국 돈으로 이거 한 병에 천만 원도 넘을 거야. 쯧쯧쯧! 술을 별로 좋아하지도 않는데 아깝네.'

내가 이런 생각을 하고 있는데 줄리아가 멜론을 포크로 찍어 내 입에 넣어주었다.

“이거 먹어보세요. 신선해요.”

사각사각한 게 정말로 신선했다. 나이트클럽의 과일안주는 대부분 이렇게 신선하지 않은데, VIP 룸이라 특별대접을 한 모양이었다.

“어머, 어머! 이게 웬일이니?”

“믿을 수 없어. 줄리아가 음식 시중을 들잖아!”

여자애들이 또 속닥였다.

‘우리의 여왕 줄리아가 이렇게 사근사근 술을 따르다니! 저 남자, 대체 정체가 뭐야?’

그녀들의 얼굴엔 이런 질문이 쓰여 있었다.

나는 줄리아를 물끄러미 바라보았다.

줄리아가 불안한 듯 얼굴을 살폈다.

“오빠, 왜 그래요? 내 얼굴에 뭐 묻었어요?”

“아니, 아무것도 안 묻었어. 깨끗해.”

내가 줄리아를 빤히 바라본 것은 얼굴에 뭐가 묻었기 때문이 아니었다. 나는 줄리아를 보면서 과거를 회상했다.

등에 꽂힌 시퍼런 검날!

리나 제임슨을 사칭하여 내게 접근한 다음, 뒤통수를 친 원수 계집!

그 순간 머릿속에 벼락이 쳤다. 그동안 원수의 얼굴은 뿌옇게 흐려 있어서 정확한 신원을 알 수 없었다. 그런데 이제는 어렴풋이 기억이 떠올랐다. 나를 찌른 여자는 분명 가짜 리나였다. 그리고 그 가증스런 계집은 초상화 속의 모비드와 완전히 똑같았다.

모비드 반 데어 뤄슨!

250년 전, 반 데어 뤄슨 가문을 유럽에서 미국으로 이주시킨 장본인!

나는 모비드가 남자일 것이라 생각했다.

한데 알고 보니 여자였다. 그것도 보통 여자가 아니라 무시무시한 흑마녀였다.

'흑마녀가 아니라면 300년 넘게 살 수 없지.'

나는 가짜 리나가 모비드일 것이라고 추측했다. 처음엔 가짜 리나가 모비드의 피를 물려받은 후손이 아닐까 생각했지만, 최근 들어 모비드 본인일 것이라는 예감이 들었다.

근거는?

당연히 없었다. 그저 내 육감이 그렇게 말했다.

'가짜 리나는 모비드야. 300년을 산 괴물, 모비드 반 데어 뤄슨이 틀림없다고!'

그런데 모비드가 왜 나를 죽였을까?

이런 질문이 뒤를 이었다.

'모비드는 반 데어 뤄슨에서 쫓겨났어. 그 때문일까? 혹시 나를 복수의 도구로 사용하려고 음모를 꾸민 걸까?'

이건 아닌 듯했다. 나는 백화문을 원수로 여길 뿐, 반 데어 뤄슨에 대한 감정은 좋았다.

‘그럼 대체 뭐야? 그녀는 왜 나를 죽인 거야?’

가짜 리나에 대해 골똘히 생각하고 있는데, 줄리아가 나를 불렀다.

“오빠? 오빠?”

“응?”

“무슨 생각을 그렇게 골똘히 해요?”

“아, 잠깐 뭐 고민할 것이 있어서.”

나는 대충 둘러대고는 줄리아를 빤히 보았다.

‘가짜 리나와 꽤 많이 닮았구나.’

나를 죽인 가짜 리나와 줄리아는 상당히 많이 닮았다. 그 때문에 처음에 줄리아를 만났을 때 리나로 착각했다.

물론 두 사람은 동일 인물이 아니었다.

‘많이 닮긴 했지만 똑같지는 않아. 줄리아가 턱 선도 좀 더 갸름하고, 눈썹 모양도 달라. 그리고 체형에도 차이가 있지. 줄리아가 가짜 리나보다 더 키가 크고 늘씬하잖아. 확실히 동일인은 아니야.’

외모도 외모지만, 분위기도 달랐다. 가짜 리나는 여성스러우면서 기품이 넘쳤다. 그에 비해 줄리아는 풋풋하고 싱그러웠다.

‘하긴, 모비드와 줄리아는 한 핏줄이지. 반 데어 뤼슨 가문의 피가 이어져 있으니 서로 닮을 수도 있어.’

사실 내가 뉴욕에 온 것은 줄리아 때문이었다. 크리스마스를 맞아 보어 경을 만나려는 생각도 있었으나, 그보다는 줄리아를 봐야겠다는 마음이 더 강했다.

나는 두 눈으로 직접 확인하고 싶었다. 줄리아가 가짜 리나를 얼마나 많이 닮았는지. 혹시 둘 사이에 어떤 연관이 있는지.

"줄리아, 혹시 가족사진 있어?"

"네?"

"가족사진 말이야. 여자들은 보통 가족사진을 지갑에 넣고 다니지 않나?"

"헤헤, 어떻게 알았어요? 여기 있어요."

줄리아는 별 의심 없이 지갑을 보여주었다.

사진 속의 가족은 단란해 보였다. 가족들 한가운데 윌란 반데어 뤄슨 장로가 앉아 있었고, 그 뒤에 줄리아의 부모가 자리했다. 줄리아와 그녀의 여동생 세린은 윌란의 양옆에 앉아 윌란과 팔짱을 끼고 어깨에 머리를 기댔다.

'윌란과 줄리아는 별로 닮지 않았네.'

그럴 수밖에.

윌란과 줄리아는 친할아버지와 친손녀의 관계가 아니었다. 자식이 없는 윌란이 먼 친척뻘 되는 고아를 양자로 삼았는데, 그가 바로 줄리아의 아버지였다. 다시 말해서 줄리아와 세린은 윌란의 양손녀인 셈.

그런데 참 희한했다.

‘줄리아의 아버지도 생김새가 다르잖아. 어머니도 다르고. 이들은 모두 모비드와 거리가 멀어.’

줄리아는 부모를 닮지 않았다. 세린과도 또 달랐다. 그녀는 오직 모비드만 쏙 빼어 닮았다.

‘앞으로 좀 더 지켜봐야겠구나.’

내 시선은 줄리아에게서 떨어질 줄 몰랐다.

혈기 넘치는 사춘기 소년들은 어디로 튈지 몰랐다. 그중에서도 특히 자제력이 부족한 사람들이 있었다.

조나단도 그 중 하나였다.

정식 이름은 조나단 반 데어 뤼슨.

얼굴에 여드름이 송송 박힌 이 소년은 가문에 대한 자부심과 우월감으로 똘똘 뭉쳤다. 그래서 자기가 무슨 짓을 하고 다니는지도 잘 몰랐다. 그저 외할머니인 마가렛을 믿을 뿐이었다.

마가렛은 반 데어 뤼슨의 원로이자 각성을 한 신인류!

강한 외할머니를 둔 덕분에 조나단은 세상 무서운 줄 몰랐다.

“아 씨, 비켜봐.”

우당탕 소리와 함께 VIP 룸을 지키는 덩치들이 나가떨어졌다. 조나단은 쾅 소리 나게 문을 열고 룸 안으로 들어왔다.

“조나단, 하지 마!”

주근깨 송송 박힌 소년이 뒤쫓아 들어오며 조나단의 어깨를 붙잡았다.

"클로비스, 이거 놔."

조나단이 친구의 손을 뿌리쳤다.

이미 룸의 문은 활짝 열린 채였다. 툭탁거리는 조나단과 클로비스의 등 뒤로 옷을 쫙 빼입은 소년들이 보였다. 다들 고등학생이지만, 외모는 성인과 별 차이가 없었다.

"뭐야?"

줄리아가 싸늘하게 말했다.

"줄리아 누나!"

조나단이 움찔했다.

조나단은 마가렛 원로의 외손자.

줄리아는 월란 원로의 손녀.

둘은 육촌 간이었다. 그리고 반 데어 뤄슨은 유럽의 관습법을 따라 육촌끼리의 결혼을 허용했다. 게다가 줄리아는 월란의 친손녀가 아니라 양손녀.

'나랑 줄리아 누나는 법적으로도 생물학적으로도 아무런 문제가 없어. 난 줄리아 누나와 결혼하고 싶어.'

조나단의 눈에는 이런 속마음이 드러났다. 나는 조나단의 감정을 훤히 꿰뚫어보았다.

안타까운 듯 줄리아를 바라보던 조나단이 내게 시선을 돌렸다.

"넌 누구냐?"

덩치 큰 조나단이 소리를 지르자 룸이 쩌렁쩌렁 울렸다.

조나단은 나를 알아보지 못했다. 5개월 전 보어 경이 주최한 파티에서 만난 적이 있건만, 그새 잊어버린 모양이었다.

나는 가만히 팔짱을 끼었다.

내 오만한 태도가 상대를 자극했다.

"이 자식이 감힛!"

조나단은 눈을 부라리며 달려들었다.

그전에 루이가 나섰다.

"클로비스 발데마르!"

루이의 말이 떨어지기 무섭게 클로비스라는 소년이 달려들어 조나단의 목을 뒤에서 껴안았다. 조나단은 상처 입은 불곰처럼 울부짖었다.

"크악! 이거 놔! 클로비스, 어서 이거 놓지 못해?"

"안 돼! 여기서 멈춰야 해. 여긴 줄리아 누나뿐 아니라 루이 형님도 계시다고."

주근깨 소년 클로비스가 조나단의 귀에 속삭였다.

나는 클로비스를 물끄러미 보았다.

'이름이 클로비스 발데마르라고 했지? 발데마르라는 성을 사용하는 것을 보니 루이의 동생인가 보구나.'

루이의 친동생인지 사촌동생인지는 알 수 없었다. 다만 클로비스가 루이를 무척 두려워하는 것은 확실했다.

당연한 일이었다.

루이는 발데마르 가문의 후계자고, 루이의 친조부인 토마스 발데마르는 워싱턴 정계를 쥐고 흔드는 거물급 상원의원이자 발데마르 가문의 가주였다.

신인류 집단에서 가주의 권위는 절대적! 가주가 "칼을 물고 죽으라."고 명령하면 구성원은 그대로 따라야 했다.

루이는 그런 가주의 맏손자였고, 클로비스는 방계에 불과했다.

또한 루이는 각성률 21퍼센트의 신인류였다. 그것도 보기 드문 변형술사였다.

반면 클로비스는 아직 각성하지 못했다.

'신인류 집단에서 각성자와 비각성자는 하늘과 땅만큼이나 다른 대접을 받지. 클로비스는 루이를 우상으로 여길 거야.'

나는 둘 사이의 역학관계를 정확히 꿰뚫어보았다.

그럼 조나단과 클로비스의 역학관계는?

둘 다 아직 각성하지 못했다. 덩치는 조나단이 더 크지만, 완력은 클로비스가 한 수 위인 듯했다. 뒤에서 목이 졸린 조나단은 "켁켁!" 소리를 내면서 주저앉았다.

"아이, 씨발!"

줄리아 앞에서 창피를 당한 것이 속상한지 조나단은 피가 나도록 입술을 깨물었다.

그래도 클로비스는 손을 풀지 않았다. 오히려 더 꽉 조여서

조나단이 입에 거품을 물게 만들었다. 조나단은 꼼짝도 하지
못했다.

Chapter 5

루이가 차갑게 손을 저었다.
“저 녀석을 룸 밖으로 끌어내.”
“네, 형님.”
클로비스는 조나단의 목을 잡아 질질질 밖으로 끌어냈다.
“이거 놔! 크악!”
조나단이 버둥거렸지만 소용없었다.
‘여왕의 수호기사’를 자처하는 소년들도 할 수 없이 한걸음
물러났다.
루이가 자리에서 일어났다. 루이의 손에 들린 포크가 서서
히 길게 늘어나면서 잘 벼린 단검으로 변했다.
이것이 바로 변형술사의 능력!
루이는 검날을 혀로 핥으며 차갑게 읊조렸다.
“내가 아까 정중하게 부탁했지. 줄리아가 무척 피곤해하니
까 곁에서 알짱거리지 말라고. 포세이돈을 떠나서 그냥 다른
곳으로 가라고. 너희들에게 그렇게 부탁하면서 수표까지 줬잖
아. 그 돈이면 다른 클럽에서 충분히 재미있게 놀 수 있었을

텐데, 이게 무슨 깽판이야? 너희는 내 말을 무시했어.”

루이의 눈이 스산하게 변했다. 루이가 발산하는 살벌한 기운이 룸을 가득 메웠다.

“죄, 죄송합니다, 형님! 냉큼 사라지겠습니다.”

클로비스가 냉큼 사죄했다.

성큼, 루이가 발을 옮겨 다가갔다.

“형님!”

클로비스는 기함하며 뒷걸음질쳤다. 그의 친구들도 깜짝 놀라 물러섰다.

조나단도 마찬가지.

정신이 번쩍 든 조나단은 벌벌 떨면서 클로비스의 등 뒤로 숨었다. VIP 룸에 우르르 쳐들어왔던 소년들은 어느새 룸 밖 난간까지 밀려났다.

루이는 양떼를 모는 늑대처럼 성큼성큼 걸었다.

“으아아!”

소년들이 쫙 얼어붙었다.

루이는 금방이라도 피를 볼 것처럼 단검을 좌우로 휘둘렀다. 팡! 팡! 팡! 공기 터지는 소리가 들렸다.

“아아! 루이 형님, 살려주세요.”

조나단을 비롯한 소년들의 얼굴이 새파랗게 질렸다. 살기에 눌려 아무도 움직이지 못했다. 개중에 몇 명은 오줌을 쌌다. 그나마 클로비스가 침착한 편이었지만, 감히 루이를 말리지는 못했다.

그 긴장된 순간에 고혹적인 여자 목소리가 들렸다.

"아아, 불쌍하잖아. 예수님께서 탄생하신 날인데 그냥 봐줘라."

"알렉산드라 누나?"

루이가 깜짝 놀라 소리쳤다.

"알렉산드라라고?"

줄리아도 벌떡 일어났다.

키가 큰 알렉산드라는 조나단의 뺨을 툭툭 때려 옆으로 비키게 만들고는, VIP 룸 안으로 성큼 들어왔다.

"여긴 웬일이오?"

나는 심드렁하게 물었다.

알렉산드라는 나와 줄리아를 번갈아가며 보더니, 만발하는 장미꽃처럼 화려한 미소를 지었다.

"웬일은 웬일이겠어요. 당신을 보러 왔죠. 크리스마스 이브에 혹시 줄리아랑 사고라도 칠까 봐 비행기를 타고 날아왔지 뭐예요. 아이구, 전속력으로 달려왔더니 덥네."

알렉산드라는 붉은 머리카락을 손가락으로 쓸어서 뒤로 넘기고는, 거침없이 안으로 들어와 내 옆자리를 차지했다.

"어머!"

줄리아가 불쾌한 표정을 지었다.

"안녕, 줄리아."

알렉산드라는 웃음으로 줄리아를 상대했다.

왼쪽엔 줄리아, 오른쪽엔 알렉산드라, 앞에는 루이.

어째 9월 초와 상황이 비슷했다.

지난 9월 10일, 나와 알렉산드라, 줄리아, 루이는 맨해튼 번화가의 카페에서 술을 마셨다. 루이가 용돈을 모아서 샀다는 바로 그 침대 카페에서.

그런데 똑같은 일이 또 재현되었다.

"에효!"

갑자기 술이 당겼다. 나는 잔을 가득 따라 입안에 털어 넣었다.

"오빠, 여기요."

"한스 이사님, 이걸 드세요."

줄리아와 알렉산드라가 동시에 안주를 찍어 내 입에 대령했다. 허공에서 두 여자의 눈이 부딪쳐 빠직 불꽃을 토했다.

"에효효!"

나는 한 잔 더 입에 털어 넣었다.

"형, 저 먼저 갈게요."

루이가 먼저 자리를 떴다. 줄리아의 친구들도 함께 일어났다. 이들이 자리를 피한 것은 알렉산드라의 스산한 눈짓 때문이었다.

"루이, 잘 가! 다음에 또 보자."

"네, 누나."

"매리엄, 나오미, 캐롤린이라고 했지? 너희들도 잘 가라."

알렉산드라는 반갑게 손을 흔들었다.

"네, 안녕히 계세요."

세 여학생은 알렉산드라에게 꾸벅 인사를 하고는 총총걸음으로 사라졌다. 3명 모두 룸에서 벗어나서 홀가분해 보였다.

'하긴, 평범한 소녀들이 불의 여제라 불리는 알렉산드라의 카리스마 넘치는 눈빛을 받아낼 수는 없겠지. 루이도 견디지 못하고 도망치는 판인데.'

나는 머리를 긁었다.

줄리아도 친구들을 붙잡지 않았다. 지금 줄리아는 알렉산드라를 경계하느라 여념이 없었다.

짝!

알렉산드라의 손이 내 허벅지로 슬금슬금 뻗어오자 줄리아가 냉큼 훔쳐때렸다.

손등을 맞은 알렉산드라가 입을 벙긋거렸다.

'줄리아 너, 죽을래?'

'흥! 감히 한스 오빠를 추행하러 들다니, 꿈도 꾸지 말아욧!'

줄리아도 지지 않고 맞받아쳤다.

불같은 성격의 알렉산드라가 참을 리 없었다.

'야! 너 몇 살이야? 몇 살인데 이렇게 싸가지가 없어? 어디

한번 뜨거운 화염에 휘감겨 통구이가 되어 볼래?'

'해볼 테면 한번 해봐요. 난 두렵지 않아요.'

'너 진짜지? 당장 밖으로 따라나와.'

알렉산드라가 벌떡 일어났다.

줄리아는 콧방귀도 뀌지 않았다.

'흥! 나가고 싶으면 아줌마나 나가시죠? 난 한스 오빠 옆을 지킬 거예요.'

'요게 진짜?'

알렉산드라가 파르르 주먹을 떨었다.

줄리아가 생긋 웃었다.

"어머, 알렉산드라 언니. 이만 가시려고요? 하긴, 텍사스까지 돌아가려면 길이 좀 멀죠? 배웅은 나가지 않을게요."

"어머, 애 좀 봐. 내가 가긴 어딜 간다고 그래? 그냥 술이 떨어진 것 같아서 일어났을 뿐이야."

자리에서 일어났던 알렉산드라가 다시 내 옆에 주저앉았다.

빠지직! 빠지지직!

내 귀엔 환청이 들렸다. 두 여자의 눈에서 발사된 레이저가 허공에서 맞부딪치면서 불똥을 토해놓는 소리였다.

Chapter 6

줄리아와 알렉산드라가 격하게 눈싸움을 했다.

“어이구!”

그 중간에 낀 나는 한숨만 나왔다. ‘에라, 모르겠다.’는 심정으로 한 잔 더 자작했다.

“한스 오빠, 이것 좀 드세요.”

“한스 이사님, 안주 없이 술만 마시면 속을 버린다고요.”

눈싸움 중이던 줄리아와 알렉산드라가 기다렸다는 듯이 안주를 대령했다.

나는 둘을 물끄러미 바라보았다.

“한스 이사님, 어서 드시라니까요.”

“제 것부터요. 알렉산드라 언니 것 말고, 이것부터 먼저 드세요.”

경쟁 중인 두 여인을 바라보다가 문득 이상한 생각이 들었다.

‘가만!’

나는 줄리아를 붙잡고 물었다.

“줄리아, 너 내가 뉴욕에 온 줄 어떻게 알고 문자를 보냈지?”

“그, 그야…….”

줄리아가 당황했다.

나는 줄리아의 손목을 꽉 붙잡았다.

“어서 말해. 난 네게 뉴욕 도착 사실을 알리지 않았잖아. 그런데 어떻게 귀신같이 알고 내게 문자를 보냈지? 누구야? 누가 알려줬어?"

"히잉, 오빠."

줄리아가 울상을 지었다.

나는 눈매를 가늘게 좁혔다.

"줄리아, 너 설마 내 주변에 감시자를 붙여놓았냐?"

"아니에요. 그건 절대 아니에요."

줄리아가 펄쩍 뛰었다.

"그럼 솔직히 대답해. 어떻게 알았어?"

"저기……."

줄리아가 슬슬 내 눈치를 보았다.

"어서 말하라니까!"

내가 정색을 하고 호통치자 줄리아는 앞뒤 사정을 털어놓았다.

"사실은 가주님께서 알려주셨어요."

"가주님이라고? 설마 아버지가?"

퉁! 하고 머릿속이 울렸다. 나더러 외박을 하라며 부추기던 보어 경의 모습이 떠올랐다. 보어 경의 입가에 걸린 그 기묘한 웃음이 마음에 걸렸는데, 알고 보니 그분이 뒤에서 수작을 부린 거였다.

나는 알렉산드라에게 고개를 홱 돌렸다.

"알렉산드라!"

"왜, 왜요?"

알렉산드라도 움찔 몸을 떨었다.

"당신은 어떻게 알고 여기에 나타난 거요?"

금방이라도 달려들 듯한 내 태도에 알렉산드라가 바짝 긴장했다.

"한스 이사님. 제발 진정하세요."

"내가 지금 진정하게 되었소? 말을 돌리지 말고 똑바로 얘기하시오. 내가 여기 있는 줄 어떻게 알았소? 텍사스에서 여기까지 날아오려면 시간이 꽤 걸릴 텐데, 대체 언제부터 계획한 일이오?"

"휴우우!"

알렉산드라는 한숨을 크게 내쉬고는 솔직히 대답했다.

"솔직히 말할게요. 사실은 저도 오늘 오전에 아버님께 전화를 받았어요."

"우리 아버지가 당신에게 전화를 걸었단 말이오? 그것도 오늘 아침에?"

알렉산드라가 머리를 주억거렸다.

"그렇지 않다면 내가 어떻게 여기 나타날 수 있었겠어요? 원래 나는 한스 이사님을 만나러 로스앤젤레스로 가볼까 생각 중이었거든요. 그런데 아버님이 딱 전화를 하시더라고요. 그래서 이게 운명인가보다 하고 뉴욕으로 날아왔죠."

"으으음!"

나는 주먹을 푸들푸들 떨면서 그녀의 말을 들었다. 한데 아직 의문이 전부 풀리지 않았다.

"한 가지만 더 물읍시다. 오늘 오전엔 내가 나이트클럽에 올 계획이 없었소. 그건 어떻게 설명할 거요?"

"제가 뉴욕에 도착할 즈음, 아버님께서 또 전화를 주셨어요."

"뭣이?"

"아버님께서 그러시더군요. 조금 전 한스 이사님을 태운 헬리콥터가 맨해튼 남부에 착륙했다고요. 그리고 오늘의 약속장소는 포세이돈이라는 나이트클럽인 것 같다고요."

"으아아!"

나는 머리를 감싸 쥐었다.

옆에서 줄리아가 폴짝폴짝 뛰었다.

"아이 참! 이게 뭐야! 히이잉! 가주님도 너무하시지. 왜 자꾸 오빠 옆에 저 불여우 언니를 붙여주시는 거야. 히이잉!"

줄리아는 진짜로 보어 경을 원망하는 듯했다.

나 또한 보어 경이 원망스러웠다.

'나는 잃어버린 과거를 되찾는 것만으로도 벅차다고. 복수를 하는 것만으로도 벅차서 여자들에게는 눈을 돌릴 여력이 없는데, 보어 경은 왜 이렇게 나를 들볶는 것일까?'

답답한 마음에 또 한 잔 들이켰다.

이번엔 안주가 입으로 날아오지 않았다. 속이 상한 줄리아가 독한 술을 잔에 따라 단숨에 들이켰다.

"에잇!"

"흥! 줄리아, 너만 속상하냐? 나도 갑갑하다고."

알렉산드라도 경쟁하듯 술을 마셨다.

우리는 그렇게 말없이 술잔을 들이켰다. 양주 한 병이 눈 깜짝할 사이에 바닥을 보였다. 술이 떨어질 즈음, 음악도 끊겼다.

"뭐지?"

무대 위의 사람들이 디제이에게 시선을 주었다.

상의를 벗고 가죽 벨트를 X자로 맨 디제이가 천장에서 줄을 타고 내려오면서 허리를 앞뒤로 요란하게 튕겼다.

"와아아!"

그 모습에 사람들이 깔깔대며 웃었다.

디제이는 천천히 하강하면서 카운트다운을 시작했다.

"10, 9, 8, 7, 6, 5……."

"으응?"

알렉산드라가 고개를 쭉 빼고 밖을 내다보았다.

포세이돈 조각상 위로 기대한 시계 바늘이 투영되었다. 시침은 기의 12에 있었다. 분침도 12를 가리켰다. 초침이 째깍째깍 움직여 12를 향해 나아갔다.

3개의 바늘이 모두 12에 모인다는 것은, 곧 자정이 된다는 소리였다. 이브가 끝나고 진짜 크리스마스가 온다는 뜻이었다.

"오 예!"

클럽의 댄서들은 자정을 맞아 장렬하게 전사할 요량인 듯 격렬하게 춤을 추었다. 디제이가 두 팔을 활짝 벌려 사람들을 선동했다. 그러면서 크게 숫자를 셌다.

"5, 4, 3, 2……."

사람들도 입을 모아 카운트다운에 동참했다.

"4, 3, 2, 1……."

숫자가 0을 향해 달려갈수록 사람들의 합창이 커졌다.

그리고 마침내 0!

"메리 크리스마스!"

디제이는 두 다리를 활짝 벌려 점프하며 크리스마스가 되었음을 알렸다.

"키스 타임이닷!"

손님들 가운데 누군가 두 손을 입에 대고 소리쳤다. 그 손님을 제외한 나머지 사람들은 이미 짝을 찾아 입맞춤을 하느라 여념이 없었다.

룸 안에서도 일이 터졌다.

어디서 그런 용기가 생겼는지, 줄리아는 겁도 없이 내 얼굴을 붙잡고 입술을 부딪쳤다.

"오빠!"

"줄리아 너, 헙!"

나는 두 눈을 크게 떴다.

내가 밀치려고 하자 줄리아가 더 강하게 파고들었다. 나는 줄리아를 뿌리치지 못했다.

'에라, 모르겠다.'

3분의 1은 술김에 자포자기하는 심정이었고, 또 3분의 1은 '보어 경이 오죽했으면 이런 일을 꾸몄을까?' 라는 생각이 들었다. 그리고 마지막 3분의 1은 줄리아에 대한 호감이 작용했다.

'이왕 키스를 하는 거, 수동적으로 당하는 것보다 능동적으로 리드하는 것이 더 내 성미에 맞지.'

이렇게 생각한 나는 줄리아를 소파에 눕히고는 적극적으로 입술을 탐했다. 부드럽게 혀로 터치하다가 이빨로 줄리아의 입술을 살짝 깨물었다가 놓았다.

"아아앙! 오빠!"

줄리아가 발정 난 암코양이처럼 내 목을 끌어안았다. 발가락을 잔뜩 움츠린 줄리아가 사랑스러웠다.

"이런 제기랄! 너희들 뭐하는 거야?"

선수를 빼앗긴 알렉사드라가 눈에 불을 켜고 달려왔다. 단숨에 줄리아를 밀친 알렉사드라는 곧장 내 머리를 붙잡고 키스했다.

'아아, 젠장! 젠장!'

어차피 엎질러진 물이었다. 나는 알렉산드라와도 진한 키스를 나누었다.

연달아 키스를 한 덕분에 두 여자의 매력이 저절로 비교되었다. 줄리아가 상큼한 민트라면, 알렉산드라는 잘 익은 복숭아 같았다. 줄리아가 풋풋한 매력이 있다면, 알렉산드라는 성숙미가 넘쳤다.

"하아아, 오빠! 나도!"

내가 알렉산드라와 키스를 나누는 동안, 줄리아가 다가와 내 머리를 끌어안았다.

나이트클럽엔 다시금 귀청을 찢는 음악이 울렸다. 춤을 추는 사람들의 머리 위로 푸른 레이저가 섬광처럼 날아다녔다.

"예에에! 예에에!"

디제이는 발작하듯 몸을 흔들었다. 클럽 밖에선 눈이 펑펑 내렸다. 제대로 화이트 크리스마스였다.

제6화
삼각위원회의 초대

Chapter 1

내가 본가로 복귀한 것은 다음 날 아침 7시였다.

보어 경이 아침식사를 권했다. 식탁 앞에서 보어 경은 두 눈을 초승달 모양으로 만들며 물었다.

"한스야, 어째 많이 피곤해 보인다?"

"그런가요?"

나는 애써 아무렇지도 않은 척 대꾸했다.

보어 경은 다 알고 있다는 듯 진한 미소를 뿌렸다.

"어제 모처럼 신나게 놀았나 보구나. 하긴, 나도 젊었을 때는 밤을 새워 논 적이 있지. 특히 크리스마스 이브에……"

"아버지, 여쭤볼 것이 있습니다."

나는 황급히 화제를 돌렸다.

"험험! 뭐냐?"

보어 경은 싱글싱글 웃으며 손가락을 까닥였다. 뭐든 물어보라는 몸짓이었다.

그 모습이 얄미웠던 나는 센 질문을 던졌다.

"가문의 선조들 가운데 모비드라는 분이 있지 않습니까?"

"엉?"

장난기 가득하던 보어 경의 얼굴이 급속도로 냉각되었다.

"한스, 너 설마……."

"아버지, 왜 그렇게 놀라십니까?"

보어 경의 반응은 익히 예상했던 바였다. 나는 '민감한 이야기를 너무 섣불리 꺼냈나?' 생각했지만, 이미 내친걸음이었다.

"최근에 문헌을 조사하다가 모비드라는 분을 발견했거든요. 알고 보니 그분은 우리 가문을 미국으로 이주시키신 장본인이시더라고요. 한데 족보에는 그분에 대한 기록이 없고, 다른 곳에서도 정보를 찾을 길이 없었습니다. 그래서 여쭤보는 겁니다."

"으허험! 그러냐?"

보어 경은 헛기침과 함께 긴 침묵에 들어갔다.

나는 보어 경의 입이 열리기를 기다렸다.

한참 만에 보어 경이 다시 고개를 들었다.

"모비드는 우리 가문의 선조가 맞다. 하지만 그에 대한 기록은 모두 삭제되었다."

"물론 이유가 있겠지요?"

"이유가 있지. 하지만 가문의 치부에 해당하는 내용이라 섣불리 네게 알려줄 수는 없구나. 나중에 네가 가주 자리를 물려받을 때, 그때 알려주마."

말을 하는 동안 보어 경의 표정이 점점 더 어둡게 변했다. 보어 경이 괴로워하는 모습을 보자 마음이 아팠다. 나는 자폭하는 심정으로 다시 화제를 돌렸다.

"하암! 그나저나 정말 피곤하네요. 어제 너무 무리를 했나봐요."

"으허허! 그러냐? 그럼 조만간 좋은 소식을 들을 수 있겠느냐?"

침울하던 보어 경이 다시 활짝 웃었다.

나는 펄쩍 뛰었다.

"아버지!"

"녀석, 다 알면서 시치미를 떼기는. 그래, 언제쯤 손주 소식을 들려줄 생각이냐? 내게 손사 손녀만 안겨준다면 결혼은 누구랑 해도 좋다. 알렉산느라도 괜찮고, 줄리아도 좋아. 설령 결혼식이 다소 늦어지더라도 상관없구나. 그저 손주만 먼저 안겨주렴. 허허허허!"

"아버지!"

나는 한 번 더 소리를 질렀다.

"으허허허허!"

나를 놀리는 것이 재미있는지 보어 경은 너털웃음을 멈추지 않았다.

"아아, 젠장!"

머리가 딱 아팠다.

점잖기로 유명한 보어 경이 언제부터 이렇게 더럽게 성격이 변했을까? 보어 경은 시시때때로 포세이돈 사건(?)을 물고 늘어지며 나를 괴롭혔다. 덕분에 나는 아침과 점심, 저녁을 모두 굶다시피 했다. 입맛이 뚝 떨어진 까닭이었다.

"저, 로스앤젤레스로 돌아가렵니다."

결국 나는 저녁 식사를 하다말고 짐 보따리를 쌌다.

"으허허허!"

그래도 보어 경의 웃음은 그칠 줄 몰랐다.

그때 한 통의 전화가 왔다.

"어엉? 파드리그 자네가 이 시간에 웬일인가?"

전화를 건 사람은 영국 해링턴 가문의 가주인 파드리그 경이었다. 처음에 미소로 전화를 받은 보어 경은, 파드리그의 말이 계속되자 점점 얼굴을 굳혔다.

"흐음. 흐음. 알겠네. 일본의 요코하마란 말이지."

'요코하마?'

나는 전화의 내용에 귀를 기울였다.

보어 경이 빠르게 말을 이었다.

"그럼 참석 범위는 어떻게 되나? 템플 기사단에 배정된 자리가…… 고작 여섯? 그렇다면 가주들만 참석이 가능하군. 아니, 뭐라고? 본 회의장에 들어갈 수 있는 사람은 여섯이지만, 회의장 밖에서 모니터링을 할 인원도 동행이 가능하다고? 그건 몇 명이나? 총 24명! 가주까지 합쳐서. 그러니까 가주 한 명당 3명씩 데려갈 수 있겠군. 하면 자네는 누굴 생각 중인가? 호오! 찰스를? 찰스는 아프리카에서 심각한 부상을 입었다고 들었는데…… 아! 그거 다행이군. 다행히 잘 완쾌했어. 축하하네."

여기까지 듣자 대충 그림이 그려졌다. 나는 전화 내용을 머릿속으로 정리했다.

요코하마에서 회의가 개최된다. 템플 기사단을 포함한 신인류 집단 몇 곳이 모이는 회의다. 일본에서 개최되는 것으로 보아 주최는 삼각위원회!

템플 기사단의 경우, 본 회의장에 들어갈 수 있는 사람은 가주뿐이라고 했다.

하지만 회의장 밖에서 모니터링을 할 인원 3명이 추기로 참석 가능하다. 파드리그는 그 자리에 찰스를 데려갈 생각이다.

'흑마법사들에게 당한 상처가 회복되었나 보군.'

나는 불곰을 닮은 사내, 찰스를 떠올렸다. 40일 전 나와 찰

스는 까마귀 모임에서 처음 만났다. 그리곤 아프리카로 날아
가 흑마법사들과 싸웠다. 그 싸움에서 찰스는 흑마법사들에게
납치를 당할 뻔했다. 제법 심각한 부상도 입었다.

'한데 회의에 참석한다는 것을 보니 꽤 좋아진 모양이네?'

나는 빙그레 웃었다.

보어 경이 통화를 계속했다.

"알겠네. 짐 버플리에겐 내가 연락을 하지. 그럼 일본에서
봄세. 1월 4일 오후 2시에 말일세."

전화를 끊은 뒤, 보어 경이 다시 다이얼을 돌렸다.

띠리리릭 신호가 가고, 잠시 후 수화기 너머에서 짐의 굵직
한 목소리가 들렸다.

"여어! 보어 경! 내 자네가 전화를 걸 줄 알았지. 크허허허!
어젯밤 우리 알렉산드라가 자네 아들 한스랑……."

'이런 제기랄!'

짐의 말을 듣자마자 나는 얼굴부터 구겼다.

"으허허!"

보어 경은 나를 돌아보며 눈을 찡긋했다.

나는 더욱 심하게 얼굴을 일그러뜨렸다.

한참 동안 자식들 이야기를 입에 담던 두 가주는 이내 일본
회의로 화제를 옮겼다. 보어 경의 전언에 짐이 깜짝 놀란 듯했
다.

"그게 정말인가? 삼각위원회에서 전체 회의를 제안했다

고?"

보어 경이 빠르게 말을 전했다.

"그렇다네. 우리 템플 기사단에는 여섯 자리가 배정되었어. 그렇지. 그러니까 가주들만 본 회의장에 들어갈 수 있지. 그 밖에 모니터링 요원 3명이 필요한데, 파드리그는 그중 한 자리를 찰스로 채울 생각이라더군."

"찰스? 파드리그의 아들 찰스 말인가?"

수화기 너머에서 짐이 물었다.

보어 경이 고개를 끄덕였다.

"맞아. 분명히 그 찰스야. 아프리카에서 입은 상처가 거의 다 나았다나 봐. 그러니 자넨 어쩔 건가? 나는 우리 한스를 데려갈 생각이라네."

말을 하면서 보어 경이 나를 보았다.

나는 고개를 끄덕였다.

'어차피 한동안 할 일도 없는 터, 일본에 가서 다양한 신인류들을 만나보는 것도 좋겠지.'

그동안 내가 만나본 신인류는 제한적이었다. 모처럼 일본 구경도 하고 안목도 넓힐 좋은 기회란 생각이 들었다.

그때 보어 경이 크게 웃었다.

"으허허! 그렇지. 우리 애들을 또 만나게 해줘야지. 지들도 크리스마스 한 번으로는 아쉬울 게야. 일본은 온천으로 유명해서 연인들끼리 온천 데이트를 한다지? 으허허허! 이거 우리가 갑자기 큐피트가 된 기분일세. 으허허허!"

큐피트는 사랑을 연결해주는 로마의 신이다.

'아아, 젠장!'

내 눈엔 이 망할 영감탱이들이 무슨 짓궂은 이야기를 주고받는지 훤히 보였다.

"으허허! 그렇지. 그렇지."

보어 경은 대놓고 배꼽을 잡았다.

"크허허허! 나도 동감이야."

짐도 쩌렁쩌렁 웃어댔다.

나는 그들의 웃음소리가 듣기 싫었다. 하지만 귀를 꽉 틀어막아도 웃음이 들렸다.

'이거 완전히 코가 꿰었어.'

나는 무릎 사이에 머리를 파묻었다.

Chapter 2

"일본에서 온 편지다. 한번 읽어보겠느냐?"

보어 경이 내게 초대장을 건네주었다.

나는 삼각위원회에서 보낸 초대장을 쭉 읽었다.

보어 반 데어 뤄슨 가주 친전,

오는 1월 4일 오후 2시에 일본 요코하마의 랜드마크 타워의 스카이
가든에서 긴급회의를 개최하고자 하오니 참석을 부탁드립니다.

- 안건: 흑마법사의 집단 등장

- 일시: 1월 4일 오후 2시

- 장소: 일본 요코하마 랜드마크 타워 69층 스카이가든

- 초청자 명단: 파드리그 해링턴 (가주, 템플 기사단)

크리스토프 바이어 (가주, 템플 기사단)

보어 반 데어 뤄슨 (가주, 템플 기사단)

짐 버플리 (가주, 템플 기사단)

에르쿨 가르시아 (세르히오 가르시아 가주의 대리, 템플 기사단)

마사 디 리엔조 (코라 디 리엔조 가주의 대리, 템플 기사단)

토마스 발데마르 (가주, 일루미나티)

바사 발데마르 (부가주, 일루미나티)

게리 브로메 (가주, 일루미나티)

노르보텐 몬테풀 (가주, 일루미나티)

이베타 가슈파로비치 (총수, 드네르프)

올레그 바랑고이 (드네르프)

키예프 바랑고이 (드네르프)

저우 제룬 (장로원주, 백화문)

허 지엔준 (장로부원주, 백화문)

왕 쑤이 (문상, 백화문)

쟈오 팡저우 (무상, 백화문)

장 샤오루 (백호당주, 백화문)

다카하시 히데토키 (회장, 삼각위원회)

나노미야 히데토키 (부회장, 삼각위원회)

미요시 도루 (수석고문, 삼각위원회)

나가누마 히로카즈 (총간사, 삼각위원회)

불필요한 충돌을 방지하기 위하여 각 단체별 참석 인원을 초청자 포함 24명으로 제한하오니, 이 점 양해를 부탁드립니다.

이 24명 가운데 위 초청자 명단에 이름이 오른 분만이 본 회의에 참석하실 수 있으며, 나머지는 회의장 밖에서 모니터만 가능하십니다. 기타 수행 인원도 단체별 26명으로 한정합니다. 불편하시더라도 이해해주시기 바랍니다.

모든 참석자의 안전은 저희 삼각위원회의 명예를 걸고 보장하겠습니다.

삼각위원회장 다카하시 히데토키 배상

초청장의 내용은 간단했다. 나는 초청자 명단을 위에서부터 쭉 훑어보다가 에르쿨 가르시아라는 이름 앞에서 눈을 멈췄다.

'후후후! 여기에 익숙한 이름이 있네. 사자가면의 정체가 에르쿨 가르시아라고 했지? 그 약삭빠른 자를 일본에서 다시 만나게 생겼어. 후후후후!'

에르쿨은 뒤가 구린 인물이었다. 겉모습은 점잖을지 모르지만, 사실 그는 흑마법사 집단을 이끄는 수괴이자 친구의 아내를 농락한 파렴치한이었다. 나는 마사를 통해 에르쿨의 본 모습을 파악했다.

'에르쿨 가르시아! 이번엔 내 손을 빠져나갈 수 없을 거야. 마침 알아보기도 쉽잖아. 손가락은 여섯 개에 눈알이 하나 없는 자를 어찌 못 알아보겠어?'

아프리카에서 나는 사자가면의 눈알을 하나 빼주었다. 과연 에르쿨이 눈에 어떤 모양의 안대를 차고 나타날지 궁금했다.

에르쿨 다음으로 내 눈이 멈춘 곳은 마사 디 리엔조였다.

'실종된 코라를 대신해서 마사가 참석하는구나.'

마사는 다른 거물들과 어깨를 나란히 하기에는 너무 어렸다. 하지만 리엔조의 가주 코라가 흑마법사들에게 납치를 당했으니 어쩔 수 없었다.

나는 마사를 건너뛰고 다음으로 넘어갔다.

'다음은 일루미나티인가?'

일루미나티에서 초청을 받은 사람은 모두 4명. 이 가운데 토마스 발데마르의 이름이 익숙했다. 토마스는 루이의 친아버지였다.

'잘하면 요코하마에서 루이를 만날 수도 있겠구나.'

보어 경은 나를 요코하마 회의에 데려가기로 결정했다. 이번 기회에 다양한 거물들을 만나 견문을 넓히라는 것이 보어 경의 뜻이었다.

파드리그의 생각도 마찬가지. 아직 회복이 덜 된 찰스를 굳이 회의에 데려오는 이유는 뻔했다. 짐도 알렉산드라를 대동할 예정이었다. 크리스토프 바이어의 아들 루트비히도 요코하마에 나타날 확률이 높았다.

'그러니까 토마스도 루이를 데려올지 모르지.'

나는 루이의 쾌활한 얼굴을 떠올렸다.

다음은 러시아의 드네르프 차례.

'가만있자. 드네르프엔 유명한 사람이 누가 있더라?'

딱히 생각나는 사람이 없었다. 다른 신인류 집단에 비해서 드네르프는 알려진 것이 많지 않았다. 그저 템플 기사단에 마녀(Witch), 기사(Knight), 법사(Wizard), 변형술사(Morphosist)가 있다면, 드네르프에는 프리스트(Priest; 성직자), 세마르글(Semargl; 정령), 그리고 스나이퍼(Sniper; 저격자)가 존재한다는 것이 내가 아는 정보의 전부였다.

나는 호기심 어린 눈으로 드네르프 고위층을 살폈다.

'이베타 가슈파로비치!'

이것이 드네르프 총수의 이름이었다. 나는 이 이름을 입안에서 되뇌었다. '가슈파로비치'라는 성이 유독 눈에 밟혔다.

과거 악명 높은 신인류가 존재했다. 동유럽을 암흑으로 물들인 다크 카디날(Dark Cardinal; 어둠의 추기경), 이반 가슈파로비치!

육존 가운데 한 명인 이반은 눈을 한 번 마주치는 것만으로도 상대의 정신을 지배한다고 했다. 그 수법이 '아나콘다의 눈'과 흡사했기에 관심을 두었는데, 어째 조만간 그의 후손을 만날 듯했다.

'이베타도 이반 가슈파로비치처럼 정신 지배 능력을 갖췄을까? 이거 기대가 되는걸.'

나는 혀로 입술을 싹 핥았다.

드네르프를 지나 중국의 백화문에서 다시 눈길이 멈췄다.

'백화문! 크으읏!'

하마터면 자제력을 잃고 크게 고함을 칠 뻔했다. 백화문이라는 세 글자를 보는 것만으로도 온몸의 피가 거꾸로 쏠렸다.

"후우읍! 후읍!"

나는 숨을 크게 들이쉬어 분노를 가라앉혔다.

"왜 그러느냐?"

보어 경이 걱정스레 물었다.

나는 재빨리 손을 가로저었다.

"아무것도 아닙니다."

분노는 나중으로 미뤄도 될 터, 나는 우선 백화문 수뇌부를 머릿속에 담아두기로 했다.

얼마 전 내게 포로로 잡힌 쿠 에리은 "실질적으로 백화문을 이끄는 것은 송씨 가문이며, 왕가, 저우가, 허가, 쟈오가, 쿠가, 장가의 6개 가문이 송씨 가문을 보좌하고 있다."고 실토했다. 나는 이 일곱 성씨를 중심으로 백화문의 조직을 파악했다.

'장로원주 저우 제룬, 장로부원주는 허 지엔준, 문상은 왕 쑤이, 무상은 쟈오 팡저우, 마지막으로 백호당주는 장 샤오 루……'

저우씨, 허씨, 왕씨, 쟈오씨, 장씨.

이상의 5개 성씨에 청룡당주 쿠 에릭의 성씨를 더하면 여섯!

세력 균형을 맞추기 위함인지, 백화문은 6개 가문이 고위직을 골고루 나눠 가졌다. 그리고 그 가문들이 대부분 이번 회의에 참석했다.

다만 송씨가 빠진 점은 아쉬웠다.

'백화문의 문주 송 옌을 보지 못하는 것이 안타깝구나!'

나는 진심으로 애통해했다.

그래도 쟈오 팡저우가 명단에 들어 있어 한 가닥 위안이 되었다.

내게 총알을 박아 넣은 원수는 쟈오 가오린!

백화문 무상의 이름은 쟈오 팡저우!

'성이 똑같잖아! 분명히 이 두 놈은 한 핏줄이야. 아마도 가오린 그 개자식이 팡저우의 아들이거나 손자겠지. 크흐흐! 원수는 외나무다리에서 만난다더니, 잘 되었다. 정말 잘 되었어.'

나는 뿌드득 이빨을 갈았다.

물론 살기는 속으로 감췄다. 보어 경이 보는 앞에서 속내를 드러낼 수는 없었다. 나는 분노를 억누르기 위해 재빨리 시선을 아래로 내렸다. 백화문이 계속 눈앞에 어른거리면 화를 참지 못하고 폭발할 것만 같았다.

초청자 명단 마지막에는 삼각위원회 고위층의 이름이 보였다.

회장은 다카하시 히데토키

부회장은 나노미야 히데토키

수석고문 미요시 도루

총간사 나가누마 히로카즈

이 4명의 이름을 외기 무섭게 켄 바난이 떠올랐고, 켄의 별장에서 맞닥뜨린 미호가 아른거렸다. 이어서 켄의 딸이자 벤자민 숙부의 아내인 요꼬가 생각났다.

'삼각위원회는 십제를 시조신으로 모시잖아. 그리고 나는 십제의 유학을 물려받은 후계자잖아. 삼각위원회의 인물들이 나를 만나면 어떻게 대할까? 십제의 후계자로 떠받들까, 아니면 시조의 유품을 빼앗아 간 원수로 여길까?'

저들이 나를 어찌 대접할지는 알 수 없었다. 하나 내가 삼각위원회를 어떻게 처리할 것인지는 이미 계획이 섰다.

나를 떠받들면 거둔다.

나를 적대시하면 부셔버린다.

나는 어정쩡한 것은 싫었다. 내게 머리를 숙이고 복종하던

가, 아니면 내 손에 죽거나. 삼각위원회가 선택할 길은 이 두
가지 중에 하나였다.

Chapter 3

1. 보어 반 데어 뤼슨 (초청자)
2. 한스 반 데어 뤼슨 (단순 참석자)
3. 미센 반 데어 뤼슨 (단순 참석자)
4. 줄리아 반 데어 뤼슨 (단순 참석자)

보어 경은 순서대로 4명의 이름을 적어서 삼각위원회에 통
보했다.

가문의 원로들이 펄쩍 뛰었다.

"가주, 다시 생각해보게. 이건 너무 위험해."

보어 경의 둘째 숙부인 윌란이 먼저 포문을 열었다.

셋째 숙부 올라프가 말을 보탰다.

"나도 윌란 형님의 말씀에 동의하네. 일본 녀석들을 어찌
믿고 이렇게 명단을 짠단 말이야? 차라리 나나 윌란 형을 명
단에 넣어주게. 만약의 경우 가주를 지킬 사람이 있어야지."

신인류 집단 사이엔 신뢰가 부족했다. 그나마 템플 기사단
과 일루미나티는 우호적이었으나, 나머지는 서로 잡아먹지 못

해서 안달이었다.

게다가 신인류 집단들은 2차 세계대전 이후로 한자리에 모인 적이 없었다. 냉전 시대를 거치면서 일루미나티와 드네르프는 철천지원수가 되었고, 백화문과도 으르렁거리기에 바빴다. 백화문과 삼각위원회도 암중에서 싸움을 계속했다.

따라서 이번 회의는 살얼음판처럼 위험하다는 것이 원로들의 의견이었다.

보어 경은 생각이 달랐다.

"숙부님들의 심려를 모르는 바는 아닙니다. 그러나 이럴 때일수록 우리 반 데어 뤼슨의 배짱을 보여줘야 한다는 것이 제 생각입니다. 게다가 이번 회의는 삼각위원회에서 명예를 걸고 안전을 보장한다지 않습니까?"

"그래도 이건 아니지. 가주가 배짱을 보이고 싶다면 차라리 가주 혼자서 가게. 그럼 내 이리 불안하지 않을 걸세. 가주의 실력이라면 내가 믿을 수 있거든. 하지만 혹을 셋이나 달고 갔다가 위험에 빠지면 어떻게 할 건가? 한스, 미센, 줄리아, 모두 다 어린 신참들이 아닌가?"

윌란이 필사적으로 보어 경을 설득했다.

올라프도 맞장구를 쳤다.

"내 말이 바로 그거야. 아무리 헤엄을 잘 치는 사람도 3명이나 되는 혹을 데리고는 강을 건너지 못한다네. 가주, 한스만 데려가게. 아니면 한스와 줄리아만 데려가던가, 그게 싫으면 한스와 미센만 데려가게. 최소한 한 명은 빼고, 그 자리에 나나 월란 형을 넣어야 해."

원로들의 주장은 설득력이 있었다.

지금까지 듣고만 있던 마가렛도 한 팔 거들었다.

"나도 같은 생각이야. 가문의 미래를 짊어질 아이들에게 견문을 넓혀주려는 가주의 생각에는 동의하네만, 한 번에 셋은 너무 심했어. 최소한 한 명은 바꾸시게나."

이쯤 되면 양보할 법도 하건만, 보어 경은 고집을 굽히지 않았다.

"왜 혹이 셋이라고 생각하십니까?"

"그럼 아니란 말인가?"

월란이 날카롭게 반문했다.

보어 경은 나를 힐끗 보고는 빙그레 웃었다.

"만약의 경우 저는 미센만 책임지면 됩니다. 줄리아는 저기 있는 제 아들 녀석이 돌보겠지요."

"으잉? 거꾸로 아닌가? 줄리아가 한스보다 각성률이 더 높잖아?"

올라프가 눈을 동그랗게 떴다.

월란과 마가렛도 고개를 갸웃거렸다.

보어 경은 가만히 고개를 내저었다.

"모두들 그렇게 생각하시지요? 하지만 실상은 다릅니다. 저기 저 한스 녀석, 생각보다 훨씬 더 능구렁이랍니다. 녀석의 뱃속에 무엇이 들어 있는지 저도 모를 정도로요. 허허허!"
"으잉?"
원로들이 휘둥그레진 눈으로 나를 보았다.
'이런!'
나는 슬쩍 시선을 피했다.
보어 경이 허허 웃었다.

한스의 친누나 미센은 프랑스에서 유학 중이었다.
내가 한스의 몸으로 들어온 것이 7개월 전.
이 7개월 동안 나는 미센을 만난 적이 없었다.
1월 1일.
새해가 시작된 그날, 나는 운명처럼 미센을 만났다.
"어머, 한스야. 오랜만이다."
미센이 먼저 손을 내밀었다.
"아!"
내 눈에 비친 미센은 세상 그 어떤 여배우보다 더 고혹적이
었다. 파도치듯 굽은 머리카락은 허리까지 내려왔고, 눈은 밤
하늘의 별처럼 빛났다. 내게 내민 새하얀 손은 피닥이는 은어
를 보는 듯 싱그러웠다. 피부는 분이 묻어날 듯 매끈했다. 모
델보다 더 잘 빠진 몸매와 착 달라붙은 보라색 투피스가 미센
의 세련된 외모를 더욱 살려주었다. 이 아름다운 여인 앞에서
는 알렉산드라의 화려함도, 줄리아의 상큼함도 빛을 잃는 듯

했다.

나는 잠시 말문이 막혔다.

미센이 옅은 웃음을 지었다.

"얘는, 부끄럽게 뭘 그렇게 보니? 내 얼굴에 뭐가 묻었어?"

말을 할 때 살짝 팬 보조개가 아름다웠다. 얼굴에 뭐가 묻었냐며 부끄러워하는 모습은 사랑스러웠다. 미센은 정말 최고의 여자였다.

하지만 그 이전에 나를 잡아끄는 특별한 기운이 느껴졌다.

'뭐지?'

나는 미센의 혈관 속을 들여다보았다.

'신인류구나! 각성률은 대략 25퍼센트……'

알렉산드라의 각성률이 30퍼센트, 줄리아는 35퍼센트였다. 이들에 비하면 미센은 많이 부족했다.

그럼에도 불구하고 나는 미센에게 더 신경이 쓰였다. 별처럼 빛나는 미센의 눈동자 안에는 알렉산드라나 줄리아가 갖지 못한 특별함이 도사리고 있었다.

'그러니까 그 특별함이 무엇이냐고?'

이런 고민을 하는 가운데 미센이 다시 말을 걸었다.

"한스 너, 누나랑 악수도 안 할 거야? 내 손이 민망하잖아."

"미안."

나는 미센의 손을 맞잡았다.

찌릿!

순간 등줄기를 타고 소름이 돋았다.

'엇?'

나는 눈을 부릅뜨고 미센을 바라보았다.

미센도 흥미롭다는 얼굴로 나를 보았다.

내 곁을 스쳐 지나갈 때, 미센이 조그맣게 중얼거렸다.

"예상보다 너무 빠른걸? 역시!"

"응? 지금 뭐라고 했어?"

내가 되물었다.

미센은 시치미를 뚝 떼었다.

"아니, 아무 말도 안 했어. 그럼 한스야, 내일 비행기에서 보자. 누나는 시차적응을 위해서 낮잠을 좀 자야겠어."

미센은 서둘러 자리를 떴다.

나는 멀어지는 상대의 뒷모습을 바라보며 한동안 움직이지 못했다. 미센의 향긋한 체향이 코끝에서 감돌았다. 낯설음과 친숙함이 동시에 느껴지는 향기였다.

'미센 반 데어 뤄슨!'

한스의 누나에 대해서 좀 더 알아봐야겠다는 생각이 들었다.

그아아앙-!

1월 2일 오전, 반 데어 뤄슨의 전용기가 뉴욕을 출발했다. 전용기의 기장은 뉴욕에서 서북쪽으로 크게 원호를 그리는 알레스카 항로를 선택했다.

비행기 안에서 보어 경은 눈을 감고 휴식을 취했다.

나는 말없이 창밖만 바라보았다.

맞은편에 앉은 줄리아가 힐끔힐끔 나를 훔쳐보았다. 아마도 내게 말을 걸고 싶은 모양인데, 차마 입이 떨어지지 않는 듯했다. 나를 훔쳐보다가 얼굴을 푹 숙였다가를 반복하는 줄리아의 모습이 귀여웠다.

미셴은 뒷좌석에 다리를 꼬고 앉아 나와 줄리아를 관찰했다. 처음에 미셴은 묘한 눈으로 줄리아를 바라보았지만, 이내 흥미를 잃은 듯 미술잡지로 눈을 돌렸다.

뉴욕에서 일본까지는 꼬박 14시간이 소요되었다. 일본 시각으로 1월 3일, 뤄슨 그룹의 전용기는 도쿄에 인접한 하네다 공항에 착륙했다. 비행기가 도쿄 상공을 선회하자, 날개 오른편으로 오다이바(도쿄의 야경을 감상할 수 있는 관광지)가 들어왔다. 저 멀리 도쿄타워와 레인보우 브릿지(Rainbow Bridge; 레인보우 다리)도 눈에 띄었다.

"와아!"

줄리아가 창밖을 보며 탄성을 질렀다.

하네다 공항에서 보어 경은 귀빈 대접을 받았다. 올림픽을 주관하는 IOC 위원이니 당연한 일이었다. 나와 미셴, 줄리아도 덩달아 귀빈 취급을 받았다.

공항에서 요코하마까지는 차로 2시간이 걸렸다. 미국에서

2시간 이상 거리를 이동할 때는 시간 절약을 위해서 헬리콥터를 애용하지만, 일본에서는 방탄 리무진을 탔다. 보어 경이 제아무리 강하다고 해도 헬리콥터 안에서 공격을 받으면 위험하기 때문이다.

리무진을 제공한 곳은 삼각위원회였다.

반 데어 뤼슨의 경호팀은 "일본 놈들을 믿느니 차라리 뤼슨 그룹 일본지사의 의전차량을 사용하는 편이 낫습니다."라고 의견을 냈지만, 보어 경이 거부했다. 일본에 왔으면 일본의 규칙을 따르자는 것이 보어 경의 뜻이었다.

"하지메마시테. 어서 오십시오."

리무진 기사가 90도로 허리를 굽혀 인사했다. 영어가 능한 기사였다.

삼각위원회에서는 우리를 위해 총 3대의 차량을 제공했다.

1호차엔 경호원 2명이 탔다.

2호차는 보어 경과 미셸이 차지했다.

3호차엔 나와 줄리아, 그리고 비서 한 명이 탑승했다.

"그럼 출발하겠습니다."

무전기로 통신을 주고받은 뒤, 1, 2, 3호차가 동시에 출발했다. 최고급 리무진이 일렬로 지나가지 기리의 차들이 일아서 길을 비켜주었다. 우리를 태운 리무진은 도쿄 외곽도로를 지나 요코하마 항으로 향했다.

요코하마는 도쿄 아래쪽에 붙어 있는 항구도시였다. 일본에서 가장 먼저 개방을 한 지역으로도 유명했다.

항구 한복판엔 요코하마에서 가장 유명한 랜드마크 타워가 우뚝 서 있고, 그 주변에 닛산, 소니 등의 빌딩들이 자리했다. 랜드마크 타워 앞에는 놀이공원이 보였다. 인파로 북적대는 놀이공원 안에선 커다란 대전차가 빙글빙글 돌아가고, 롤러코스터가 바닷속으로 파고들 듯 내리꽂혔다.

"꺄아악!"

롤러코스터에 탄 사람들이 비명을 지르며 즐거워했다.

랜드마크 타워와 놀이공원 사이엔 고풍스러운 범선이 한 척 떠 있었다. 전장 97미터, 무게 2,200톤이 넘는 이 범선의 이름은 니혼마루(日本丸). 1930년에 건조되어 현역에서 활발히 항해하다가, 지금은 퇴역해서 전시용으로 바뀌었다고 했다.

니혼마루 앞에는 붉은 벽돌 건물들이 자리했다. 3층 정도로 보이는 낮은 건물이었다.

"저기 창고처럼 생긴 건물이 보이십니까? 저 건물들은 실제로 요코하마 항의 창고들이었습니다만, 지금은 내부를 개조하여 복합 쇼핑몰로 사용 중입니다. 관광객이 많이 찾는 명소 가운데 하나입니다."

리무진 기사가 능숙한 영어로 설명을 해주었다.

줄리아가 창문에 착 달라붙어 손짓을 했다.

"오빠, 밤에 저기 한번 가보면 어때요? 재미있을 것 같아요."

"으응? 응."

나는 건성으로 대답했다.

Chapter 4

요코하마 항구의 야경은 한 폭의 그림처럼 아름다웠다. 등대의 불빛이 먼 바다에서 뒤채는 물비늘을 비추었고, 바다 앞에 수호신처럼 우뚝 선 빌딩들은 저마다의 색깔을 뽐내었다. 놀이공원은 밤이 늦도록 인파가 끊이지 않았다. 니혼마루 범선 옆에는 화려한 등불을 내건 유람선이 유유히 떠다녔다. 인근 술집에서 운영하는 유람선이라고 했다.

요코하마의 직장인들이 단체로 유람선을 빌려 그 안에서 회식을 했다. 미국은 단체 회식 문화가 없지만, 한국이나 일본 직장인들은 단체 회식에 익숙했다.

"간빠이(건배)!"

머리가 훤히 벗겨진 상사가 잔을 높이 들고 고래고래 소리를 지르자 이마에 넥타이를 맨 부하직원들이 우렁찬 함성과 함께 잔을 부딪쳤다.

"간빠이!"

쨍그랑, 잔이 깨질 듯 소리가 났다.

잔에 술이 넘치면서 술 향이 넓게 퍼졌다. 불쾌하게 취한 상사가 비틀비틀 일어나 마이크를 잡았다. 유람선에 동석한 게이샤(일본 전통 기생)들이 일본 전통 악기를 잡고 줄을 조율했다. 상사는 유람선 난간을 잡고 노래를 불렀고, 게이샤는 악기를 연주했으며, 부하들은 엉거주춤 일어나 엉덩이를 들썩였다.

항구 난간에 기대어 그 모습을 바라보던 줄리아가 부러운 듯 중얼거렸다.

"참 재미있어 보이네요."

"저게 재미있어 보인다고?"

나는 피식 웃었다.

"나는 동의할 수 없는걸. 저 유람선에서 실제로 즐기는 사람이 몇 명이나 될까? 나는 거의 없다고 봐."

줄리아가 눈을 동그랗게 떴다.

"그게 무슨 소리에요? 즐거우니까 저렇게 밤늦게까지 모여서 놀겠죠."

줄리아는 동양의 문화에 대해 잘 알지 못했다. 나도 일본을 꿰뚫고 있지는 못하지만, 그래도 같은 동양 문화권이기에 어느 정도 짐작은 갔다.

"줄리아, 저기 저 마이크를 잡은 대머리 아저씨 보이지?"

"네."

"저 사람은 분명 재미있을 거야. 술도 마시고, 노래도 부르고, 옆에서 게이샤가 반주도 해주고, 부하들이 환호도 해주니까 흥이 잔뜩 나겠지. 하지만 나머지 부하직원들도 재미있을까? 그건 아니라고 봐. 낮에 죽어라 일을 하고 밤에는 각자 쉬고 싶을 터인데, 오늘이 직장 회식이라서 억지로 끌려나왔을 걸."

"이해할 수 없어요. 싫은데 왜 억지로 끌려 나와요? 근무시간은 이미 끝났잖아요. 단체회식이 싫으면 불참하면 그만이죠."

줄리아는 내 말뜻을 알아듣지 못했다.

나는 줄리아의 오뚝한 코끝을 손가락으로 톡 튕겼다.

"그건 서구식 사고방식이고, 동양은 달라. 이곳 동양 문화권에서는 회식도 업무의 연장이라고. 아무리 피곤해도 직장의 회식엔 참석해야 하고, 상사가 따라주는 술잔은 거절할 수 없으며, 윗사람이 노래를 부를 땐 저렇게 일어나서 흥을 돋워야해. 직장에서 단체로 벚꽃놀이를 갈 때 벚나무 아래 명당자리를 맡아놓는 것도 부하직원들의 몫이지."

요새는 동양의 직장 문화도 많이 바뀌었다고 한다. 하지만 한국이나 일본, 중국에서는 아직도 개인 사생활보다는 단체를 더 중요하게 여겼다. 심지어 과학의 전당이라 불리는 카이스트에서도 봄만 되면 신입생들이 과학고등학교 선배들에게 불려 나와 단체 기합을 받곤 했다.

'그때는 나도 그랬지.'

어렴풋이 오리걸음으로 학교 운동장을 돌던 기억이 떠올랐다.

줄리아는 여전히 믿지 못하는 눈치였다.

"에이, 거짓말! 오빠가 절 놀리려고 꾸며낸 이야기죠? 오빤 동양에서 살아본 적도 없잖아요. 그런데 어떻게 그렇게 자신 있게 말해요?"

"거짓말이 아니야."

"그래도 믿기 어려워요. 근무시간이 끝났는데 억지로 회식에 참석해야 한다니, 그건 개인의 자유를 침해하는 거잖아요. 만약에 저 부하직원들이 단체로 변호사를 사서 회사를 상대로 소송을 내면 어떻게 해요?"

"허! 회식이 싫어서 소송을 낸다고?"

참으로 미국인다운 발상이었다. 나는 줄리아에게 동양의 단체문화에 대해서 더 이야기를 해주고 싶었으나, 그만 말을 멈췄다.

마침 알렉산드라가 다가왔다. 막 샤워를 했는지 알렉산드라는 촉촉하게 젖은 머리카락을 뒤로 넘겨 묶었다.

"오래 기다렸어요?"

"아니, 우리도 방금 나왔소."

줄리아가 조그맣게 투덜거렸다.

"쳇! 조금만 더 늦게 오지. 그럼 언니를 두고 우리끼리 가버렸을 텐데."

"너!"

알렉산드라가 인상을 썼다.

"메롱!"

줄리아는 알렉산드라를 향해 혀를 쏙 내밀었다.

"메롱! 메롱!"

알렉산드라가 주먹을 들고 달려들자 줄리아는 내 등 뒤로 숨었다. 이 두 사람은 여전히 앙숙이었다. 결국 내가 나설 수밖에.

"그만! 싸우고 싶으면 둘이 여기서 싸워. 나는 혼자 갈 테니까."

내가 강하게 나오자 둘 다 찔끔 목을 움츠렸다. 알렉산드라가 서둘러 화제를 돌렸다.

"요코하마 차이나타운에 간다고 했죠? 기사를 부를까요?"

"아니. 저기 보행도로를 따라 걸으면 그리 멀지 않으니까 걸어서 갑시다. 가는 길에는 쇼핑몰도 들리고."

"쇼핑몰이라고요? 그게 어디 있는데요?"

알렉산드라도 천상여자였다. 쇼핑이라는 말이 나오기 무섭게 눈부터 반짝였다.

줄리아가 손가락을 들었다.

"저기 부두에 붉은 벽돌 건물들이 보이죠? 저게 다 쇼핑몰이래요. 저기 말고도 근처에 또 다른 쇼핑몰도 있다더라고요."

"진짜? 언제 그렇게 조사를 했어?"

알렉산드라가 신이 나서 물었다.

"다 알아보는 수가 있죠."

줄리아도 신바람 내며 대답했다.

'허어! 잡아먹을 듯이 으르렁거릴 때는 언제고, 그새 화가 풀려서 폴짝폴짝 뛰면서 손바닥을 마주쳐?'

나는 기가 막혔다.

Chapter 5

쇼핑몰의 이름은 아까렌가소우꼬.

일본어로 붉은 벽돌 창고라는 뜻이었다. 유럽과 일본의 분위기가 짬뽕이 된 이 독특한 쇼핑몰 안에는 옷과 액세서리를 파는 상점들이 많았다.

나는 인심을 썼다.

"마음에 드는 걸로 골라봐. 내가 사줄게."

"진짜요? 제게 선물해주는 거예요?"

줄리아가 반색을 했다.

반면 알렉산드라의 표정은 싸늘하게 변했다.

"나는요?"

알렉산드라의 말인즉슨 "왜 줄리아만 사주고 나는 빼놓나?"

라는 것인데, 사실 알렉산드라는 나보다 더 부자였다. 그녀는 이미 버플리 그룹 주식의 상당 부분을 물려받았을 뿐 아니라, 세계 석유 카르텔을 쥐고 흔드는 여제로 등극했다.

"허!"

나는 어이없다는 표정으로 알렉산드라를 바라보다가 결국 고개를 끄덕였다.

"당신도 마음에 드는 걸로 고르시오. 내가 사주리다."

"고마워요, 한스 이사님."

알렉산드라는 언제 화를 냈냐는 듯 방긋 웃고는, 줄리아 옆에 달라붙어 액세서리를 하나씩 몸에 대보았다.

"거 참! 여자들은 알 수가 없군."

자매처럼 다정해 보이는 두 사람의 모습에 말문이 막혔다.

둘이 물건을 고르는 동안 상점의 점원들은 다가가지 못하고 옆에 멀뚱멀뚱 서서 지켜만 보았다. 일본인들은 한국인보다 영어에 대한 두려움이 더 큰 것 같았다. 그래서 이곳 점원들도 서양인을 보자마자 몸부터 움츠려들은 듯했다.

그 와중에도 알렉산드라와 줄리아는 이것저것 골라서 거울에 비춰보고 서로 조언도 해주었다.

한참을 그렇게 보내다가 줄리아가 긴빠지는 소리를 했다.

"오빠, 여긴 별로 마음에 드는 것이 없어요. 요 옆 가게에서 고르면 안 돼요?"

"뭐?"

나도 모르게 이마에 핏줄이 섰다.

줄리아가 찔끔 몸을 움츠렸다.

그 모습을 보자 화를 낼 수도 없었다. 나는 흔쾌히 고개를 끄덕였다.

"그래. 옆에서 고르고 싶으면 원하는 대로 해. 단, 너무 오래 걸리면 곤란해. 가문의 어른들이 걱정하실 거야."

"알았어요. 고마워요, 오빠."

줄리아는 냉큼 대답하더니, 알렉산드라의 손을 붙잡고 옆 가게로 뛰어갔다.

그렇게 근 한 시간을 돌아다닌 끝에 겨우 쇼핑이 끝났다. 알렉산드라는 기모노를 입은 일본 인형과 빈티지 스타일의 모자 하나를 골랐다. 줄리아는 히피 분위기가 물씬 풍기는 치마와 붓글씨로 장식된 티셔츠를 선택했다.

'하아! 드디어 끝났구나.'

나는 안도의 한숨을 내쉬었다.

간신히 쇼핑을 마친 뒤, 우리는 다음 목적지로 이동했다. 요코하마 항의 보행도로는 랜드마크 타워에서 시작해서 옛 중심가까지 연결되어 있었다. 고가도로처럼 높이 솟은 보행로 위엔 산책을 나온 사람들이 많았다. 이들 대부분은 관광객으로, 요코하마 항의 야경을 배경으로 사진을 찍느라 바빴다.

'저 풍경을 보니 나도 사진을 한 장 남기고 싶어지네.'

이런 생각이 절로 들만큼 요코하마의 밤은 아름다웠다. 항

구만 예쁜 것이 아니라 길 반대편에 늘어선 호텔들도 보기에
좋았다.

1월 초라 밤바람이 싸늘했다.

"에고, 추워라."

줄리아가 내 품에 파고들었다. 또 무슨 여우 짓을 하려고 그
러나 내버려두었더니, 덥석 내 팔짱을 꼈다.

"허!"

어이가 없는 일이다. 각성률 35퍼센트의 신인류가 이 정도
추위를 못 견딜 리 없었다. 줄리아는 추위를 핑계로 내게 달라
붙었다.

알렉산드라가 그 꼴을 그냥 두고 볼 리 없었다.

"그러게. 꽤나 쌀쌀하네."

알렉산드라는 손으로 팔뚝을 열심히 문지르더니, 바짝 다가
와 내 팔짱을 꼈다.

"어어?"

어느새 나는 양쪽에 미녀를 끼고 다니는 바람둥이가 되어버
렸다. 길 맞은편에서 다가오던 관광객들이 우리를 힐끗거렸
다. 남자들은 대놓고 질투의 감정을 드러내었다.

'넌 뭐냐? 이런 미녀 2명을 끼고 다니다니, 전생에 나라라
도 구했냐?'

남자들의 얼굴엔 이런 말이 쓰여 있었다.

"어서 가자."

나는 빠르게 발걸음을 재촉했다.

요코하마의 옛 시가지는 공관 건물들로 가득했다. 처음 일본과 교역을 시작한 유럽의 여러 나라들이 이곳에 외교관을 파견했고, 자연스럽게 국제 거리가 형성되었다.

옛 시가지를 지나 건널목을 몇 개 건너자 좀 더 복잡한 장소가 나타났다. 거리 한복판에 붉은 문이 우뚝 선 곳, 바로 요코하마 차이나타운이었다.

"생김새는 맨해튼의 차이나타운과 비슷하네요. 골목이 좁고, 온갖 음식점들이 길 양쪽에 늘어서 있고, 사람들은 북적거리고, 따따따따 시끄럽고……."

줄리아가 품평을 했다.

줄리아는 차이나타운의 번잡함이 내키지 않은 듯했지만, 나와 함께 산책을 하는 것은 좋은 모양이었다. 기분이 들뜬 줄리아는 상점에서 파는 중국 물건들이 요리조리 만져보기도 하고, 손을 가볍게 저어 음식 냄새를 맡기도 하며 강아지처럼 돌아다녔다. 반면 알렉산드라는 나와 팔짱을 낀 채 성큼성큼 걸었다.

알렉산드라는 어지간한 동양 남자보다 키가 더 컸다. 게다가 화려하면서도 카리스마가 넘쳐서 사람들이 알아서 길을 비켜주었다.

길을 가다가 만두가게가 눈에 띄었다.

"배고프지 않아? 만두나 하나 사 먹을까?"

줄리아가 눈을 깜빡였다.

"만두요?"

"딤섬 말이야. 오랜 옛날 중국에 촉나라가 있었는데, 그곳의 유명한 재상이 물의 신에게 제사를 지내기 위해 만들었다는 음식이지."

만두의 기원은 촉나라의 재상 제갈공명으로부터 시작되었다고 한다. 제갈공명이 남만을 정벌하는 와중에 강가에서 심한 폭풍우를 만났는데, 이 폭풍우를 가라앉히려면 사람의 머리를 잘라 제사를 지내야 한다는 권유를 받았다.

제갈공명은 사람으로 제사를 지낼 수 없다 하여, 돼지고기로 소를 만들고 밀가루로 싸서 사람의 머리를 대신하였는데, 이것이 만두의 유래였다. 나는 예전에 읽었던 삼국지의 내용을 되새기며 배경 설명을 해주었다.

줄리아가 감탄했다.

"햐아! 오빠는 어떻게 그런 것을 다 알아요? 동양사와는 거리가 먼 줄 알았는데, 다방면으로 박식하네요."

"그러게 말이야."

알렉산드라노 새삼스러운 눈으로 니를 보았다.

"험험!"

민망해진 나는 헛기침으로 자리를 벗어났다.

만두로 허기를 달랜 다음, 차이나타운 중심부로 발길을 옮졌다. 촉나라의 명장 관우를 모신 관제묘(關帝廟)가 가장 먼저 눈에 띄었다. 그 밖에는 별로 볼 것이 없었다. 다른 도시의 차이나타운과 달리 요코하마의 차이나타운은 음식점으로만 가득 찬 느낌이었다.

그나마 신년 맞이 길거리 퍼레이드는 볼 만했다. 요란한 중국 악기 소리와 함께 사자탈을 쓴 행렬이 지나가고, 곡예단의 소년, 소녀들이 그 뒤를 이었다. 황금색으로 치장한 용이 등장하자 관광객들의 환호가 절정에 달했다.

'여기 어딘가 있을 것 같은데……'

나는 퍼레이드를 구경하는 척하면서 주변을 살폈다.

내가 굳이 이 밤에 차이나타운까지 나온 것은 관광을 위해서가 아니었다. 백화문의 떨거지들을 찾기 위함이었다.

한데 아쉽게도 눈에 띄는 자들이 없었다.

'요 쥐새끼들이 호텔 방에만 콕 처박혔나? 이러면 계획이 어긋나는데.'

나는 씁쓸히 입맛을 다셨다.

제7화
요코하마 브루스

Shapiro

Chapter 1

차이나타운을 벗어나자 한결 한산했다. 우리는 패션으로 유명한 모토마치를 향해 걸었다.

모토마치는 생각보다 가까웠다. 슬슬 걷다 보니 어느새 명품 샵들이 보였다. 샤넬이나 헤르메스 같은 유명 브랜드부터 시작해서, 잘 알려지지 않은 가게들까지 줄지어 가게 문을 열었다.

줄리아가 손가락을 늘었다.

"오빠, 다리도 아픈데 저기서 좀 쉬있다 가요."

"어디?"

줄리이기 가리킨 곳은 모토마치 거리의 한복판에 위치한 제법 큰 규모의 카페였다.

카페 이름은 요코하마 브루스.

가까이 다가가자 스피커에서 1970년대의 재즈음악이 흘러나왔다.

"음악 괜찮네. 흐응! 흐응!"

알렉산드라가 슬쩍 슬쩍 리듬을 탔다.

줄리아는 내 팔을 강하게 잡아끌었다.

"어서 안으로 들어가요. 오빠에게 선물을 받았으니까 여기선 내가 계산할게요."

"알았어. 알았어."

나는 못 이기는 척 안으로 들어갔다.

'줄리아, 이 복덩이 같으니!'

나는 줄리아에게 뽀뽀라도 해주고 싶었다.

차이나타운을 빙빙 돌아도 발견할 수 없었던 백화문의 떨거지들이 카페 안에 떡하니 자리하고 있는 게 아닌가!

'하나, 둘, 셋, 넷, 다섯.'

상대는 모두 다섯이었다. 감색 양복에 선글라스를 낀 모습들이 상당히 건방져 보였다. 나는 놈들의 혈관 속에 떠다니는 스파이럴 적혈구를 똑똑히 확인했다.

대부분은 각성률 10퍼센트 안팎의 실험체들……. 각성체를 만났다면 더 좋았겠지만, 일단은 이 정도로 만족할 생각이었다.

카페 안은 의외로 한적했다. 수십 개의 테이블 가운데 네 곳만 겨우 찬 수준.

우리가 들어오자 백화문 놈들이 대화를 멈췄다. 녀석들의 시선이 줄리아와 알렉산드라에게 쏠렸다. 두 여자를 바라보는 놈들의 눈빛이 어쩐지 수상했다. 나는 선글라스를 꿰뚫고, 벌겋게 핏발이 선 녀석들의 눈알을 확인했다.

음탕해 보이는 눈빛.

화가 나지는 않았다. 곧 내 손에 죽을 놈들이기 때문이다.

"이랏샤이마세(어서 오세요)."

카페의 점원이 허리를 꾸벅 굽혀 우리를 맞았다.

"어디가 좋을까요? 저기 창가로 갈래요?"

줄리아는 모토마치 거리가 한눈에 들어오는 명당자리를 골랐다. 백화문 녀석들과는 테이블 3개가 떨어진 위치였다.

"그래."

나는 성큼 걸어 의자에 앉았다. 2인용 러브시트였다.

줄리아가 쪼르르 따라와 내 옆자리에 앉았다. 알렉산드라도 부랴부랴 따라왔지만, 줄리아에게 선수를 빼앗겼다.

알렉산드라가 허리에 손을 얹고 화를 냈다.

"야! 왜 네가 한스 이사님 옆자리에 앉아?"

"헹! 누가 늦게 오래? 먼저 앉은 사람이 임사시."

줄리아도 지지 않고 맞받아쳤다.

"이게!"

열이 받은 알렉산드라는 엉덩이를 들이밀어 꾸역꾸역 내 옆에 앉았다.

2인용 자리에 셋이 앉자 의자가 터져나갈 듯 들썩였다. 줄리아가 비명을 질렀다.

"꺅! 언니, 이게 무슨 횡포야."

"횡포는 무슨 횡포! 이건 정당한 내 권리를 행사하는 거라고."

"권리라고? 언니에게 무슨 권리가 있는데? 어차피 언니는 한스 오빠랑 파혼했잖아."

"그 파혼은 무효야. 크리스마스 이브 때 그…… 그…… 그 일이 있은 이후로 무효가 되었어."

크리스마스 사건을 입에 담으면서 알렉산드라의 얼굴이 홍당무가 되었다.

줄리아도 얼굴을 붉히기는 마찬가지.

"크, 크리스마스는 뭐 언니만 겪었나. 흥흥! 웃기지도 않아."

참다못해 내가 자리를 박찼다.

"아, 나 창피해서 정말! 사람들이 다 보는데 이게 뭐야. 줄리아, 너 얌전히 굴지 못해? 그리고 알렉산드라, 당신도 좀 자중하시오."

내가 언성을 높이기 전부터 이미 사람들의 이목은 우리에게 집중되었다. 한 남자를 사이에 둔 두 여자의 싸움을 보면서 몇몇은 키득거렸고, 몇몇은 질투를 했으며, 몇몇은 나를 죽일 듯이 노려보았다. 나를 노려보는 자들 가운데는 백화문 놈들도 포함되었다.

"에잇!"

나는 짐짓 화가 난 체하며 카페 밖으로 나가버렸다.

"오빠, 미안해요. 내가 잘못했어요."

줄리아가 울먹이며 쫓아왔다.

"한스 이사님!"

알렉산드라도 불안한 표정으로 내 뒤를 따랐다.

내 화는 30미터도 가기 전에 풀렸다.

줄리아와 알렉산드라가 싹싹 빌어서가 아니었다. 나는 처음 부터 화가 나지 않았다. 그렇게 요란하게 카페를 떠난 것은 다른 이유 때문.

나는 엄한 표정으로 다짐을 받았다.

"줄리아, 너 또 그럴 거야?"

줄리아가 새끼손가락을 걸고 맹세했다.

"아니요. 앞으론 절대 안 싸울게요."

"저도 약속해요. 줄리아와 다투지 않고 얌전히 있을게요."

알렉산드라도 그에 뒤실세라 새끼손가락을 걸었다.

"좋아. 그럼 두 사람이 나 좀 도와줘."

내 화기 풀린 듯하자 줄리아와 알렉산드라가 동시에 얼굴을 활짝 폈다.

"뭔데요? 뭘 도와줄까요?"

"뭐든 말만 하세요."

나는 미셀의 핑계를 대었다.

"조금 있으면 미셀 누나의 생일이거든. 그런데 뭘 선물해야 누나가 좋아할지 모르겠단 말이야. 모처럼 여기까지 왔으니 이 근처에서 선물을 하나 사고 싶은데, 고르는 것 좀 도와줄래?"

여자들은 선물을 받는 것도 좋아하지만, 선물을 고르는 것도 즐긴다.

"그런 거라면 당연히 도와줘야죠. 오빠, 제게 맡기세요."

"저도 도울게요. 그리고 미셀 언니가 곧 생일이라고요? 그럼 나도 개인적으로 선물을 하나 사야 하나?"

알렉산드라는 손가락을 입에 물고 골똘히 생각했다. 무얼 살까 고민하는 그 모습이 마치 시누이에게 줄 선물을 고민하는 새색시 같았다.

줄리아가 가만있을 리 없었다.

"나도 살 거예요. 나도."

"넌 또 왜 끼어들어?"

알렉산드라가 줄리아를 흘겨보았다.

줄리아도 볼을 복어처럼 부풀렸다.

결국 또 내가 끼어들었다.

"둘 다 그만!"

"에구머니나!"

찔끔 놀란 두 사람은 후다닥 명품샵으로 뛰어들어갔다.

한산한 카페에 비해 매장 안은 제법 사람이 많았다. 줄리아와 알렉산드라가 가장 먼저 들린 곳은 헤르메스 매장이었다.

"이랏샤이마세!"

정장에 하얀 장갑을 착용한 점원들이 우리에게 90도로 허리를 굽혀 인사했다.

줄리아와 알렉산드라는 경쟁하듯 진열상품을 살폈다. 저가 상품은 거들떠보지도 않고, 매장에서 최고로 비싼 물건에만 관심을 보이자 매장 매니저가 직접 나와서 응대했다.

"미센 언니에게 이 가방이 어울릴라나?"

줄리아는 핸드백을 하나씩 어깨에 걸쳐보며 미센에게 어울릴만한 것을 골랐다.

알렉산드라의 작전은 좀 더 과감했다.

"이거랑 이거 살게요. 저기 저 핸드백도 줘요."

알렉산드라는 '난 미센 언니의 취향을 잘 모르잖아. 그러니 일단 대량으로 구매해놓고, 나중에 찬찬히 고르는 편이 낫겠어.'라고 결심한 듯했다.

그러자 줄리아도 작전을 바꿔서 명품을 마구 사들이기 시작했다.

서양의 미녀 2명이 싹쓸이 쇼핑에 나서자 사람들의 이목이 쏠렸다. 매장의 매니저는 즐기운 비명을 질렀다.

"애야, 저기 진열대의 상품 좀 가져와서 여기 이분께 보여

드려라. 거기 너는 그렇게 멍하게 서 있지 말고 안에 들어가서
재고현황 좀 가져오고.”
　“넷!”
점원들도 덩달아 바쁘게 움직였다.
모두의 이목이 집중된 순간, 나는 쾌재를 불렀다.
‘드디어 때가 왔구나!’
나는 아무도 몰래 자리를 떴다.

Chapter 2

심리학에는 ‘잔상효과’라는 것이 있다. 사람이 강한 인상을
받으면 그것만 강렬하게 기억에 남는다는 것이다. 인상이 강
하면 강할수록 잔상효과도 더욱 증폭되어서, 주변의 자잘한
변화들은 기억을 못 하게 마련이었다.
남자 하나에 여자 2명이 명품샵에 나타났다. 여자들이 보기
드문 미녀인지라 자꾸 눈길이 가는데, 이게 웬일인가. 이 여자
들이 미친 구매력을 선보인다.
남자들은 넋을 놓고 알렉산드라와 줄리아를 훔쳐보았다. 여
자들도 부러운 눈길을 거두지 못했다.
‘저렇게 넋을 잃은 사람들 가운데는 삼각위원회의 눈도 있
겠지.’

나는 비릿하게 웃었다.

쇼핑은 내 취향이 아니었다. 양옆구리에 미녀 둘을 끼고 졸 부처럼 잘난 체를 하는 것도 내 적성에 맞지 않았다. 길 한복판에서 두 미녀가 나를 사이에 두고 툭탁거리는 장면을 연출하는 것은 더더욱 질색이었다.

그런 내가 알렉산드라와 줄리아를 데리고 밤거리로 나온 것은 모두 이 순간을 위해서였다.

'지금 요코하마 거리엔 삼각위원회의 눈과 귀가 잔뜩 깔려 있을 거야.'

삼각위원회는 수천 년 넘게 일본을 지배해온 비밀단체로, 그 영향력이 일본 전역에 촘촘하게 뿌리를 내리고 있었다. 경찰, 검찰, 야쿠자는 물론이고, 일반 시민들까지도 삼각위원회의 눈과 귀 역할을 했다.

더군다나 지금 요코하마엔 비상경계령이 내려진 상태. 삼각위원회에서는 조직의 모든 역량을 동원해서 요코하마의 치안을 삼중 사중으로 보강했다.

'제아무리 내가 막강하다고 해도 그 철저한 감시망을 모두 피할 순 없지.'

내가 백화문을 공격하면, 그 즉시 삼각위원회의 레이더망에 포착될 것이다. 그리고 신인류 집단 전체에 그 사실이 공표될 것이다.

나는 그것만큼은 피하고 싶었다.

그렇다고 백화문 놈들이 내 눈앞에서 활보하는 꼴을 보기도 싫었다. 나는 백화문과 같은 장소에 머무는 것 자체를 용납하지 못했다. 최소한 몇 명이라도 해치워야 분이 풀릴 것 같았다.

그래서 치밀하게 작전을 짰다.

'줄리아와 알렉산드라를 이용해서 삼각위원회의 이목을 잠시 다른 곳에 돌려놓고, 그 사이에 백화문 놈들을 공격하자. 그러면 나중에 발각이 되더라도 줄리아와 알렉산드라가 내 알리바이가 되어줄 거야.'

쉴 새 없이 재잘거리는 두 여자와 함께 쇼핑을 하고, 차이나타운에 구경을 온 것도 모두 이 계획을 성공시키기 위해서였다.

한데 작전을 시작도 하기 전에 계획이 물거품이 되었다. 나는 백화문의 떨거지들이 분명 차이나타운에 나타날 것이라 예상했는데, 아무리 둘러봐도 놈들의 족적을 찾을 수가 없었다.

'괜히 머리를 굴렸다가 피곤해졌구나!'

나는 아옹다옹하는 두 여자를 보면서 크게 한숨을 쉬었다. 그렇게 실망만 안고 돌아가는데, 우연히 들린 카페에서 백화문을 발견했다.

하늘이 나를 돕는구나 싶었다. 이게 웬 떡이냐 생각했다.

하지만 '급하게 먹는 떡이 체한다.'는 속담이 있다. 나는 서두르지 않고 기회를 엿보았다. 주변에 널린 명품샵을 보자 머릿속에 세밀한 계획이 섰다. 나는 화가 난 척 카페를 박차고 나온 다음, 알렉산드라와 줄리아를 이용해서 사람들의 이목을 끌었다.

'우리를 힐끗거리는 저 눈길 속에는 분명 삼각위원회의 눈도 있을 터!'

나는 사람들의 관심이 최고조에 이를 즈음, 은밀히 명품샵을 빠져나왔다.

아무도 내가 자리를 비운 사실을 알지 못했다. 다들 알렉산드라와 줄리아가 또 무엇을 구매할 것인지에만 관심이 쏠렸다.

"와아, 저 비싼 가방을 샀어."

"외국의 재벌집 딸들인가? 아니면 유명 여배우인가? 저 여자들의 정체가 뭐지?"

"함께 다니는 남자는 또 어떻고? 어쩌면 남자가 저 여자들에게 호탕하게 쏘는 것일지도 몰라."

사람들은 이렇게 수군거렸다.

그 와중에 줄리아가 또 물건을 샀다.

"나도 하나 더!"

알렉산드라도 뒤지지 않고 추가 구매 오더를 내었다.

사람들은 흥미로운 구경거리를 만난 듯 눈을 떼지 못했다.

나는 그 틈을 노려 번개처럼 자리를 떴다. 물론 그 전에 안전장치를 하나 더 덧붙이는 것도 잊지 않았다. 니는 아나콘다의 눈으로 명품샵 안의 모든 이들을 홀렸다.

그렇게 철저하게 사전 준비를 한 뒤, 건물 지붕으로 올라와 레이건 가면으로 얼굴을 가렸다.

지붕 주변엔 별다른 기척이 없었다. 밤거리는 고요했다. 나는 스마트폰에 깔린 내비게이션 기능을 이용해서 백화문 놈들이 머무는 카페를 찾았다.

'가게 이름이 요코하마 브루스였지?'

얼마 지나지 않아 탐색결과가 스마트폰 화면에 떴다. 완만하게 굽은 도로를 따라 남쪽으로 몇 블록만 내려가면 바로 요코하마 브루스였다.

나는 건물 지붕을 건너뛰며 달렸다. 바람이 휙휙 불었다. 눈 깜짝할 사이에 목적지에 도착했다.

이젠 피를 볼 차례다.

철컹!

우선 배전판을 찾아 전기부터 차단했다.

"뭐야?"

"정전인가?"

불이 꺼지자 카페 안의 손님들이 당황했다. 음악이 끊긴 카페엔 웅성거리는 소리만 들렸다. 나는 사냥에 나선 들고양이처럼 살금살금 다가갔다.

내 눈은 어둠에 구애받지 않았다. 칠흑 같은 암흑이 두려워 떠는 사람들 사이를 지나 목표에 빠르게 접근했다.

테이블 중앙에 앉은 짧은 스포츠머리의 사내가 첫 번째 목표였다.

나는 녀석의 그림자 속에 녹아든 다음, 등 뒤에서 스르륵 일어섰다. 깜깜한 어둠 때문에 그림자는 보이지 않았다. 하지만 내 눈에는 어둠보다 더 짙은 음영이 보였다. 그 음영이 유령처럼 일어났고, 유령처럼 손을 뻗어 상대의 입을 틀어막았다.

입이 막힌 스포츠머리가 몸을 움찔 떨었다.

'잘 가라.'

나는 검지를 곧게 뻗어 녀석의 목을 찔렀다.

푹!

손가락 끝에서 뾰족하게 돋아난 나뭇가지가 녀석의 옆 목을 뚫고 반대편으로 튀어나왔다. 녀석은 찍소리도 내지 못하고 숨이 끊겼다.

나는 스르륵 무너지는 녀석의 시체를 오른손으로 붙들고는, 왼손을 크게 휘둘렀다. 농부가 낫으로 추수를 하듯이 후웅!

동작이 어찌나 빨랐던지 바람 한 점 일지 않았다. 당연히 소리도 나지 않았다. 그저 낫 모양으로 휘어진 나뭇가지가 백화문의 실험체 4명의 목을 차례로 베었을 뿐이다.

4명 모두 비명을 지르지 못했다.

비명은커녕 자신들이 언제 죽었는지도 알지 못했다. 한 명은 "갑자기 왜 정전이 된 거야?"라고 투덜거리다가, 또 한 명은 "아까 그 서양 계집들 죽이던데. 그런 년들을 한 번 품어봤으면 좋겠다."라고 음담패설을 하다가, 다른 한 명은 "큭큭, 맞아. 두 계집 모두 품고 싶어."라고 맞장구를 치다가 죽었다. 마지막 녀석은 맥주를 병째 들이키다가 목이 잘렸다.

　날카로운 가지가 목살을 뚫고 지나갈 때, 아무런 흔적도 남기지 않았다. 잘린 목이 바닥에 굴러 떨어지지도 않았다. 워낙 빠르게 살을 베고 지나간 터라 녀석들의 머리통은 목 위에 고스란히 붙어 있었다.

　달인의 경지에 이른 요리사가 회를 치면 물고기가 그대로 살아 있다고 했던가? 그 물고기를 어항에 넣어주면 아무 것도 모르고 헤엄을 치다가 서서히 살과 뼈가 분리된다고 했던가?

　내가 보여준 경지가 바로 그것이었다.

　풋!

　할 일을 마친 나는 꺼지듯이 사라져 카페 지붕으로 올라왔다.

　내가 자리를 박차 옆 건물로 뛰고, 다시 그 옆 건물 지붕을 지나 명품샵에 도착했을 때, 요코하마 브루스 카페에 다시 불이 들어왔다.

　나는 레이건 가면을 벗어 뒷주머니에 찔러 넣고는, 미끄러지듯 헤르메스 매장으로 들어왔다. 그다음 사람들 틈에 스르륵 섞여버렸다.

　매장 안의 사람들은 여전히 알렉산드라와 줄리아에게 정신이 팔렸다.

　"저것 좀 봐. 또 샀어."

　"대체 돈을 얼마나 쓰는 거야?"

　"그보다도 저 여자들의 정체가 더 궁금해."

　비싼 보석으로 치장한 백인 아줌마들이 이렇게 쑥덕거렸다.

주변의 일본인들도 수군거렸지만, 내가 일본어를 몰라서 뭐라고 떠드는지 듣지 못했다.

나는 원래 있던 곳으로 가서, 시치미를 뚝 떼었다.

사람들은 내게 신경도 쓰지 않았다.

'줄리아와 알렉산드라에게 받은 인상이 워낙 강렬해서 나에 대한 기억은 그냥 묻어가겠지? 아마 이 사람들은 내가 계속 이 자리에 있었다고 기억할 거야.'

나는 속으로 숫자를 셌다.

'1, 2, 3, 4, 5……'

천천히 10초를 세어도 주변에 변화가 없었다.

20초까지 세어도 마찬가지였다.

숫자 세기를 포기하고 시계를 보았다. 초침이 째깍째깍 움직였다. 1분이 지나고 2분이 되었다. 다시 3분이 지나고 4분이 넘어섰다.

무려 5분이 넘도록 변화는 보이지 않았다.

'내 일처리가 너무 깔끔했나 보군. 아니면 삼각위원회의 정보망이 내 예상보다 허술하던가.'

일이 터진 지 5분이 넘도록 조용하다니, 이건 실낭스러웠다.

'내가 삼각위원회의 수뇌부라면 요코하마에 들어온 모든 신인류에게 일대일로 감사자를 붙여놓을 것이다. 반 데어 뤄슨은 물론이고, 버플리, 가르시아, 해링턴, 리엔조, 바이어 가문까지!'

어디 템플 기사단뿐이겠는가.

일루미나티의 신인류 전체, 드네르프의 총수 이베트 가슈파로비치를 포함한 러시아의 신인류들 몽땅, 그리고 저우 제룬과 허 지엔준을 비롯한 백화문의 인물들 모두!

나 같으면 그 하나하나에게 이중 삼중의 감시를 붙일 텐데, 요코하마 브루스에서는 여전히 소식이 깜깜했다.

'8분.'

시계의 초침이 무려 8바퀴를 돌고 나서야 내가 기대한 변화가 시작되었다.

평범해 보이는 아줌마 한 명이 당황한 얼굴로 주변을 두리번거리더니, 나를 발견하고는 고개를 갸웃했다.

바로 감이 왔다.

'저 여자가 내게 붙은 끄나풀이구나!'

나는 시치미를 뚝 떼고는 은밀하게 상대의 표정을 관찰했다.

아줌마는 핸드폰에다 대고 뭐라고 떠들었다. 일본어여서 입모양만으로는 내용을 짐작하기 힘들었다. 하지만 뻔했다. 저 아줌마는 내가 계속 헤르메스 매장 안에 있었노라고 보고하는 듯했다.

나는 또 다른 감시자를 찾았다.

점잖아 보이는 신사 한 명이 어딘가에 전화를 걸었다. 그 신사는 줄리아를 힐끗거리며 뭐라고 속삭였다.

반대편 카운터에서는 점원이 알렉산드라를 눈여겨보며 전

화기를 붙들었다.

'저기 저 백발의 신사는 줄리아에게 붙은 감시망이고, 저 카운터의 점원은 알렉산드라를 담당했나 보구나.'

감시의 눈길은 비단 3명만이 아니었다. 매장 안의 인물들 가운데 무려 5명이 거의 동시에 핸드폰으로 통화를 시작했다.

이 5명 모두 수상했다. 이들은 비록 평범한 구인류들이지만, 삼각위원회의 지시에 따라 움직이는 것처럼 보였다.

'후후후!'

나는 속으로 웃음을 삼켰다.

Chapter 3

"내가 산 물건들은 여기 이 주소로 배달해줘요."

카드로 계산을 마친 뒤, 알렉산드라는 종이에 호텔 룸 넘버를 적어주었다.

매장 매니저가 두 손으로 깍듯하게 종이를 받았다.

"아리가또! 최대한 빨리 물건을 보내드리겠습니다."

줄리아도 룸 넘버를 적어주었다.

"내 물건은 여기로 부탁해요."

"하잇! 알겠습니다."

매니저는 한 번 더 허리를 굽실거렸다.

"이제 다 끝났어?"

나는 기지개를 켜며 물었다.

줄리아가 미안한 표정을 지었다.

"오래 기다렸죠? 미센 언니가 무얼 좋아할까 고민하다가 이 것저것 질러버렸지 뭐예요."

"그건 상관없는데, 나는 언제 도와줄 거야? 미센 누나의 생일선물 고르는 것을 도와준다며?"

"아차!"

"그걸 깜빡했네."

알렉산드라와 줄리아가 동시에 이마를 쳤다. 쇼핑에 몰두한 탓에 나를 돕기로 한 것은 잊어버렸나 보다.

줄리아가 나를 붙잡았다.

"오빠, 정말 미안해요. 지금이라도 도와줄 테니까 선물을 골라보세요."

"그래요. 우리가 도와줄게요."

알렉산드라도 거들고 나섰다.

나는 고개를 가로저었다.

"싫어. 이미 이 매장 안에 괜찮은 물건들은 싹쓸이를 해놓고, 나더러 나머지 것 가운데 고르라고? 그럼 미센 누나가 나를 어떻게 생각하겠어?"

"하면 이걸 어쩌죠?"

"오빠, 정말 미안해요. 우리가 생각이 짧았어요."

알렉산드라와 줄리아가 발을 동동 굴렀다.

나는 괜찮다는 듯 손을 내저었다.

"할 수 없지 뭐. 미센 누나의 생일이 되려면 아직 시간이 있으니까 나는 천천히 고를게."

"그럼 그때 제가 도와드릴게요."

"저도요, 저도."

두 여자가 냉큼 소리쳤다.

"뭐? 또 돕겠다고?"

내가 인상을 썼다.

랜드마크 타워는 복합 건물이었다. 요코하마 항구 중심부에 높이 솟은 이 건물 안에는 잘 꾸며진 쇼핑 공간과 사무실, 호텔, 음식점 등이 일체형으로 구비되었다.

삼각위원회에서는 이번 신인류 회의 개최를 위해 타워의 숙박시설 전체를 빌렸다. 그리곤 각 참석 단체별로 방을 고르게 배정했다.

물론 중간에 빈방도 많았다. 사이가 나쁜 단체들을 가급적 멀리 떨어뜨리려다 보니 어쩔 수 없이 이런 완충지대가 필요했다.

그나마 템플 기사단과 일루미나티 사이에는 완충지대를 두지 않았는데, 그 이유는 두 집단이 서로 사이가 좋기 때문이었다.

우리가 호텔로 돌아왔을 때, 분위기가 심상치 않았다. 랜드마크 타워 밖에는 검은 세단이 줄줄이 늘어섰고, 야쿠자로 보이는 자들이 외곽을 경계했다. 타워 주변엔 헬리콥터 3대가 빙빙 날아다녔다. 멀리 경찰 병력도 보였다. 호텔 출입구에선 삼각위원회의 사무라이들이 무장을 하고 서서 출입자의 신분을 일일이 확인했다.

당분간 호텔 밖으로 나가는 것을 금지한다는 경고문도 나붙었다.

'나 때문에 비상이 걸렸나 보군.'

모든 일은 내 예상대로 굴러갔다.

'잘만하면 이곳 타워를 혼란에 빠뜨릴 수 있겠어. 그리고 그 사이에 백화문의 수뇌부를 공략할 수 있을지도 모르지.'

내가 노리는 대상은 백화문의 무상 쟈오 팡저우였다. 가오린의 직계 혈육인 팡저우야말로 놓쳐서는 안 될 자였다.

이런 내 목적을 달성하기 위해서는 삼각위원회의 다음 행동이 중요했다.

'백화문에서 사망자가 발생했으니 이미 삼각위원회의 체면은 망가질 대로 망가진 셈이잖아. 이대로 회의가 깨질까? 아니면 다른 조치를 취할까?'

앞일을 계획하는 가운데 줄리아가 내게 말을 걸었다.

"이게 무슨 일일까요?"

"그러게? 어째 분위기가 으스스한걸."

알렉산드라는 손으로 팔뚝을 문질렀다.

엘리베이터를 타고 룸으로 올라오자 짐과 보어 경이 동시에
우리를 맞았다.

"알렉산드라!"

"한스야! 줄리아야!"

짐은 성큼 다가와 알렉산드라의 손목을 붙잡았다.

"알렉산드라, 이 위급한 상황에 어디를 그렇게 쏘다닌 게
냐? 그리고 전화는 왜 꺼놨어?"

"제 전화가 꺼져 있다고요? 그럴 리가 없는데?"

알렉산드라가 핸드폰을 확인했다.

멀쩡하던 전화가 불통이 되어 있었다. 그녀뿐 아니라 내 핸
드폰도, 줄리아의 것도 모두 안테나가 뜨지 않았다.

보어 경이 심각한 표정을 지었다.

"이건 삼각위원회의 짓인 것 같다. 호텔 외부에 출입했던
사람들만 골라서 핸드폰 사용을 막아놓은 듯해."

"아니, 그 자식들이 왜?"

짐이 언성을 높였다.

보어 경은 고개를 가로저었다.

"이유는 나도 모르지. 하지만 호텔 외부에서 사고가 디진
것 같아. 15분 전에 갑자기 항구 주변에 헬리콥터가 뜨고 수
상한 자들이 돌아다니더라고."

"사고? 무슨 사고?"

"그건 나도 모른다니까. 혹시 너희들은 아는 바가 있느냐?"

보어 경이 우리에게 시선을 돌렸다.

"아니요. 저희도 몰라요."

"네. 저희는 요코하마 시내 구경을 다녀왔을 뿐인걸요."

줄리아와 알렉산드라가 동시에 대답했다.

나는 손가락을 들어 아래층을 가리켰다.

"아래 로비에 삼각위원회의 운영본부가 있던데, 거기 가서 물어볼까요?"

"안 돼."

보어 경이 반대했다.

"왜요?"

내 물음에 보어 경은 이유를 설명해주었다.

"지금처럼 분위기가 흉흉한 판에 함부로 움직였다가는 일이 더 꼬일 수 있어. 로비에서 러시아나 중국 녀석들과 마주쳤다가 불필요한 다툼이라도 생기면 어떻게 하겠니? 그들도 지금은 한창 예민할 게야."

"그렇다고 이렇게 호텔 방에 갇혀 지낼 수는 없잖습니까. 지금 호텔 출입구는 완전히 봉쇄되었거든요. 외부에 관광을 나갔던 사람은 다시 입장이 가능하지만, 안에 있는 사람들은 밖으로 나가지 못하게 막았습니다."

"뭣이?"

"한스야, 그게 정말이냐?"

보어 경과 짐이 동시에 펄쩍 뛰었다. 출입구의 봉쇄 소식은 아직 듣지 못한 모양이었다.

"내 이것들을 당장!"

짐이 신경질적으로 엘리베이터 버튼을 눌렀다.

"짐, 자중하게."

보어 경이 짐을 말렸으나 짐은 듣지 않았다.

"지금 내가 자중하게 생겼나? 갑자기 호텔을 봉쇄한 이유를 속 시원히 밝히지 않으면 가만두지 않겠어. 이건 전쟁이야, 전쟁! 삼각위원회 녀석들을 모두 통구이로 만들어버릴 테다."

실제로 짐의 손에선 푸른 불덩이가 치솟았다. 짐의 파란 눈동자도 시퍼런 불길을 품었다. 그렇게 불이 치솟건만 짐의 손등에 난 털은 타지 않았다.

띠링!

엘리베이터의 문이 열렸다.

짐이 씩씩거리며 엘리베이터에 타려고 할 때, 보어 경이 짐의 어깨를 붙잡았다.

"보어, 이거 놓게."

"놓지 못하겠네. 일본 놈들이 무슨 수작을 꾸밀지 모르는데 자네 혼자 보낼 수는 없어. 가려거든 나와 함께 가세."

"보어!"

그때 복도 저편에서 금발의 중년 사내가 걸어왔다.

"나도 끼워주시오."

독일 억양의 말투.

사내는 바로 크리스토프 바이어였다. 독일 산업계를 쥐락펴락하는 바이어 그룹의 회장이자 루트비히의 아버지인 크리스토프!

그에 이어서 또 한 사람이 모습을 보였다. 뚜벅뚜벅, 지팡이 소리와 함께 등장한 인물은 넉넉해 보이는 백발의 노신사였다.

"보어, 짐, 이 파드리그를 빼놓을 생각은 아니겠지?"

파드리그 해링턴!

찰스의 부친이자 영국 금융계를 쥐고 흔드는 거물의 등장이었다.

조금 뒤에는 마사도 나왔다.

"저도 끼워달라고 하고 싶지만, 가주님들과 함께 행동하기엔 실력이 미치지 못하네요. 괜히 객기를 부렸다가 가주님들께 짐만 될 것 같아 빠지겠습니다. 죄송합니다."

마사는 정중하게 양해를 구했다.

보어 경이 선뜻 이해해주었다.

"죄송할 것 없구나. 삼각위원회에서 무슨 수작을 꾸밀지 모르는데, 그 위험한 곳에 너를 데려갔다가는 나중에 코라에게 멱살이 잡힐 게다. 허허허!"

"그렇지. 멱살을 잡혀도 아주 단단히 잡히지. 껄껄껄껄!"

해링턴이 너털웃음으로 맞장구를 쳤다.

제8화
참화

Chapter 1

뉴욕의 반 데어 뤼슨, 텍사스의 버플리, 독일의 바이어, 영국의 해링턴 가문이 의기를 투합했다.

이탈리아의 리엔조는 빠졌다. 다른 가주들과 어깨를 나란히 하기에는 마사의 연륜이 너무 부족했다. 스페인의 가르시아 가문도 합류하지 않았다. 밖이 어수선하건만 에르쿨은 코빼기도 보이지 않았다.

4명의 가주가 아래층 로비로 내려간 사이, 나머지 사람들은 마사의 방에 모였다.

마사는 까마귀 모임의 대표.

자연스럽게 마사가 회의를 주도했다.

“가르시아 가문에서는 아무도 오지 않나?”

마사가 물었다.

루트비히는 고개를 가로저었다.

“글쎄요? 방문을 두드렸는데 대답이 없네요. 그래서 이 방으로 모이라고 메모만 붙여놓고 왔어요.”

찰스가 대놓고 씩씩거렸다.

“이거 너무하네. 다른 가주님들은 모두 단체 행동에 나서는데, 에르쿨 님만 빠진 것도 이해하기 어렵거든. 그런데 이번엔 우리의 초청도 무시하는 거야?”

“방이 빈 것일 수도 있죠. 가르시아 사람들이 아직 요코하마에 도착을 안 했을 수도 있고요.”

마사의 말에 찰스가 반박했다.

“그게 아니니까 내가 이러는 거요. 나는 가르시아 사람들이 호텔에 체크인을 하고 방으로 들어가는 것을 보았소.”

“그게 언제죠?”

마사가 되물었다.

찰스는 머리를 갸웃거리더니 손가락으로 시계를 가리켰다.

“정확하지는 않지만 한 40분 전으로 기억하오. 그때 에르쿨 가르시아 님도 뵀었소.”

“에르쿨 님을요?”

에르쿨의 이름이 나오자 마사의 눈이 파르르 떨렸다.

에르쿨은 마사의 친아버지다. 그리고 나와 알렉산드라도 이

엄청난 비밀을 알고 있다. 마사는 나와 알렉산드라를 힐끗 곁
눈질하다가 우리와 눈이 마주치자 후다닥 시선을 피했다.

다행히 찰스는 마사의 수상한 행동을 눈치채지 못했다. 찰
스는 낮게 투덜거렸다.

"우리끼리 있을 때 하는 얘기지만, 에르쿨 가르시아 님께는
별로 정이 가질 않아. 내가 정중하게 인사를 해도 받아주지도
않고. 쳇!"

"그분께 뭔가 언짢은 일이 있었나 보죠."

루트비히가 에르쿨의 편을 들어주었다.

찰스는 권투선수처럼 뭉툭한 코를 손가락으로 슥슥 문지르
더니 고개를 끄덕였다.

"그래. 에르쿨 님께 뭔가 고민이 있으신 게야. 그러니까 내
인사를 받지 않았겠지. 하아! 루트비히, 고마워. 그렇게 생각
하니까 한결 마음이 편하네."

역시 찰스는 성격이 좋았다.

나는 속으로 웃음을 삼켰다.

'하하하! 에르쿨이 찰스의 인사를 무시할 만해. 지금쯤 에
르쿨은 머리가 터질 지경일 거야. 내게 눈알을 빼앗긴 것도 속
이 쓰릴 테고, 신인류들이 힘을 합쳐서 흑마법사들의 뒤를 캐
는 것도 은근히 신경 쓰일 거라고.'

처음 차이나타운에 산책을 나갈 때부터 나는 이런 상황을
예측했다. 이렇게 일이 잘 풀릴 줄은 몰랐지만, 어느 정도 기

대도 품었다.

　내가 차이나타운에서 백화문 녀석들을 해치우면 요코하마 전역에 비상이 걸릴 것이다. 주최 측인 삼각위원회에선 진상 조사에 돌입할 테고, 분명 그 조사에 반발하는 조직이 나올 수밖에 없었다. 신인류 집단들은 서로 적대적이라 일단 일이 터지기 시작하면 혼란이 눈덩이처럼 커질 상황이었다.

　'분위기가 험악해지면 삼각위원회에서 진압병력을 투입할 수밖에 없어. 일단 거기까지 가면 충분해. 진압병력이 호텔 주변에 배치되는 순간, 신인류 집단 사이에선 본격적인 전쟁이 발발할 거야.'

　나는 삼각위원회가 강수를 두기 원했다.

　'그 강수가 기폭제가 되어 쾅!'

　팽팽한 긴장감은 분명 대폭발로 이어질 것이다. 이건 전쟁이다! 그것도 보통 전쟁이 아니라 신인류 집단의 우두머리들이 다 모인 자리에서 터지는 엄청난 대전쟁이다!

　나는 강한 흥분을 느꼈다.

　그렇다고 내가 전쟁광은 아니었다. 나는 단지 그 복잡한 싸움의 와중에 백화문을 덮쳐 쟈오 팡저우를 납치할 요량이었다.

　물론 아무도 내 계획을 알지 못했다. 다른 사람들은 그저 로비로 내려간 가주들을 걱정하며 일이 잘 풀리기만을 기다렸다.

그때였다. 호텔 방의 스피커에서 카랑카랑한 노인의 목소리가 들렸다. 일본어라 알아듣지는 못했지만, 분위기로 봐서는 담화문을 발표하려는 듯했다.

잠시 후, 아리따운 여자의 음성이 뒤따랐다. 이번엔 영어였다.

"지금부터 나노미야 히데토키 부회장님의 공식발표가 있겠습니다. 제가 발표 내용을 영어로 통역해드리겠습니다. 이 방송을 들으시는 분들은 지금 즉시 텔레비전을 켜시고 채널을 2번에 고정해주십시오."

"채널 2번?"

마사가 리모컨을 들었다.

채널 2번은 호텔의 내부 방송용이었다.

자주색 커튼이 드리운 방안, 머리카락이 희끗희끗하고 일본 전통의 승려 복장을 한 노인이 마이크 앞에 섰다. 노인은 종이에 쓴 글씨를 쉬지 않고 읽어 내려갔다.

노인이 잠시 말을 끊자, 그 옆에 있던 여자 3명이 차례로 영어와 러시아어, 그리고 중국어로 통역했다.

나는 영어 통역에 귀를 기울였다.

"오늘 저녁 8시 14분, 요코하마의 모토마치 거리에서 살인사건이 발생했습니다. 살해된 사람들은 총 5명으로, 모두 중국 백화문의 소속입니다. 이들 5명은 카페에서 술을 마시다가 의문의 피살을 당했으며, 이 가운데 한 명은 뾰족한 흉기에 목</p>

이 찔려 죽었고, 나머지 4명은 칼이나 검 같은 흉기에 목이 잘렸습니다. 당시 카페는 전기가 차단되어 암흑과 같았습니다.”

알렉산드라와 줄리아가 화들짝 놀랐다.

“뭣?”

“모토마치 거리라고?”

“거긴 우리가 갔던 곳이잖아? 어떻게 이런 일이!”

나도 놀라는 척 연기를 했다. 내가 생각해도 나는 참 가증스러웠다.

“너희 살해현장에 있었어?”

찰스가 휘둥그레진 눈으로 우리를 보았다.

“그게 정말입니까?”

루트비히도 충격을 받았다.

마사는 불안한 표정으로 나를 보았다.

‘혹시 당신이 저지른 일인가요?’

마사의 눈은 이렇게 묻고 있었다. 내 무서움을 톡톡히 겪은 마사이기에 나를 의심하는 것이 당연했다.

다행히 알렉산드라가 방패가 되어주었다.

“찰스 경, 오해하지 말아요. 나와 한스 이사님, 그리고 줄리아는 살해현장에 간 것이 아니라 그 근처의 헤르메스 매장에서 쇼핑 중이었어요. 여기 영수증을 보여줄게요.”

“나도 여기 영수증이 있어요.”

줄리아도 서둘러 영수증을 꺼내 흔들었다.

"휴우, 난 또 뭐라고."

다들 그제야 안심했다.

텔레비전에선 나노미야의 담화문 발표가 이어졌다. 그리고 잠시 후 통역사가 영어로 내용을 전달했다.

"다들 아시다시피 이번에 희생된 백화문의 형제들은 신인류였습니다. 그것도 5명 모두 실력을 갖춘 이들이었습니다. 그런 그들이 한낱 구인류 따위에게 당할 리 없습니다. 저는 인정하기는 싫지만, 이번 사건의 범인은 우리들 가운데 있습니다."

"아!"

마사가 몸서리를 쳤다.

찰스와 루트비히도 얼굴이 어두워졌다.

백화문의 사람이 피살을 당했단다. 그리고 그 범인이 지금 호텔 안에 있단다. 이건 보통 일이 아니었다. 까딱하다간 사건이 엄청나게 증폭될 수 있었다. 다들 긴장을 감추지 못했다.

마사는 연신 나를 힐끗거렸다.

나도 걱정하는 척 얼굴을 구겼다.

문득 미셴이 눈에 들어왔다. 미셴은 램프 뒤 그늘진 지리를 차지하고 있었는데, 묘하게도 시선이 내게 고정되었디.

나는 미셴을 향해 어깨를 으쓱했다.

미셴이 환하게 웃었다. 마치 '나는 네가 한 일을 다 알고 있다.'는 듯이 활짝!

'미센, 저 여자!'

나는 눈을 돌리지 않고 미센과 정면으로 마주쳤다.

그러자 미센이 슬그머니 자리를 피했다.

텔레비전에선 담화문이 계속되었다. 나노미야는 격앙된 목소리로 뭐라 뭐라 외치더니, 양손 엄지를 테이블에 대고는 머리를 푹 숙였다.

여자 통역사가 비통한 음성으로 나노미야의 뜻을 전했다.

"저희 삼각위원회에서는 이번 사건을 삼각위원회에 대한 중대한 도전으로 인식하고 있습니다. 하여 저희의 명예회복을 위해 최선을 다할 것입니다. 우선 저희들은 가급적 빠른 시간 안에 범인을 잡아 그 신병을 백화문에 인도할 예정입니다. 또한 저희는 이번 일로 인해 많은 분들이 우려를 하고 계심을 알고 있습니다. 삼각위원회의 부회장인 저 나노미야 히데토키의 목숨을 걸고 맹세하건대, 저희 삼각위원회는 이번 사건이 불필요한 분쟁으로 번지지 않도록 최선을 다할 것입니다. 제발 저희의 진심을 헤아려 주시기 바랍니다."

여기까지 말을 한 뒤, 통역사도 엄지로 테이블을 짚고 머리를 푹 숙였다. 나노미야는 그때까지도 머리를 들지 않았다.

Chapter 2

나노미야 부회장의 담화문 발표는 충분히 흥미로웠다.

하지만 이어지는 장면에 마음에 들지 않았다.

"지금 이 자리에는 템플 기사단의 가주 네 분과 일루미니타의 세 분, 드네르프의 총수께서 와계십니다. 이분들은 저희 삼각위원회에 강하게 항의를 하러 오셨다가, 저희 다카하시 회장님의 상세한 설명을 듣고 마음을 돌리셨습니다. 사건이 어떻게 시작되었는지 알 수는 없으나, 불필요한 피가 흐르는 일은 없어야 한다는 것이 이분들의 공통된 생각이십니다. 지금 이 호텔에는 신인류 집단의 최고위층이 모여 계십니다. 어렵게 마련된 이 자리에서 일이 터진다면, 그 피해는 전 세계에 악영향을 끼칠 것입니다."

통역사의 말과 함께 카메라가 옆을 비춰주었다.

비쩍 마르고 눈 밑이 시커먼 이베타 가슈파로비치 총수!

루이와 상당히 닮은 바사 발데마르 부가주!

일루미나티의 게리 브로메 가주!

역시 일루미나티의 노르보텐 몬테풀 가주!

보어 경!

짐 버플리!

크리스토프 바이어!

파드리그 해링턴!

마지막으로 백발에 내부리고를 가진 다카하시 히데토키 회장!

이상 9명은 일렬로 앉아 카메라를 바라보았다.

'젠장!'

나는 똥 씹은 표정을 지었다.

'서로 앙숙들이라면서 뭐 그렇게 쉽게 합의를 해? 내가 바라는 것은 많은 피가 흐르는 전쟁이 아니야. 그저 약간의 소란만 있으면 된다고. 그 소란을 틈타 복수를 하겠다는데, 그것도 못 도와줘? 이러면 내가 좀 더 강수를 둘 수밖에 없잖아.'

그나마 백화문이 저 자리에 없어서 다행이었다. 피해를 본 백화문마저 합의에 나섰다면 내 계획은 완전 물 건너가는 거였다.

'그렇다면 한 번 더 건드려주지. 그 결과 더 많은 피가 흐르더라도 내 책임은 아니다.'

어차피 내가 다칠 일은 없었다. 나는 이 모든 일을 에르쿨에게 덮어씌울 생각이었다.

에르쿨은 흑마법사들의 배후인물!

신인류 집단의 단합을 두려워한 흑마법사들이 분열을 유도하려고 이번 음모를 꾸몄다고 하면, 다들 믿을 수밖에 없었다.

마침 에르쿨이 저 담화문 발표장에 불참한 것도 내게는 호재였다. 나는 소파로 다가가 깊숙이 몸을 파묻었다.

"아함! 긴장이 풀려서 그런가? 좀 졸리네."

말이 끝나기 무섭게 나는 꾸벅꾸벅 졸기 시작했다.

"오빠, 이걸 받쳐요."

줄리아가 냉큼 달려와 내 머리에 쿠션을 대주었다. 알렉산드라도 경쟁하듯 다가와 내 옆자리를 차지했다.

"아니, 셋이 언제 그런 사이가 되었어? 설마 삼각관계?"

찰스가 눈을 껌뻑였다.

마사와 루트비히도 당황한 듯 말을 잇지 못했다.

하지만 이들이 알까?

다들 내 환각에 걸렸다는 사실을.

줄리아가 쿠션을 받쳐준 대상은 내가 아니라 커다란 베개였다. 알렉산드라가 팔짱을 낀 상대도 내가 아니라 베개였다. 마사와 찰스, 루트비히도 베게를 나로 착각했다. 나는 확실한 알리바이를 만들어 놓고 방을 나갔다.

문밖으로 나가기 전, 나뭇가지를 쏘아 방 안팎에 장착된 감시카메라, 즉 CCTV를 깨버리는 것도 잊지 않았다.

나는 잠시 내 방에 들려 노란색 로브로 바꿔 입었다. 얼굴엔 사자가면을 썼다. 아프리카에서 에르쿨이 입었던 복장 그대로였다.

"미리 준비해오기 잘했지."

혹시 몰라서 준비를 해온 것이 큰 도움이 되었다. 나는 방 안의 감시카메라는 모두 박살 내었지만, 엘리베이터에 설치된 감시카메라는 일부러 내버려두었다.

62층, 61층, 60층……

고속 엘리베이터는 빠르게 하강했다.

‘58, 57, 56, 55……’

나는 빠르게 떨어지는 숫자를 속으로 읽었다.

그리고 마침내 54층!

띠링!

경쾌한 소리와 함께 엘리베이터가 멈췄다. 이곳이 바로 백화문이 통째로 사용하는 층이었다.

엘리베이터 문밖에서 거친 숨소리가 들렸다.

‘하긴, 백화문도 바보가 아닌 이상 엘리베이터 앞에 병력을 배치해 놓았겠지. 62층에서 출발했으니까 템플 기사단이 접근한다고 추측했을 거야.’

예측을 한들 무얼 하겠는가!

세상 그 누가 나를 막겠는가!

영화 필름을 거꾸로 돌린 듯 느리게 엘리베이터의 문이 열렸다. 문밖, 양복을 입은 사내 2명이 양옆에서 총을 겨눈 상태였다.

용수철처럼 나뭇가지가 발사되었다.

퍽!

소리는 한 번만 났다. 양복 입은 적 2명은 동시에 이마에 구멍이 뚫려서 뒤로 넘어갔다.

“저항을 좀 해주었으면 좋겠어. 너무 심심하잖아.”

나는 쓰러진 시체를 밟고 54층 복도에 발을 디뎠다.

“적이 쳐들어왔다!”

고함과 함께 복도 양옆의 문이 활짝 열렸다.

권총을 든 자가 여덟!

나를 향해 단검을 뿌리려는 자가 다섯!

긴 창을 조립해서 나를 덮치려는 자가 하나!

이 14명 가운데 13명은 별 볼 일 없었다.

풋!

고슴도치의 가시처럼 뻗어 나간 나뭇가지가 13명의 심장을 동시에 꿰뚫었다.

"끄룩!"

"큭! 이건!"

권총을 든 자들은 손에서 권총을 떨어뜨리며 고꾸라졌다. 단검을 던지려던 자들은 단검을 손에 쥔 채 넘어갔다.

13명 가운데 12명은 아무런 저항도 하지 못했다. 오직 한 명만이 내게 단검을 던졌다.

물론 방향은 엉망.

단검은 나를 비껴 벽에 꽂혔다.

"그나마 네가 낫구나."

나는 끝까지 단검을 던진 자를 위해 자비를 베풀었다. 나머지 12명은 나뭇가지를 휘저어 시체를 여섯 토막으로 난도질했지만, 그의 시체만은 온전히 보존해주었다.

그 사이 창의 조립이 끝났다.

"이 잔인한 놈!"

댕기머리를 길게 늘어뜨린 중년의 사내가 호랑이처럼 몸을 날렸다. 그의 손끝에서 창이 여덟 갈래로 갈려 폭발했다.

나는 화려하게 퍼붓는 여덟 다발의 빛을 보며 활짝 웃었다.

"이제야 상대할 맛이 나는구나!"

쭈와악!

활짝 핀 내 손바닥 안으로 여덟 줄기의 빛다발이 모두 빨려 들어왔다.

"이럴 수가!"

상대가 까무러치게 놀랐다.

나는 히죽 웃었다.

"어디 한 번 더 놀아보려무나."

빼앗은 창을 상대에게 다시 돌려주었다.

"크읏!"

변발(과거 몽고인들의 머리모양)의 사내는 치욕스런 얼굴로 창을 받더니, 다시 한 번 크게 휘둘렀다. 창이 부채처럼 펴지며 여덟 줄기의 빛살이 다시 뻗었다. 이번 창은 직선으로 날아오지 않고 곡선을 그리며 뱀처럼 날아들었다.

나는 재차 손을 폈다.

쭈왁!

상대의 공격이 또다시 내 손아귀 안으로 빨려 들어왔다. 모든 것을 집어삼키는 블랙홀처럼 내 손은 상대의 공격을 허무하게 흡수했다.

“말도 안 돼!”

변발의 사내, 허 위엔이 비칠비칠 물러섰다. 허 위엔은 백화문의 현무당주를 맡을 만큼 고수였지만, 내 상대는 되지 못했다.

“이게 다냐?”

“으으으!”

허 당주가 뒷걸음질쳤다.

나는 상대가 물러난 만큼 다가섰다.

“이게 다냐고 물었다.”

“으으으웃!”

“이게 다면 너는 죽는다. 바로 이 손에!”

콰르르르─!

내가 손을 번쩍 들자 무서운 흡입력이 발휘되었다. 내 등 뒤에선 무서운 기운이 봄날에 피어오르는 아지랑이처럼 일어났다.

그 기운에 눌려 복도가 일그러졌다. 분명 곧게 뻗은 복도였는데, 뭉크의 그림을 보는 듯 기괴하게 뒤틀렸다. 천장에 매달린 형광등은 삐르게 깜빡거리다가 팍 터졌다.

콰쾅!

건물 밖에선 번개가 내리쳤다. 요코하마의 하늘은 온통 먹구름으로 뒤덮였다.

나는 손을 번쩍 들어 현무당주 허 위엔의 목줄을 움켜쥐었다.

"컥! 케헥!"
허 위엔이 거미줄에 붙잡힌 벌레처럼 바둥거렸다.

〈다음 권에 계속〉

작가 팬 카페

http://cafe.daum.net/PoisonNecromancer

黄金公子
황금공자
김강현 신무협 장편소설
ORIENTAL FANTASYSTORY & ADVENTURE
『마신』, 『전신』, 『마룡전』의 작가!
김강현 신무협 장편소설
『황금공자』
천하제일인이었던 혈룡귀갑대주 금철휘!
천하제일 금룡장의 소장주가 되어
금력을 휘두르다!
dream books
드림북스

종천지애

백연 신무협 장편소설

『이원연공』, 『벽력암전』, 『무애광검』으로
진한 무협의 향취와 잊지 못할 감동을 선사한
작가 백연의 신무협 장편소설

하늘도 슬퍼하는 도(刀)가 되어야 했던 한 남자의 이야기.

『종천지애』

사람(人)이 미치면 천하가 어지러워지고,
마(魔)가 미치면 강산이 피로 물들며,
선(仙)이 미치면 세상은 혼돈 그 자체가 되리라.

dream books
푸른북스

다크스타
DARK STAR
김현우 판타지 장편소설
FANTASYSTORY & ADVENTURE
『레드 데스티니』, 『골든 메이지』의 작가!
김현우 판타지 장편소설
『다크 스타』
천오백 년 전 영마대전은 재현될 조짐을 보이니……,
전대미문의 폭군이 출현할 것이라.
dream books
드림북스

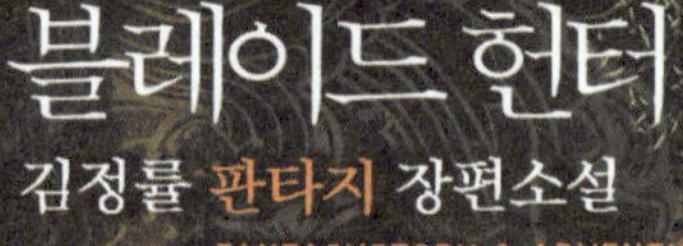

『소드 엠페러』, 『다크 메이지』,
『트루베니아 연대기』의 작가
김정률 판타지 장편소설

혼돈의 시대를 가로지르는 빛의 검이 되어라
『블레이드 헌터』

세계의 균형을 위협하는 빛나는 검의 출현!
마스터의 유지를 받들어 그 비밀을 밝힌다!

dream
books
드림북스